手

库埃尼 著
沈锡良 译

Claude Cueni

Der Henker von Paris

北京师范大学出版集团
BEIJING NORMAL UNIVERSITY PUBLISHING GROUP
北京师范大学出版社

译 序

八年前，也就是在 2009 年，经华东师范大学德语教授曹乃云老师引荐，笔者有幸翻译了瑞士作家克洛德·库埃尼的《大赌局》。严格地说，《大赌局》并不是叙述现代纸币由来的小说，而是以西方纸币发明为主线，再现主人公约翰·劳这个有血有肉的人物的有益尝试。这是一部百科全书式的历史小说，熔知识性、趣味性和故事性于一炉，其历史场景恢弘大气，人物刻画栩栩如生，读来妙趣横生，让人久久难忘，不由得为作者的妙笔生花拍案叫绝。小说写的是历史，但并非历史的简单重复，更注重的是对人性的探讨。但尤其令笔者惊叹的是作者如此娴熟地驾驭史实的能力。从国内外的一些历史资料看，我们认识的约翰·劳是一个基本被否定了的人物形象，而《大赌局》的出版无疑向我们展示了一个尘封已久的被打入冷宫的历史人物的全新形象。历史是一面明镜，人们可以从中反思自己的“原罪”，可以照见自己的丑陋形象，更重要的是，还可以从中寻找到未来正确的道路。整整三个半月，从舒适凉爽的春天一直到盛夏酷暑如期而至，笔者始终沉浸在这部杰出的历史小说的翻译之中，被约翰·劳一生坚定的信念和理想深深打动，也对人性和人生有了更多的思考。笔者还根据原著中留下的作者电子邮箱与其联系，每逢遇到翻译疑难问题向他请教时，总能及时收到回复，有几次尽管回复迟了，作者也只是轻描淡写地说是人在医院。交稿数月后，出版方来信说，是否请作者给中国读者写点文字，及至收到他的中文版序言，笔者顿时如雷轰顶：

> ……遗憾的是，这将是我的最后一部作品。在妻子因癌症去世十五个月之后，我同样得了绝症——白血病。

笔者不知道如何安慰他，只有默默地祝福他，并请他相信现代医学的奇迹。之后，一直关注他的健康状况，后来得知他成功地进行了骨髓移植手术，笔者由衷地替他高兴。而《巴黎刽子手》正是他病愈之后创作的最新历史小说。

巴黎有一个传奇式的职业刽子手家族——夏尔·桑松家族，拥有七代人二百多年的行刑历史，尤以第五代夏尔－亨利在大革命时期的经历最为引人注目，《巴黎刽子手》以细腻的笔触再现了夏尔－亨利·桑松跌宕起伏的人生。

这位著名的“巴黎先生”小时候的梦想是成为一名大夫，不幸的是他生长在一个刽子手家族，一重诅咒笼罩在他的家族身上，也因此成了他的灾难，人们想当然地给他贴上了刽子手的标签，最后他不得不子承父业，成为职业刽子手。杀人如麻而非救死扶伤，他成了命运的俘虏，对死刑犯的折磨变成了对他自己的折磨。白天他在断头台上从事杀人的行当，晚上弹奏钢琴，到了深夜则解剖尸体以钻研人体解剖学。在法国大革命的政治恐怖时期，共有三千多人成为他的刀下鬼。路易十六被处死，行刑的是夏尔－亨利；丹东被处死，行刑的是夏尔－亨利；罗伯斯庇尔被处死，行刑的依然是夏尔－亨利。巴黎城淹没在鲜血的海洋里，夏尔－亨利也渐渐失去了理智，他绝望地四处寻找人性所在和他人的认同。是一个女人的爱给了他坚实的依靠，直至她同样被列入断头台的名单之中……

克劳德·库埃尼通过阅读大量的法国大革命史料，特别是精心钻研这位巴黎刽子手的日记，对其人物性格特征进行了深入细致的分析和研究。《巴黎刽子手》是继作者2006年的长篇历史巨著《大赌局》之后又一部扣人心弦、耐人寻味的佳作。

克洛德·库埃尼，1956年生于瑞士巴塞尔，在欧洲各地求学和漫游之后，于1980年出版首部小说，著有侦探小说、广播剧、电影及电视剧本，而真正奠定其优秀小说家地位的则是他近年来创作的多部历史小说，其中尤以《大赌局》最为畅销，迄今已被译成十三种文字。2010年1月，《大赌局》中译本由云南人民出版社推出后曾产生广泛反响，并于次年12月和余华的《活着》、莫言的《蛙》、米兰·昆德拉的《不能承受的生命之轻》、塞林格的《麦田里的守望者》等一起入选“阅读城市·城市阅读”推荐书目（文学部分共三十种）。

2013年初，笔者在第一时间收到了作者寄来的《巴黎刽子手》，因当时另有翻译任务，直至两年后才腾出翻译该书的时间。2015年3月12日，上海翻译家协会安排一年一度的采风活动，活动间隙跟青年才俊章乐天先生谈及这本新作，热心的乐天当即给北京师范大学出版社的谭徐锋先生打去电话，想不到一拍即合，立马敲定在该社翻译出版该书的计划。如今,《巴黎刽子手》中文版在金秋季节出版，笔者谨向乐天和徐锋君表示谢意。

去年8月，笔者到德国参加德语文学翻译交流活动，作者携新婚妻子专程飞抵柏林，请笔者共进晚餐，又在次日将包装精美的瑞士巧克力送至笔者所住的旅馆，以了却多年前到邮局寄送巧克力却惨遭退回的遗憾。今年6月，笔者获德国博世基金会资助前往位于瑞士苏黎世郊外的罗伦译者之家潜心翻译，临行前曾和作者相约重聚，可惜后来因为时间冲突未能见上一面。获悉作者最近身体欠佳，很可能要进行肺移植手术，笔者依然默默地祝福他，让我们继续相信现代医学的奇迹吧。

沈锡良

2017年8月于上海虹口现代公寓

目　录

contents

第1章

1737年。约莫午夜时分。一场强风暴正在诺曼底上空肆虐。大雨滂沱。轰隆隆的雷声击中了森林覆盖的小山，瞬间照亮了在夜色中疾驶的骑兵。他疯狂地敲打他的黑马，仿佛想要摆脱那泼洒到大地上的特大暴雨。此刻，雷电一下接一下地劈开夜空，轰隆隆地从群山上打落下来。树木像火柴一样纷纷折断。途经一座小农庄时，那匹黑色牡马突然急促地吼叫一声。那被岁月侵蚀的外墙涂料似乎是血红色的。骑兵重新用靴刺刺马的侧腹。马已受尽折磨，它不乐意地扬起头，喷出的白沫飞溅到夜空，又随即消散开来。怒吼的雨水劈头盖脸地落到骑兵身上，他在被雨水淹没的公路上继续疾驰。那是一条通往布雷地区纽查特的路。突然，他看到树林之间有一盏淡黄色的灯火摇曳不定，认出是一家乡村客栈的轮廓。就在同样的时刻，马前腿忽然跌倒，无奈惯性使然，骑兵冷不防从马头上面飞了出去。飞出去的弧度很大，他的身体啪嗒一声掉入水洼里，继而又被滑出去好几米远，直至最后，他的头砰的一声撞在一根被风暴折断的树身上。相当长的时间过去之后，他才发觉自己竟然安然无恙，幸运地逃过一劫。之后，他感觉到了疼痛。他的黑马躺在路边，已是奄奄一息的模样，不断地呻吟着，试图站起来，却已经无能为力了。它无助地摆动腿，嘶鸣着抬头张望。最后一次抬头张望。然后啪嗒一声，掉入淤泥里，再也动弹不了了。天黑得伸手不见五指。

骑兵慢慢站起来，保持了一会儿弯腰的姿势。他气喘吁吁地瞧了瞧那匹马，然后注意到他的马褡裢：马褡裢躺在他的脚边，显然从皮带上被扯下了。他打开马褡裢，从中抽出一把很沉的车轮锁双管手枪，那是他玩法老牌赢来的。突然，他失去平衡，重新滑倒在淤泥地里。他跪着寻找，找到了从自己手里飞出去的那把手枪。他心情轻松了下来，跪着靠近黑马。他几乎温柔地抚摸它的鼻孔。他举起手枪瞄准它的太阳穴，接着扣动扳机。没听见枪响。火药湿了。一声强有力的惊雷重新打破了黑夜的宁静。附近的闪电接二连三地发出轰隆声。骑兵站起来，雨水顺着他湿透的制服倾泻下来。他骑马跑了那么远的路，可不是到这里来放弃的。

他跺掉身上和脚上的烂泥巴，一步一步地走到那盏淡黄色灯光前。他的唇角掠过一丝微笑。难道是上帝听到了他的祈祷了吗？他一把撞开客栈的门。店堂里一张长桌旁坐着几个脸色阴郁的伙计。其他桌子旁没有人。除了一张桌子：在一个角落的一张小圆桌旁，独自坐着一个高个子男人，他的面前放着一只木制酒杯。

骑兵随手关上门。此刻，所有人的目光全都集中到他身上。因为他的身材也是异常高大。他身体笔挺，走路姿势充满自豪感，棕色头发不长不短。他这才注意到吧台后面的店主。店主看他的眼神并不友好。坐在长桌旁的伙计们打量这位迟来的客人的裤子。裤子上虽然已被泥浆弄脏，但还能认出是布瓦西埃侯爵团部制服的颜色，从腰带直至下面被泥浆溅脏的靴子也可以看出来。那是一条军官裤子。

“我们这是在哪儿？”骑兵问。

谁也没有回答他的提问。

他转身对店主说：“给我来点喝的。”

“我们没有喝的。”店主稍后说道。

“酒。红酒。”

店主拿出一瓶酒，把酒杯倒满。骑兵从口袋里翻出一枚硬币放到吧台上。店主打量这枚硬币。他没见过这样的钱币。

“这是在新法兰西铸造的，”那位军官说，仿佛想要最终赢得应有的权威，又补充道：“我是德·隆瓦勒骑士少尉，让－巴蒂斯特·桑松·德·隆瓦勒。”

店主不知所措地低下头，毕恭毕敬地后退一步。他慢慢将酒杯推到吧台上，问道：“你在印度打过仗吗？”

“我们把它叫作美洲，而把那里的土著称作印第安人。我不知道正确的说法是什么。最主要的是，我们自己明白。”

店主点点头，过了一会儿说道：“我们这里不喜欢陌生人。”

“我从来没有真正离开过。或许才一年吧。”

店主摇摇头。“我见过去过那里的一些人。可他们回来后不再是同一个人了。他们谈论一些傻事。因为在大洋彼岸，他们没有国王。

在那里，每个人都是自己的国王。我听说过这种事。”

“是啊，”桑松少尉喃喃道，“甚至还有些人，他们想要分裂法国，于是上了战场，然后战死了。他们希望自由。”

店主怀疑地打量他，转身离开了。回来时，他给坐在长桌旁的客人带来了一大罐葡萄酒。

“你们部队的其他人呢？”其中一个伙计挖苦地问道，说话时露出自己黑乎乎的烂牙。酒友们开始哄堂大笑。那是一种粗鲁而失礼的哄堂大笑。他们就像准备阴谋策划的敌军一样坐在桌旁，急切地期待他的回答。

“做了逃兵，”有一个问道，“还是你要带我们上战场？”

少尉一口喝尽杯中酒，走到长桌跟前。“先生们，我所属的部队就驻扎在迪耶普附近。那是布瓦西埃侯爵团部。我受指挥官委托在外办事。我有一份紧急公函要送到巴黎去。”他做了个立正的动作，将右手搁到他那支长剑的铁制护手罩上。“我需要一匹好马。”他挑战似地注视着店主。

“你看到这里有马了吗？”

“他只有我们。”有一个伙计发出怪叫，其他人只是晕乎乎地咯咯笑个不停。

“你究竟是如何到这儿来的？”店主问。

“我的马陷入外面的泥潭里。马腿断了。”他慢慢急躁起来。“我本想给它仁慈的一枪结束它的性命，结果火药湿了。”

众人的目光一齐投向那个客人，他正孤零零一个人坐在角落里那张小圆桌旁。可此人并没有抬起头来，他只是呆呆地看着自己的酒杯。他的头光秃秃的。

“你问问他吧，”店主没好气地说，“或许他可以给你一匹马。反正你没法待在我们这里。我们没有客房。”

“我还需要一把武器，我的马必须得到解脱。”

“难道我看起来像个贩卖枪支弹药的商人吗？”店主咕哝道，“你问问他。他善于和各种各样的动物打交道。他知道怎样使一匹垂死的马得到解脱。”

坐在长桌旁的所有人又一次哄堂大笑。

“5 个苏[①]。”坐在角落里的那个高个子嘀咕道。

桑松少尉从口袋里掏出几枚硬币摆到吧台上。

“你自己给他吧。”店主用一种异常轻蔑的口吻说。

“不，”高个子回答，“就搁到吧台上。让他再给我来一杯酒。”

少尉将自己的空酒杯推到吧台上。“给他倒上酒。”

店主拿起杯子，重新放回原处。“他喝自己的酒杯。”

少尉朝长桌旁的几个伙计望过去。他们一个个不吭一声，默默无言地看着他。他拿起那只玻璃酒杯，慢慢走到坐在角落里的那名男子那里，在他的桌前站住，为他斟上酒。

“那头畜生在哪儿？”那名男子小声却粗鲁地问道。

“您沿着林子方向走就可以看到它了。”

那人点点头。“我会给你弄来一匹马。不过那匹老马属于我了。你沿着那条路走回去。你看到那个小农庄了吗？刷成红色的农庄。

---

① 苏，法国辅币名，旧时相当于 1/20 镑，后来相当于 1/20 法郎。

在农庄后面你可以看到有一间祈祷室。你到那里找我。你可以睡在我的仓库里，骑士。”

少尉疑惑地看着那个人。

“你先走，我喝完酒要关心一下你的马。”

“您不能马上处理这事吗？”

那个人此刻抬起头来望着他。他的目光咄咄逼人，他的眼睛黯淡无光。他的脸就像铁砧，强硬有力、棱角分明而坚定不移，仿佛有人朝他砸了一拳，却丝毫看不出他的脸上有纹丝的表情变化。少尉拿着葡萄酒杯又重新回到吧台，对店主说：“我想洗一下。”他指了指自己的脏手。直到现在他才看到左手上有血迹。

“你在院子后面可以找到一只木盆。”店主用头示意吧台后面的那扇门。外面泥泞的地上摆放着木板。少尉洗了自己的手和脸，将就着擦洗了一下他的制服。他不知道鲜血从哪儿流出来。

他重新回到酒馆时，高个子已经不在那里了。

“那我现在也走了，到红色的农庄去过夜。”

坐在长桌旁的人哈哈大笑。其中有一个人大声叫嚷道：“我们管它叫作该死的农庄。”大家全都扑哧笑了。

“嗯，是呀，”店主咕哝道，“只是谁也不愿意到他那里去做客。”又是引来一阵哄堂大笑。又有一个人补充道：“那里非常非常安静，尤其在仓库里。”此刻，伙计们又怪声大叫起来，用拳头猛击桌面。店主不动声色。

让－巴蒂斯特·桑松走到野外，向上拉起大衣领子。他在夜色中果断地往回行进。倾盆大雨依然在下。他在路上看到了他的黑马。

马已经死了。它躺在血泊中，尽管血一直在流，但仍然被雨水不断地冲洗掉。他突然想起那只马褡裢来了。他找了一会儿，可在黑暗里怎么也找不到了。

一刻钟之后，他到了那座该死的农庄。他看到房间里有一盏灯亮着。房子真的被刷成了红色，仿佛鲜血在雨中闪闪发光。他一路走过去，发现仓库后面有一间小祈祷室。它的入口处被一支蜡烛点亮。蜡烛在风中发出啪嗒声。他小心翼翼地顺着小石阶往下爬，深一脚浅一脚地踏在这又湿又滑的石阶上。他在入口处站了一会儿，瞧了瞧那座小小的圣母祭坛，烛光在那里闪烁不定。他发觉并非独自一个人在那里。他马上看到有个黑影。他缓慢地走过嘎吱作响的木地板，跪在之前在酒馆里和他攀谈的那名男子旁边。他把两肘支在祈祷用的长凳上，双手合十。他试着祷告。可他不愿去想任何祷告的事。这消逝的岁月使他感到疲倦。或许他的祷告也让上帝感到疲倦了。高个子转身面对他，注视他。在祈祷室做祷告似乎改变了他的模样。此刻他显得温顺而宁静。或许这也是因为酒精在起作用吧。祷告或者酗酒，两者几乎都有同样的效果，桑松想道。

“您看到我的马褡裢了吗？”他问，盯住那个人看，目光咄咄逼人，仿佛在威胁他千万别对他撒谎。

“骑士，你的马褡裢搁在仓库那边。我已经打开看过。毕竟我想知道在我仓库里过夜的是谁。但马褡裢里并没有送到巴黎去的紧急公函。我担心你是因为私事才骑马出去。我在你的眼里看到你想要出去的愿望很迫切。不幸就在你的脚下。或许这是一种诅咒。有些人是被诅咒的。他们度过一生才能摆脱这种诅咒。可诅咒却如影随形地跟着他们。他们失去了上帝之剑。上帝诅咒蛇诱惑夏娃，上帝诅咒该隐杀死了同胞兄弟亚伯，上帝也诅咒尘世和他的子民。”

“您别胡扯了，我不相信诅咒！”

“那你为何要在这种鬼天气里，像疯子一样冒着黑暗骑马远行？如果你相信上帝，那你也会相信魔鬼，而如果你相信上帝和魔鬼，那么你也会相信诅咒。你究竟想要逃避什么？”

让－巴蒂斯特沉默无语。

“有些人知道自己的命运，可无法摆脱这种命运。这就是诅咒。”

让－巴蒂斯特的手碰到了右半身。当他注意到自己的手时，才发现手上全是血。

“到仓库去，”高个子说，“我们必须清洗伤口。否则你永远看不到巴黎了。”

他举着蜡烛照亮了前面的路。马厩里的马匹开始急躁起来。有几匹马站起来，把头举得高高的。它们闻到了陌生的气味和血腥味。他在最后一格马栏后面铺上新鲜秸秆，将一只棕色的粗羊毛毯垫在上面，请让－巴蒂斯特脱光上身。“我拿清水过来。”他说，将蜡烛摆在地上。

让－巴蒂斯特躺下来等他回来。他的耳畔只听到马蹄声。高个子不一会儿就回来了。他带来了干净的毛巾。一名年轻女仆手里拿着一只研钵跟在他后面。她跪下来，将几棵药草捣碎。“这是西门肺草，”那名男子说，“它可以减少炎症，防止化脓。”

“您是大夫吗？”让－巴蒂斯特问。

高个子没吭声，似乎在聚精会神地清洗伤口。

“对，他是大夫，”年轻女子稍后说道，“他是好大夫。”她将药草重新放到研钵里，用训练有素的手将它们捣碎，然后把药膏糊上水，将这个混合药剂叫让－巴蒂斯特喝下去。尽管药味闻起来可怕，但他还是喝下去了。

“这种药草对你有用，”高个子低语道，“萝芙藤会夺走你的恐惧。它可以使你的身体和你的性情镇静下来。你不再感到疼痛，可以安心睡觉。”

“我不会害怕，我在新大陆战斗过。我见多识广。”

高个子似乎不为他的话所动。“明天醒来，你到仓库四周看看，或许会感到害怕。你还没有看到命运赐予你的所有一切。”

让－巴蒂斯特本想直起身，站起来，他想或许最好还是离开这个地方为妙，可是他已经精疲力竭了，只能一动不动地躺在那里。他的思绪迷失在不可捉摸的感觉里。他还感觉到自己心里产生了恐惧，之后便迷迷糊糊地睡着了。

外面，天色破晓。新的一天开始了。第一缕阳光从硕大的天花板开口透射进来。让－巴蒂斯特醒了。他慢慢站起来，打量着四周。他是睡在最后那间马厩旁。那里总共有四间马厩。马已经站在那里不耐烦地等着有人给它们喂草吃。它们好奇而烦躁地用头撞击马厩门。他把它们打量了一番，他喜欢马。可它们几乎没有成为骑兵马匹的能力。它们是被淘汰的对象，大概顶多还能为停放在院子里的马车拉拉货物而已。他在仓库周围东瞅西瞧。仓库很宽敞。木板墙上挂着马具。钩子上挂有铁制物品：火钳、脚镣和手镣、撬棒，地上的柳条筐里装满了皮带，一根炉条，几只中等大小的木桶里存放着动物脂肪、软膏、药粉、木炭、润滑油、肥皂、麸皮、沙子和锯屑，以及一只巨大的轮子。角落里摆着一张桌子，桌布上放着什么东西。他拉住桌布的一角。染成淡青色的手指露出来了。他扯掉桌布，看到了一只胳膊，前臂、上臂乃至肩关节。胳膊肘被剥了皮，可以看到露出的骨头、肌腱和关节。

他被这可怕的恐惧攫住了。他重新想起了诅咒。他必须离开这个仓库。他的人生很有可能是要被诅咒的，可这个地方同样要被诅咒。他几乎刚做出逃离的决定，便陷入了惊惶失措之中，他担心自己会在最后一刻留下来。他急匆匆地走到仓库门口。外面的院子里响起了连续跺脚的马蹄声。想必至少有六七个骑兵吧。他将门扇打开一条缝。看到那些骑兵就是所谓轻装上阵的轻骑兵。他们身上带着滑膛枪，穿着白色制服。从制服的领子、袖口翻边以及翻领的颜色，看出他们属于布瓦西埃侯爵团部。对面住宅的房门打开了，高个子走到外面的院子里。

“你们的马需要喝水吗？”

“我们在寻找一名逃兵。你看到有人在这里闲逛吗？”

“谁也不会迷路到这里来。而且谁也不会自愿找到这个农家小屋来。”

领头的人用力把缰绳拉过来。他看上去时间很紧，然后又一次转过身来。“我们继续向巴黎进发。回来的时候我们还会找你。好生留意着吧。”

轻骑兵用靴刺刺马的侧腹。马腾空驶离院子。其他骑兵紧跟在他后面。他们沿着森林方向去了。

让－巴蒂斯特屏住呼吸。等到轻骑兵走远，他才完全打开仓库门。可高个子挡住了他的路。他壮硕的上身遮住了阳光，使仓库变得昏暗起来。“别动，”他说，“只有这里你才会安全。整个冬天你应该待在这里。你可以帮我修缮屋顶。”

让－巴蒂斯特在秸秆里翻寻。“您是谁？”

“你在找你的马褡裢吗？”高个子问，走进秸秆。他一脚将那只袋子踢到让－巴蒂斯特跟前，让－巴蒂斯特立即打开翻寻。可袋子里空空如也。他怒不可遏地盯着高个子看，“袋子里什么也没有。”

“还有，我的军官证在哪儿？”

高个子从上衣胸前口袋里掏出一份文件撕成碎片。他的双手粗大结实。

桑松想，这个人可不是坐在写字台旁挣钱的。

“那就是你的军官证，骑士。你现在用不上它了。你是逃兵。你到哪儿都找不到工作。你喝不到热汤，居无定所。你帮我，我也帮你。初雪马上降临，仓库里的秸秆就会潮湿而霉烂。我会帮你，但你必须发誓，你一定要待到春天才离开。”

“我向您发誓……”

“你不必向我发誓，骑士。应该在上帝面前发誓。如果你违背自己的誓言，我不会杀死你，但上帝一定会惩罚你。而上帝的惩罚要比死亡更恶心。”

“我向上帝发誓。只要我能在这里安生，我会做好您要我做的一切，直至我的团部撤离为止。”

“这个说起来容易，可是你愿意和魔鬼订立一份契约吗？”

“可以呀，”让－巴蒂斯特舌头有点不听使唤了，“可您又不是魔鬼。您可以减轻疼痛。”

高个子若有所思地点点头，急切地观察他。稍过片刻，他说：“我可以减轻痛苦，因为我也可以叫人遭受痛苦。我就像熊熊燃烧的火焰。它可以治愈伤口，但也可以叫人受伤，导致痛苦。如果你进入了我的世界，那么你就进入了痛苦的世界。”

让－巴蒂斯特盯着高个子那只残臂看。高个子会意地笑笑，走到桌子那边。年轻人跟在他后面，说道：“我会在初雪降临之前帮你把这屋顶修缮好。”

“你将和我同桌吃饭，睡在同一个屋檐下。为此你应该作为助手为我服务，直至那些树开出花朵。只要你的团部还在这个地区，你也可以多待上一段时间。我急需一名帮手。”

“找到一名帮手有那么困难吗？人们都在忍饥挨饿。在这种阴郁的日子里，人们只希望自己拥有一样东西，那就是工作。”

“但不是这种工作，”那人回答，“我们不只是修缮屋顶。”

“您究竟从事怎样的一种工作？”让－巴蒂斯特问道。怀疑写在他的脸上。

“我是司法官。而你现在是我的助手，骑士。我是被社会唾弃的人。他们也会唾弃你。”

让－巴蒂斯特脸色煞白。他渐渐产生了阴森可怕的怀疑：“司法官为何遭受社会唾弃呢？”

高个子在黑暗中抓住挂在墙上的一件物品。他走到灯光处，让－巴蒂斯特看到那是一把双手剑。高个子将剑尖刺入木地板，双手握住剑柄。

“我是皮埃尔·约翰师傅，是沟得拜冈沟地区的死刑执刑官。我为鲁昂市和迪耶普副伯爵领地工作。”

“不！”让－巴蒂斯特绝望地咆哮道，“不！不！不！”

他从约翰旁边一路冲出屋外。一匹马站在院子的饮水处。他抓住缰绳，跃上马背。说时迟那时快，他正想用靴刺刺马的侧腹，尖锐刺耳的口哨声顿时在院子上空响起。那匹马马上待在原地不动了。让－巴蒂斯特顺着马头向前坠落，一声喊叫之后，跌倒在坚硬的石子路上。

约翰挑衅地站在他面前。“下次可别再干这种蠢事了，我会一直追踪你到巴黎,叫你吃尽苦头。我知道如何叫人生不如死。不要逼我。不要现在。我刚刚开始喜欢你。”

让－巴蒂斯特艰难地站起来呻吟着。他本能地抓住约翰前一个晚上清洗过的部位。那里又在出血。“我逃到新大陆去，可不是为了回来再做刽子手的，”他叹息道，“我去当兵是为了摆脱压在我们家族身上的那重诅咒。我的父亲，我的祖父，所有我的祖祖辈辈，他们都是刽子手。他们来自庇卡底的阿贝维尔地区。”

“你应该为生在这样的家族感到自豪。”

“这不是我的世界！”

“只有一个世界，每个人必须占有上帝分派给他的那个位置。没有其他的世界。你必须满足事先被确定的条件。”

“曾经有过一个先人，他是绘图家……”

“尼古拉·桑松。”约翰说。

让 – 巴蒂斯特感到很惊讶。

“难道只是因为我是行刑官，你就以为我那么愚笨，那么没有文化吗？”

“不，约翰师傅。”让 – 巴蒂斯特撒谎道。

“你给我好好听着，骑士，你认为一重诅咒压在你的家族身上，你想要摆脱它。你离开你的家庭，你在部队里承担自己的义务，你去了新大陆，并且在那里战斗过。你幸运地活下来了，又回来了。你成了逃兵。你想要逃离家族的诅咒，可现在你成了我的助手。你认识到这种诅咒了吗？它就像你自己的影子那样紧随你。你可以认识到你的命运，可你无法摆脱它的纠缠。松树和暴风雨抗争，结果被连根拔起，可柳树宁愿弯下腰来，于是坚强地活下来了。你就接受这该死的人生吧，并且学会遗忘。当你回首往事的时候，痛苦就产生了；当你想到未来的时候，恐惧就开始在你心里发芽了。试着只看到今天的日子。今天你不缺少任何东西。过来，我给你看样东西。”

约翰回到仓库，从桌子上拿起那只可活动的胳膊，指给让 – 巴蒂斯特看，后者吓得后退一步。

“你好好瞧一下这个东西：肩关节从这里开始。它由肱骨头与肩胛骨构成。肩关节几乎难以通过骨头结构被锁定，而大多通过肌肉系统达到稳固。这是一种魅力。唯有解剖这个部位的时候，你才会知道这一点。唯有知道手关节如何发挥作用时，你才可以帮助我。普通的炎症在肿胀时会占据太多的空间，导致受感染者无法转动手关节。也就是说，必须让这炎症消退，而不能让它残留在胳膊上。任何一个刽子手都要比凡尔赛宫里的宫廷大夫更了解人体解剖学。

让－巴蒂斯特点点头。

“我可以教你很多东西，骑士，但你必须想学才行。”

“我会做您的帮手，约翰师傅。但如果明年春天我的团部离开这个地区，我也会离开您。”

约翰短促地笑笑，径自来到外面的院子里。让－巴蒂斯特待在仓库里。他走到自己的干草床铺上，捡起那只马褡裢。马褡裢里面还缝了一只小袋子。他摸了摸袋子。袋子里面也已经空空如也。他奔到院子里，对着约翰嚷道：“那只袋子里面也有东西的！您偷了我的东西！”

“不，”约翰说，没有转过身来，“我把它当作抵押物保存了。”

让－巴蒂斯特怒气冲冲，咚咚咚地回到仓库，将马褡裢扔到干草上，自己也躺在上面。

“约翰师傅从事解剖学研究。”一个女人和气地说道。让－巴蒂斯特转过身来，眯起眼睛看她。站在他面前的是那名女仆，她手里拿着一大杯红葡萄酒。这个女人大约三十岁了，穿着破烂。衣裙里面可隐约看到两只乳房的轮廓。她两腿细长，身材高大。他站起来，渐渐向她走近。昨晚他根本没有看清她的模样，竟然如此楚楚动人。

“上午他接待病人，”她说，“他开了一家小药房。他熟悉大自然的疗效，可到了傍晚，他执行刑事判决。”

约翰重新进入仓库。“没有我，整个秩序将会大乱；没有我，国王的宝座将难以为继。”

让－巴蒂斯特倚靠在一只啤酒桶旁。那里面漂浮着分辨不清的东西，看起来仿佛是人的手指。它们用绳子固定住。

“这就跟你看到的东西完全一样，”女仆说，“手指。被斩首者的手指。它们使啤酒变得更加浓郁芳香。所有被切下的四肢都具有神奇的力量，包括各种植物在内，只要夜里满月时被摘下，它们就可以在架子下生长。”

让－巴蒂斯特害怕地盯着她看。“这可真是神奇呀。”

“我叫若斯菲娜。我不是巫婆，”她会心一笑回答道，“我是约翰师傅的使女。世上有许多东西是我们无法解释清楚的。我们唯有相信它们。我们相信死后有生，尽管至今还没有一个人死后回来过，我们相信圣母玛利亚童贞女受孕，尽管在我们这个世上不会有这样的事，我们相信死人复活……”

“而且我们相信霉运，相信上帝的恩赐，相信奇迹和诅咒，”约翰说，然后严厉地注视他，“你还可以有一天的时间出去酗酒，桑松，然后我在外面的院子里等你。下午两点。下午四点整，我们要在盐井广场执行一次判决。受国王的委托。我是人民的复仇者，而从明天起，你就是我的助手。好自为之吧。到场的人将会非常之多。他们期待看到一次庄严的轰动事件。戏有第一幕、第二幕和第三幕。到最后，主角丧生。巴黎的任何一个戏剧都比不过这样的戏剧性。”

盐井广场上空喧天的鼓声停下来了。人们密密麻麻地挤在一起，站立在两米高的木制平台四周，位居平台中央的则为绞刑架。有一些人为了看清整个现场，像鸟儿一样爬在树上或者楼上。约翰师傅威严地爬上台阶走到绞刑架前，慢慢察看那些木板。这就是他的舞台。他穿着一件深红色料子做成的紧身上衣，上衣外面套着一件无袖皮制大礼服，那大礼服就像是一件护胸盔甲那样将上身扎紧。黑色马靴一直高至膝盖。此外，他还穿了一件宽松的血红色长大衣。他把大衣领子翻起来，看客们只能看到他那张棱角分明的脸的一部分。人群开始鼓掌。喧天的鼓声再次响起。约翰耐心等待人们安静下来。他从口袋里掏出那张书面判决书，他的目光以命令的姿态从人群的脑袋上面扫过。大家真真切切地感觉到了广场上的紧张气氛。观众们害怕他。可他们也喜欢这个两米巨人给他们带来的毛骨悚然的感觉。当喧天的鼓声再度静寂下来，让－巴蒂斯特·桑松带着不幸的布维耶爬上台阶来到绞刑架前。犯人穿着一件无袖红衬衫，双手反绑着。这名刽子手的助手头戴黑色风帽，齐眉高度上有两个开口，也为鼻子和嘴巴留出了一只小孔。所有这些都自愿演变成了化装服，因为它可以提高表演的价值，但也是为了让－巴蒂斯特不被人认出来。当然，要让一个爱凑热闹的人认出他来，这种可能性微乎其微，可是约翰曾经说过，一旦一重诅咒压在他身上，那么一切皆有可能，说完他心不在焉地盯着乌云看，它们在该死的农庄上空渐渐消散而去。

现在，约翰以可怕的雷鸣般的吼声宣读判决。先给布维耶上火刑，然后再绞死他。他偷了面包师的面包，愤怒的面包师穿越整个小城跟踪他，结果被他杀害。鼓声再次敲响。根据这个暗号，让－巴蒂斯特将死刑犯拉至木制平台中央的桩子那里。他把布维耶按倒，强迫他跪下，撕破了他的红衬衫。用于打上烙印的铁块已经在火盆里烧红。约翰师傅握住铁块，在灼热中转动了多次。紧接着，他将铁块压到囚犯的右肩上。皮肤嘶嘶地被烧焦了。布维耶发出撕心裂肺的惨叫声，让－巴蒂斯特简直无法制服他，紧接着，一股恶臭飘荡在盐井广场上空。约翰师傅伸出头察看绞刑架。人群在鼓掌。让－巴蒂斯特从后面抓住布维耶的上臂，让他回到原位。广场上突然寂静无声。他把绳索套在布维耶的脖子上系紧。布维耶几近麻木不仁地站在关闭的陷落活门上，闭上了眼睛。当约翰大声地问他是否还有话要说时，他只是有力地摇摇头。他希望尽快了结自己的生命。让－巴蒂斯特想确认自己并没有站在陷落活门上。约翰朝他点点头，心里平静如水，没有任何激动，对布维耶的命运不掺入丝毫同情的成分，于是让－巴蒂斯特触发了那个机械装置。陷落活门打开了，只听见嗖的一声，布维耶就像一袋面粉那样飞速掉入深渊，直至绳索猛然阻止他继续坠落。掉下去的身体重量紧压在他的喉结上，勒紧了他的气管。接着，他的脖颈断裂了。布维耶手脚还乱动了几下。他的身体松弛下来，尿液随即哗哗地流出来。人群发出大笑，又一次鼓掌。约翰显然对自己的表演感到很满意。他的准备工作做得无懈可击：他根据犯人的身体大小和体重核算了绳索的长度。只要犯一个小错误，就有可能导致布维耶尸首分离。这在判决文件里并没有做出预先规定。

骑兵出现在广场的末端。他们为自己开辟出一条路来。他们是轻骑兵，穿着布瓦西埃侯爵团部的白色制服。他们将绞刑架团团围住。让－巴蒂斯特站在那里一动不动。他站在敞开的陷落活门前。被绞死者的尸体依然在那里摇摆不定。约翰向指挥官走去，后者恰好爬上台阶，走到绞刑架那里。

“我们有一份通告要宣读。”指挥官态度生硬地说，然后从约翰身旁走过。他展开一张羊皮纸，向人群宣读通告。轻骑兵在寻找逃兵。有一些在新大陆就逃走了，还有一些回到了法国领土才逃跑。其中有些人被指控在新大陆偷窃了团部的军饷，还杀死了两名卫兵。“对为逮捕逃兵提供线索者，布瓦西埃侯爵本人将提供两个金路易的赏金。”

指挥官重新卷起羊皮纸，以审视的目光朝那个蒙脸帮工瞥了一眼，然后疑惑地看着约翰。

“他是我儿子。”约翰用坚定的声音说道。

指挥官离开了绞刑架，重新腾空一跃跨上马。他给了其他轻骑兵跟他走的暗示。他们慢慢地在人群里辟出一条通道，离开了广场。

约翰和让－巴蒂斯特默默地坐在马车的木凳上。当他们俩将城市甩在后面时，约翰问道：“你偷过团部军饷吗？”

“没有，”让－巴蒂斯特回答，“很有可能我悄悄离开部队时，有人白天干了偷窃的事，但我没干过。”

“那我从你马褡裢找到的金币，你是从哪儿弄来的？”

“您是说您偷我的那些金币吗？那是我玩纸牌赢来的。”

“我不会想到是这种情况。”约翰叽里咕噜道。他不相信他说的话。“那你为何要离开部队呢？”当注意到让－巴蒂斯特没回答时，约翰向他投去严厉的一瞥。

“我曾经驻扎在新大陆，在伯夫河畔。我们和法国的传教士们一起试图阻止英国商人和当地印第安人进行商贸往来。我们逮捕印第安人，用船只将他们作为奴隶送到我们加勒比海的种植场去。最后，我们得到命令，要把他们像兔子一样杀死。而这些印第安人实在太多了。后来，英国人来了，和一些部落结成了联盟。我们和契卡索人战斗，和纳齐兹人战斗。英国人派遣新的船只和士兵，建造堡垒。为了消灭他们，我们只好收买其他部落。可后来很多人病倒了。他们像苍蝇一样地死去。想拿赏金的人剥掉了他们的头皮。那些神职人员为一个英国人的头皮支付一百镑。那真是罪恶。我们的团部人数因此锐减，幸免于难的人变成了觊觎赏金的人或者淘金者，或者成了逃兵回到法国。我看见过太多血腥恐怖的场面。”

“那你今天可以更容易忍受这样的场景吗？”约翰讪笑道。

“你在新大陆用步枪对逃亡的印第安人扫射，一把火烧掉他们的村庄，可你永远不知道是否把人弄成致命伤了，你也永远看不到一个被烧伤的孩子。可在您的绞刑架上，约翰师傅，当犯人的脖颈断裂时，我们甚至还能闻到他们身上的尿味。”

“还有一个区别，”约翰说，“在新大陆，你们杀人可以拿到军功章，可作为刽子手你只能遭到鄙视和唾弃，尽管你只能执行法庭命令你执行的任务。一个人只是完完全全做了社会要求他做的事，他们怎能唾弃这样的一个人呢？他们希望看到绞死那些谋财害命的凶手，可他们自己却不愿意助人一臂之力。”

“谢谢。”让－巴蒂斯特稍后说道。

“我并不是为了你才这么做，”约翰撒谎道，“要是他们绞死了我的帮手，那我就没有帮手了。而且我想到我的帮手最终已经认识到，在布瓦西埃侯爵解散他的团部之前，他只有在我这里才会安全。”

“我会待在您身边，戴上黑色风帽。”

约翰朗声大笑。“这里的人喜欢这个。他们平时在这里无所事事。他们为了一只面包要干上好几天活。唯一打发时间的消遣活动就是观看处决现场。因此他们的期望值很高。”

让－巴蒂斯特点点头。因为他对轻骑兵寻找逃兵的事还一直心有余悸。“我们为何不把尸体带走呢？”他之后问道。

“市政厅愿意做这件事，它可以起到威慑作用。只有尸体腐烂了之后，我们才可以把它们取下，再埋葬掉。但并不是埋葬在墓地。”

让－巴蒂斯特考虑自己是否还有一条路可以摆脱命运的摆布。他现在不是可以直接从马车上跳下去吗？可他马上又想到了轻骑兵，他突然有了一种印象，仿佛所有的一切必须服从整体。他可以溜之大吉，藏匿起来，尝试任何可能的一切，但他终究会死在绞刑架下。他没有别的选择。这一可怕的念头使他感到苦恼，他迷迷糊糊地凝视着那条乡间小路渐渐消失在马蹄下。

“到家后，我给你演示如何计算绳子长度。那是数学。”

让－巴蒂斯特没有吭声。

让－巴蒂斯特更感兴趣的，不是被绞死者的尸体解剖，而是药房，是植物药学和制造药物。也许恰恰是因为若斯菲娜常常待在药房里的缘故。她掌握一些植物疗效的知识，乐意将自己的学问传授给让－巴蒂斯特。有时他们一起徒步到森林里采摘药草。若斯菲娜教会他如何寻找植物，如何识别植物，以及如何收藏它们，以便它们不会失去药效。他喜欢和她在一起。他喜欢她沉静的性格。她给了他平静和安宁。他也不在乎她从不向他透露自己的过去。他也从未刨根究底。或许他是害怕重新失去宁静的生活吧。偶尔他完全没有好好听她说什么。他凝神谛听她抑扬顿挫的声音，而不是注意她在说什么。

约翰、若斯菲娜和让－巴蒂斯特，三个人相守在熊熊燃烧的壁炉旁，一起玩纸牌度过漫长的冬夜。在那些美妙的夜晚，他们还一起品味葡萄酒。让－巴蒂斯特发觉约翰和若斯菲娜的关系非常亲密。可他弄不清他俩究竟是怎样的一种关系。对一名女仆而言，难道这是一种慈父般的关怀吗？难道她就是他的情妇？他在这方面没有想得太多，因为他只是等待布瓦西埃侯爵能够最终解散掉他的团部。可有时候，他会突然冒出赶紧消失的念头，但内心深处总有某种东西在抗拒着。他担心触犯一个崇高的准则。他必须接受命运的安排。而且因为这里还有若斯菲娜。总算还有若斯菲娜。他从不知道她是否喜欢他。或许在她看来，作为一个女仆的生存要比和一个逃兵不确定的将来更好。另外，完全无法肯定的是，是否她有朝一日会离开约翰师傅。她属于那种为了服务于他人宁愿牺牲自己生活的人。他们放弃过自己的生活，这一点难以解释。很显然，也有一种诅咒叫行善。

“打牌！”约翰打破了他的沉思。让－巴蒂斯特这才意识到自己洗牌时间用了太久。他尴尬地笑笑，开始发牌。他们总是玩牌至午夜时分结束，然后最后一次举杯互道晚安，年轻人回到仓库，很快沉入了梦乡。

春暖花开时，约翰获得了奥吉地区的一份刽子手工作。他为此感到很自豪。他暗地里满怀成为一名伟大的刽子手的梦想，就像是一位著名演员在其他城市和地区进行访问演出一样。酬金丰厚，这个不言自明。他不希望让若斯菲娜单独留在这个所谓该死的农庄里，便通知那里的市政厅说，想聘用当地的一名行刑助手，并想借用奥吉地区那位重病在身的刽子手的刑具。假若能这样，让－巴蒂斯特就可以陪若斯菲娜留在家里了。

临行前，约翰回到自己的药房，将两棵洋蓟捣碎。再加上苹果酒和几个士兵从新大陆带回来的育亨宾树皮粉末。最后他还添加上玛卡根粉，玛卡是印加人的一种神圣植物，是由西班牙航海家率先带到马赛去的。“今晚试一下，”约翰对让－巴蒂斯特说道，“然后告诉我，它的效果有多迅速和强大。它对你的胆汁和肝脏有帮助，并且促进供血”。当他看到让－巴蒂斯特脸上的怀疑目光时，他哈哈一笑。“你吃了可不会死掉，骑士。它不会对你有损伤。最坏也就是不起作用罢了。”

约翰在一本黑色小册子上对如何调制这杯酒做了详细记录，然后告辞了。

夜幕降临，让－巴蒂斯特过去照顾马匹时，若斯菲娜踏进了仓库。若斯菲娜显得心情舒畅，兴高采烈。他不知道这是为什么。不知怎么的，她要比平时更漂亮了。难道他到现在才发觉她实际上有多么美丽动人吗？

“现在就剩下我们俩了。”她突然说道，冷不防站在他面前。她请他跟平时一样到厨房去。她做好了豆饭，配上了熏板肉和洋葱。他们一声不吭地吃着晚餐。

“我们彼此心心相印，不用说什么大话。”若斯菲娜说。他点点头。

稍后，她递给他那杯洋蓟酒。“喝吧，”她嫣然一笑，“为科学干杯。”

让－巴蒂斯特将杯中酒一饮而尽。这酒喝起来有点儿苦涩，但因为加上了白酒，口感好多了。当他重新搁下杯子时，她伸出了手。他一把抓住她的手，她接着说道：“睡到房间里去吧，让－巴蒂斯特。”他犹豫不定着。“夜里还是挺冷的。”她说，微笑起来有点笨拙，然后站起来。她还一直拉着他的手。她慢慢把他带到屋顶下挂着的亚麻袋后面，正是这些袋子将厨房和睡房分隔开。她解开裙带，脱下衬衣，满怀期待地注视他。他也几乎同步地脱下衣服，先是战战兢兢，小心翼翼，继而越来越迅疾，充满着激情。在脱下自己所有的衣服之后，他停顿了下来，直等到她也同样脱光身上的衣服。他喜欢她直奔主题。

他们一起坐在厨房里，吃着卷心菜和约翰临走前用铁锹砸死的那只鸽子。

“我感觉自己吃撑了。”若斯菲娜说。

让－巴蒂斯特微笑着回答，注视着她好久。

“我会是个好妻子。”她轻声道，仿佛猜出了他的所思所想。

“我知道，”他说，“你很能干，也很可爱，而且你有一颗善良的心。”

若斯菲娜满意地微笑着：“你也是，我们会合得来的。”

“或许现在还太早吧。”他沉思着说。

“太早？”她生气了，“孩子必须早生才好。你还想等什么？”

“等待命运的暗示。”

“我不相信命运。一切掌握在你的手里。你决定自己想要走的路。”

她的话令他感到吃惊。他握住她的手点点头，温柔地抚摸她的手背。

他们的爱情并非没有结果。若斯菲娜怀孕了。一天早餐，她在房屋和仓库之间的井边晕倒时，约翰急忙奔过去救助她，把她抱到屋里，抱到她的房间里。过了一会儿，他又走出屋子，踏着沉重的脚步走到仓库那边。他一把打开嘎吱作响的木门。灯光使让－巴蒂斯特晃眼。他依然躺在干草床铺上。约翰抓住门后的那把大斧子，走到他跟前。

“若斯菲娜怀孕了。你要跟她结婚吗？”

让－巴蒂斯特默默无言。

“你好好听着，骑士，我会关心我的伙伴和助手。如果他们老弱病残了，我会让他们留在我身边，给他们一个栖身之地，也给他们提供热菜热饭，这是刽子手的传统。我们砍下罪犯的脑袋，绞死犯人，可我们为自己人的命运承担责任。”

让－巴蒂斯特感觉自己受到了威胁，不得不做出妥协。就在这一刻，他讨厌起约翰来。有人又想要决定他的命运了。他又一次想到了那只马褡裢。是约翰偷了他的马褡裢。“是的，”他听到自己在说，“我要跟她结婚。”紧接着他压低声音补充道，“等孩子出生后，我要带若斯菲娜和孩子一起搬到巴黎去。”

约翰把斧子搁到地上。他显然搞糊涂了。“你想和她结婚这很好，可你想离开这个农庄就不对了。你想去巴黎干什么？忍饥挨饿吗？去偷去抢吗？巴黎就是一个大粪坑，一个垃圾场，污秽不堪，到了夜里，巷子里不安全，人们没有工作，面包太少，他们都快要饿死了。待在这里吧。你可以成为我的接班人，将来有一天，你的儿子也将成为你的接班人。"

"我希望我的后代避免遭到诅咒。他们应该成为自由人。过那种遭受唾弃的生活可不是人人都喜欢的。"

"别匆忙做出决定，骑士，再好好考虑一下吧。过几个晚上，或许你就会改变想法。刽子手待遇优渥。而在这里的乡下你总能找得到几个土豆。可你并不需要它们，因为你是刽子手。在这里法律允许我们：只要你两只手抓得住，你在市场上尽可以随便拿走多少水果、蔬菜、鱼肉，甚至鸡蛋。统统免费。"

"我知道。您难道忘记了我也是来自刽子手世家吗？您难道也忘记了我度过我迄今为止的生活，只是为了摆脱这种命运吗？"

"骑士，"约翰以非同寻常的慈父般的口吻说道，"我会传授给你植物药学的所有一切。我们不仅执行判决，甚至还要种植土豆"。

"我还以为只有新大陆才有土豆呢。"

"不，"约翰大笑一声，"他们已经在勃艮第种植土豆了。我的院子里就有一些。它们味道好极了，而且土豆皮可以减轻灼痛。"他的脸部表情开始舒缓下来，变得温和了。他非常希望让－巴蒂斯特能够留下来，他们可以一起组成一个家庭。"骑士，别忘记我当时在那间祈祷室里跟你说过的话。你可以认识到自己的命运，可你无法逃脱命运的安排，这就是诅咒。而如果你想抗拒它，那生活就会制伏你。"

"不，不，"让－巴蒂斯特固执地说道，"一个人只要认识到自己的命运，他就可以摆脱它。人是自由的，约翰师傅。"

“人还从来没有自由过，”约翰以不祥的声音说道，“人一辈子做事，却不明白自己为何要做。他就像一只动物，留下足迹后再也无法被抹掉。”

1739 年 2 月，最初的阵痛开始了。约翰请让－巴蒂斯特骑马进城叫一名助产士上门。

“我还以为刽子手也可以干这活。”让－巴蒂斯特惊讶地说。

“我缺乏训练，”约翰回答，“假若这是某一个女人，那我会这么做，可遇到若斯菲娜就不行了。她需要城里最好的助产士。”

让－巴蒂斯特策马奔向邻近的小城，他们就是在那里的盐井广场上执行判决的。和平时一样，那只绞刑架已经在上一次处决数日后被拆除。此刻货摊上可供选择的水果和蔬菜少得可怜。无以数计的人们在广场上闲逛。绝大多数人已经喝得醉醺醺了。今天清晨，这些人拿到了属于自己的薪饷后光荣退役。他们就是来自布瓦西埃侯爵团部的人。侯爵终于解散了自己的部队。让－巴蒂斯特试图明白过来：他自由了！他不必回到那个该死的农庄。他可以选择，可以决定。自由了。

城里最好的助产士名叫莫尼克。她和年长好多的哥哥一起居住在一栋崭新的木框架结构的房子里，那些拓荒者从新大陆回到法国之后都建造这样的房子。承重梁由一根根染成黑色的清水梁组成，而梁与梁之间的间隙则由黏土和砖瓦堆砌而成。德国木框架结构房子有着几近几何图形布置的清水梁，然而和这种房子结构相反的是，这座城里的这些房子排列得混乱不堪，好像那些建筑师永远喝醉酒似的。

让－巴蒂斯特敲门。他没法弄明白，一个助产士竟然住得起这么大的房子。一名使女打开房门。

“我要找助产士莫尼克。她住在这里吗？”

“对，她和大夫先生住在一起。大夫是她的哥哥。”

他被带到那间宽敞的客厅里。一个佝偻着身子的老人坐在客厅里一张木椅上，椅腿上装上了轮子。有一个精心设计的机械装置可以让他独立挪动位置。

让－巴蒂斯特稍稍鞠了个躬。“您好，我想为约翰师傅的女仆找一个助产士。”

“约翰师傅，”老人讪笑道，“他还一直住在那个该死的农庄吗？”

让－巴蒂斯特点点头。

“从什么时候开始他有女仆了？”他听到一个女人刺耳的声音在他身后嚷道。让－巴蒂斯特转过身来。在他面前站着一个丰满的女人：莫尼克。她实在是太胖了，一说话连呼吸都感到困难。“那个女仆究竟叫什么名字？”

“若斯菲娜。”

老人顿时大笑起来，可他的笑声随即变成了令人恶心的咳嗽。

“快点呀！”让－巴蒂斯特叫道，“阵痛早已开始了。”

“我们的若斯菲娜怀孕了，”莫尼克朗声大笑，“那孩子的父亲是谁？”

“是我。”让－巴蒂斯特渐渐变得不耐烦起来。

“我当时把小若斯菲娜带到了这个世上，”年迈的大夫和蔼可亲地摇摇头，然后对他的妹妹招手，说道，“给我倒一杯苦艾酒，也给这位年轻人来一杯。”

“您现在过去，还是不过去？”让－巴蒂斯特坚持道。

“我是不会帮任何一个刽子手接生的。”莫尼克说。

“说得对，妹妹，如果你给一个刽子手女儿的孩子接生，谁也不会再上我们家来了。那好，您喝了这杯苦艾酒就走吧。”大夫家的使女递上了两杯酒。

“您是想暗示，若斯菲娜是约翰师傅的女儿吗？”

“暗示？难道我说得还不够清楚吗？让他女儿受孕，这只老狐狸已经等了多年了。我了解约翰家族。在这个家族里，哪怕只被搞过一次，所有的女人都会怀孕。仿佛连大自然都知道，她们只要一次性生活就够了。而那些男人，不错，这个家族里的男人都会成为刽子手。您必须承担这一职务，先生，您之后就是您的儿子。这就是这些人的传统，您就生活在他们之中。”

“您搞错了，先生！”

“不，”年迈的大夫说，然后举起他的空杯子，好让人再给他斟上酒，“正如我在我的眼里看到黄疸病一样，我在您的眼里看到许多鲜血，这个您早已看明白了。不，年轻人，谁也不会为一个刽子手的出生而离开这个屋子。”

让－巴蒂斯特把莫尼克推到一边，仓促地离开了客厅。

他疾步奔向院子，骑上马。回家路上，从当时的士兵小分队飞驰而过时，他听到有人呼喊他的名字。有一些人想跟在他后面，可他们已经喝得酩酊大醉了。他们发出怪叫声和狂叫声，而让－巴蒂斯特希望他们马上离他远去。他策马疾驰，希望尽快回到那个该死的农庄。他在院子里就听到了令人哀怜的呻吟声。他冲进屋子，走到若斯菲娜床前。她在睡觉，脸上全是汗。床脚摆着沾满血的床单，还有一只双把大木桶倒满了热水。约翰师傅坐在一只凳子上，手里抱着一个小襁褓。他轻轻地说道："我有外孙了。"

"我知道，师傅。"让－巴蒂斯特说。他想抱起自己的儿子，可是约翰回绝了，仍然抱着这个新生儿。"我有外孙了。"他喃喃自语。让－巴蒂斯特开始不乐意了。毕竟他是父亲，而不是随便一头给老迈的约翰传宗接代的种马。

"我想现在就要我的儿子。"他终于发出尖锐的声音。

约翰向他投去疑惑的一瞥。他还从未领教过骑士这种态度。他只好表情漠然地将婴儿交给让－巴蒂斯特。

几天后，让－巴蒂斯特和若斯菲娜结婚了。这是一个静悄悄的婚礼，没有任何客人光临。

他们彼此爱慕，琴瑟和谐，生活得非常幸福。

对约翰师傅来说，所有的梦想都已经实现。他的女儿找到了一个丈夫，并赐给他一个外孙：夏尔－亨利，又名夏尔。家族的香火得以延续。约翰知道他的女婿把生活想象成另外一种模样，可他认为，人来到这个世上，并非为了使自己幸福，或者为了实现某种梦想。不，人生由痛苦和折磨组成，而幸福就在于找到自己在人生中的位置，并且担当这个位置。

“我要和夏尔骑马出去，给他看那条河。”让－巴蒂斯特走进约翰的药房时说。小夏尔坐在地上和动物木偶玩，这些玩具是外公特意为他雕刻的。

“你就让孩子先待在这里吧，”约翰说，头都没转过来，“他正在玩呢。”

“我想和我的儿子一起骑马出去。”让－巴蒂斯特重复道。

约翰这才转过身来，摇摇头说:“你怎么了？这孩子喜欢在这里玩。他现在不想出去。”

“我想和我的儿子一起出去，难道还要征得您的同意吗？”

“你可用不着那么敏感。”约翰说完，又重新沉浸到自己的工作中。

让－巴蒂斯特一把举起小夏尔。“他是我的儿子，”他说，“按照原订的计划，我们要到巴黎去。”

“他是约翰家的骨肉，”老人没好气地斥责道，“他的身上流着我的血液。”

“他是桑松家的人，”让－巴蒂斯特反驳道，“他的身上流着我的血液和若斯菲娜的血液。我们仨都要搬到巴黎去。或许最终您会把我那只马褡裢里面的东西还给我！”

两个人彼此沉默了很长一段时间。若斯菲娜试图出面调解，过了好几周后，她强迫两个男人一起玩牌度过了一个晚上，就像他们原来有过的好时光那样。可眼前的气氛变得很压抑。他们一言不发地玩牌。快要就寝时，若斯菲娜给酒杯倒上酒。

“我知道，”约翰稍后嘀咕道，“他是你的儿子，但他也是我的外孙。”

若斯菲娜脸上显出一副担心的样子，越来越紧张不安地观察两个男人。“你们俩究竟是怎么回事？”她忧心忡忡地问道。

“我们要搬到巴黎去。”让－巴蒂斯特回答。

约翰惊恐地扬起眉毛。他没有考虑到这一点。和绝大多数人一样，他害怕变化。“我以为这个话题已经了结。我们不是早就讨论过这个问题了吗？如果你到巴黎去，那你就是选择了贫穷。你要到巴黎去干什么？”他问道，口气明显很恼火，“在巴黎你可以做刽子手。骑士，可要是这样，那你同样可以待在这里。”出于习惯，他还一直将他的女婿称为骑士。

“我希望从事某一种职业，”让－巴蒂斯特固执地回应道，“车工、商人、鞋匠，任何一种职业都可以，除了刽子手。”

约翰不解地摇摇头。“我跟你说这话你会有点不乐意，骑士，可你真是个笨手笨脚的人。你只能干干粗活。你得干些其他人干不了的活。在巴黎的大街小巷采集肥料，每一个傻瓜都能干这种活，而傻瓜之中的竞争最激烈。你还可以学很多东西，比如在解剖学或者植物学方面，但你在这里还得待上一段时间。我不会永远活着，骑士。到时你们再去巴黎好了。”他表示和解地结束了自己的话，然后朝小夏尔那边望了望，小夏尔正在地板上玩木制士兵游戏呢。可想到女婿坚持不让步，他几乎感到绝望了。他再也不能给他的外孙雕刻小动物了。“不，不，”他大声地说，“你待在这里，慢慢就会习惯了。”

让－巴蒂斯特显然生气了，他不想再等下去，不希望再这么耗下去，这样空等下去很可能就要遥遥无期了。

“你真以为巴黎人愿意让一个来自外省的刽子手卖给他们面包

吃，卖给他们酒喝吗？”约翰重新激动起来。

“父亲说得对，”若斯菲娜小心翼翼地说，“你找不到工作，没有比刽子手的职业能拿到更好的薪酬的了，让－巴蒂斯特。我们的小夏尔将来应该做什么？你必须成为刽子手。为了你的儿子。”

“可不是在这里！”让－巴蒂斯特坚持道。他知道得很清楚，约翰这辈子永远不会搬到巴黎去住。“如果我们现在不走，那我的渴望将不复存在。我不能一辈子按照他人的愿望行事。否则当年我也不会逃到新大陆去了。”

约翰将他的牌扔到桌上，将酒杯里的酒喝完。他拿起杯子离开了厨房。

让－巴蒂斯特想不惜一切代价到巴黎去。他并非用梦想消磨时间，每到夜里，他就让自己的梦想醒着。他瞪着大大的眼睛盯着黑暗处看。他的要求始终无法得到满足。

自那天晚上起，这个该死的农舍变得更安静了。约翰尽心尽力地为女婿传授新的医学知识。要想让外孙在药房里度过时日，他必须做出牺牲，他让让－巴蒂斯特了解植物药学的奥秘。可事实上他将这些奥秘也都教给了小夏尔。小夏尔求知欲极强。而且总是有问不完的各种问题。那些药草和它们的作用对他产生了巨大的吸引力。他马上就熟悉了所有的药草，这些带来神奇疗效的药草，他也很清楚何时以及在哪儿可以采摘到它们。这倒是挺中让－巴蒂斯特的意，但他嫉妒岳父拥有那么渊博的知识。他不久就发觉他在药房里只是一个陪衬，只是为了让约翰和夏尔待在一起。夏尔喜欢外公。由于他的周围没有同龄的玩伴，他自愿在药房度过绝大部分时间，并将外公搁在工作台上的一切磨成粉末：药草、香料、叶或茎、花朵、树根以及树皮。夏尔的记性很好。他会注意到它们的芳香、颜色、稠度，尤其是合适的剂量。因为只要有机会，外公就会苦口婆心地告诫他，任何一种混合而成的药剂既可以救死扶伤，也可以叫人一命呜呼。仅仅视剂量的不同而定。

小夏尔年纪很小时，约翰外公就教他读书写字，指给他看那些有关植物学和药学的书籍，特别是那两本带有精美插图的巨著。夏尔每天都要翻一翻那两本书。他可以长达数小时之久地告诉母亲自己学到的知识。母亲倾听儿子说话时颇为自豪，几乎是聚精会神地，不让他注意到其实他说的这些她早就知道了。那段日子很太平，约翰和让－巴蒂斯特不必经常到盐井广场公干。日子过得很太平，可让－巴蒂斯特感到不满意了。他要搬到巴黎去的愿望始终未变，这种渴望强烈而又充满挑战性。偶尔他试图和若斯菲娜谈谈巴黎的话题。可每次她都是万般温柔地拥抱他，对他报以微笑。“我们在这里不是过得挺好吗？我们什么都不缺呀。”碰到这样的时刻，他就觉得，对若斯菲娜的爱和无条件照顾好夏尔要比巴黎更为重要。对若斯菲娜作为已婚女子听从父亲的话，即便他没有任何吩咐她也会顺遂父亲的心意这一点，他同样表示理解。他实在太爱她了，因此根本不会做出令她感到伤心的任何事情来。从某种意义上说，他是完全听命于她的。因此，他继续为自己戴上黑色风帽，耐心地等待约翰老死。他认识到约翰也会越来越老，他渴望自己将来有一天甚至能够看到约翰去见上帝的那一刻。他希望自己终于能够名正言顺地成为夏尔的父亲，可以单独拥有若斯菲娜。可老人却迟迟不肯离开这个世界。

1744年夏天，完全出乎意料的是，就在小夏尔五周岁生日不久，若斯菲娜突然去世。约翰师傅也不清楚她死于何种疾病。或许上帝也不知道吧。若斯菲娜似乎睡得很安详。约翰认为或许她发生了内出血。动脉有时会在体内、头部或者心脏发生爆裂。这种事在约翰家族出现较为频繁。人犯困了，睡着了，失去了知觉，然后再也没有醒来。

若斯菲娜被埋葬在祈祷室后面。夏尔尽管一声不吭，可眼泪却顺着脸颊汩汩而下。他紧紧抓住让－巴蒂斯特的手，仿佛希望确信父亲不至于也会回到亲爱的上帝那里去，让－巴蒂斯特很诧异，他的小夏尔竟然还把上帝称作“亲爱的上帝”。唯有那位邮递员出现在葬礼现场，可他并非出于哀悼，而是因为他手里有一封约翰的信。约翰连看都没看就把信塞进自己的短上衣口袋里。他想喝酒。上午喝，中午喝，晚上喝，整个夜里也喝。约翰师傅从地下室里拿来最好的葡萄酒，他和让－巴蒂斯特一连喝了好几天，神志不再那么清醒了。夏尔坐在沙发上，翻阅外公的那几本珍贵的植物学著作。他时而会稍稍抬头瞧瞧。看到两个男人还在喝酒，于是继续看书。

一天上午，约翰师傅跌跌撞撞地走到院子里，从马厩里牵出两匹马，将它们驾在车前，然后重新走进厨房。让－巴蒂斯特趴在桌上睡着了。当约翰昏昏沉沉坐下，冷不防弄翻酒杯时，他才如梦初醒。他感到头痛欲裂。他知道出什么事了，恍然想起若斯菲娜已经不在人世。

约翰从上衣口袋里掏出那封信交给女婿。“前一阵子，我给巴黎法院写过信，申请巴黎的空缺职位。现在那位巴黎刽子手死了。”

让－巴蒂斯特仔仔细细看完信，却只是默不作声。

“这可真是意外的惊喜，”约翰咕哝道，“我原本以为，如果我们一起搬到巴黎去，你会感到高兴的。我是特意为你们申请的。”

“巴黎法院皇家委员会任命您为新的巴黎刽子手了吗？”

“是的，而且不仅任命我，也包括你。请抓住命运递给你的手吧。别犹豫了。”

对让－巴蒂斯特来说，这一切完全在预料之外。

“你必须在 9 月 23 日到达巴黎。别再等了！到了 9 月，天又湿又冷，马路会变软。”

让－巴蒂斯特倒上酒，问道：“那你呢？”

“我开始经历人生之秋了。我发觉冬日已临近。不过你不用在意。你应该感到高兴。你将获得一万镑的年收入，这是我工资的三倍。”

让－巴蒂斯特沉默了。他激动得说不出话来。

“多想着你的儿子。巴黎的租金很高，你还需要一个女仆。”小夏尔坐在约翰的怀里，担心地看着他。约翰把他重新放下。“现在，既然你去意已决，那就赶紧走，”他没抬头看一眼让－巴蒂斯特，继续说道，“马车已在院子里准备好了。马我也已经套好了。我不会再用到它们了。另外，你走的时候别忘记把书带上。书是给夏尔的。他是聪明的孩子。到了该上学的时候，你就把他送到学校去。总有一天，任何诅咒都有结束的时候。我想他不会接你的班。你没有得到的机会，就好好提供给他吧。”

约翰拿起酒瓶，离开厨房。然后他又一次将头探进门里。“你的金币放在若斯菲娜的床头柜里。马褡裢在仓库里。现在你真的可以告诉我，你的金币是从哪儿弄来的。是偷的吗？”

“不，我是在新大陆的泰瑞罗杰战场上从一个死去的军官身上搜来的。”

“盗尸者。”约翰轻蔑地说。

“钱这东西，死人可带不走，”让－巴蒂斯特说，“我要把金币用在夏尔的教育上。”

约翰转身走了。他穿越院子，消失在仓库后面。让－巴蒂斯特和夏尔待在厨房里。他把前一天的土豆烧热，然后把它们和新鲜的蒜头、洋葱、罗勒和乳酪放在一起煎。约翰师傅没有回来。让－巴蒂斯特决定过去找他。他们应该一起吃上最后一顿饭。

他走到院子里。约翰已经在马车里铺上了一条粗羊毛毯。此外，他的几本药学参考书也已经用绳子捆紧放进了车里。让－巴蒂斯特突然闻到一股焦味。他起初以为是土豆烧焦了，可马上想起自己已经把锅子从炉火中端走了。烟雾从仓库后面袅袅升起。夏尔从屋子里奔出来，大喊道，肯定是哪儿着火了。他们急忙奔到仓库后面。烟雾从那间祈祷室里冒出来。入口上方有一根镌刻着铭文的横梁。约翰师傅吊在横梁上来回晃动。

“这真是诅咒啊，”让－巴蒂斯特喃喃道，拥抱夏尔，“我希望你将来只有女儿。不要有儿子。闹鬼的悲剧必须终结。”

“那我呢？难道我也必须成为刽子手吗？”

“时辰一到，你自然会知道。”

第 2 章

让－巴蒂斯特·桑松和夏尔驱车前往巴黎。约翰师傅那些最珍贵的器具他都已经装入马车里了：除了工具之外，还有整个药房、昂贵的书籍以及一堆血迹斑斑再也无法洗干净的衣服。让－巴蒂斯特在策马扬鞭时想到，等到将来有一天，衣服上面全变成红色时，就会看不到那些斑斑血迹了。当你用刀将犯人的头颅从躯干中分离，你早就看不到从他们身上溅出来的血迹了。他在约翰的地下室里发现小罐装的苹果酒，他把这些酒也放到了马车里。他肯定需要酒喝。自从和夏尔离开那个该死的农庄以来，阴郁的想法始终在折磨他。诅咒这种东西究竟是有还是没有？约翰说过，如果你相信上帝，那么你也必须相信诅咒。而假如诅咒是上帝的一件工具，那么这就近乎要和亵渎神灵抗争了。他真的怀疑，世上发生的一切是否源自臆想中的上帝的旨意。可他不敢陷入这样的沉思之中。那种为此必遭报应的恐惧感太过强烈。于是，他们只好默默地穿越森林。小夏尔有时低声道:“这是栗子树”或者“这是金合欢树”。说完他抬头看着父亲，一直等到他颔首为止。外公把知道的一切都教给了他。夏尔认识这些山毛榉——白色的、红色的山毛榉——那些槭树——花楸树、篠悬木槭和穗花槭，以及那些紫杉和橡树。树木开始凋零，林地上落叶缤纷，覆盖了一层橘黄色，好像是为了保护道路不被渐渐来临的冬天冻坏。他们中途还稍停片刻，因为夏尔要小解。他仿佛做梦似地四处游荡,俯下身去探看在树叶中找到的东西。“一条蠕虫，”夏尔说，并指给父亲看，“我还从未见过这么大的蠕虫。”

让－巴蒂斯特无力地微笑着，示意夏尔重新上车。“让这条蠕虫自己忙活吧。它和螨虫和虱子一起将树叶加工成腐殖质层。所有的一切都有存在的意义。”

夏尔点点头上了车。他们驶离森林时，他突然问父亲为何现在想要到巴黎去做刽子手。他不是从来都不喜欢这份工作吗？让－巴蒂斯特若有所思地看着儿子。最后，他越过那两匹小跑的马重新向前远望。“我不想做刽子手，夏尔，可是我必须做。我没有其他选择。”

“你不是可以做其他事吗，谁也看不到你，谁也不会知道。”

“你可是大大地搞错了，”让－巴蒂斯特很不高兴地说，“难道河流有选择吗？它在自己的河床里流淌，有时越过河岸，可它无法改变流向，只能终结在大海里。”

他们沿着苹果种植园向巴黎方向迈进。让－巴蒂斯特时而谈起他的青年时代，谈起新大陆的经历，可夏尔只是沉默不言。尽管如此，让－巴蒂斯特可以肯定儿子在仔细倾听他的话，他的声音可以让他放下心来。

“我会成为刽子手，”让－巴蒂斯特忽然说道，“这样你就永远不必成为刽子手。我爱你，夏尔。你比我自己的生命更重要。我会竭尽所能让你过上更好的生活。如果几年之后大夫的职业还是你的理想，那你应该成为大夫。”

他们远远地看到有两名男子站在马路边上。让－巴蒂斯特出于本能将一只手放到自己剑柄的把手上。当马车抵达那两个陌生人身边时，他们请求搭个便车。他们是准备到巴黎寻找工作的临时工。他们衣衫褴褛，饥饿使他们的身体显得很消瘦。可他们刚上车，看到刽子手的行刑用具，又赶紧惊恐万状地下了车。“他是刽子手！”其中一个嚷道。“他为什么不作自我介绍？”另一个满腔怒火地吼道。让－巴蒂斯特坚定不移地继续赶路，任凭几块石子从他的头顶上飞越过去。“你看到了吧，”他对夏尔说，“你在尽自己的责任，可那些人却因此瞧不起你。我们将生活在责骂和耻辱中。”

儿子抬头望着父亲，抓住他的胳膊。“我将来做了大夫，你就不必再去工作了，爸爸。我要发明一种能治好母亲疾病的药。她会为我感到自豪。”

“有计划当然是好事，夏尔。人们预先确定一个目标，一个方向，可那些人一旦制订计划，上帝就发笑。整个老天在发笑。因为有人从那上面嘲笑我们。”

夏尔点点头，尽管他没有真正明白父亲究竟陷入了怎样的忧伤。他搂着父亲的脖子，将手压住他的胸口。“你向我保证永远不离开我。”

“我向你保证，夏尔，上帝是我的见证人。”

两日之后的早晨，他们驱车途经巴黎的一座城门，在税务站等着海关关员检查。让－巴蒂斯特出示了巴黎法院的通行证，马上又畅通无阻地继续前行。有个别农民为了要把他们的牲畜赶到市场上去，索性起了个大早。天色破晓之后，他们再赶着牲畜就不会被放行了。让－巴蒂斯特向行人打听路。他怀着复杂的心情发觉，人们不断地将他带到最不堪入目的住所。“你是在找那个去世的刽子手的家吗？”有一个人问道，“我们把它称为刽子手旅馆。”该旅馆坐落在巴尔塔街，隐藏在对面那些楼层更多的房子的阴影里。这是一幢阴森森的房子，一座八角形的钟楼耸立在房子上面。这幢楼位于集贸市场边上，据说每到夜里，大楼里可以听到被绞死者和被砍头者的灵魂在呻吟，而在市场上，日日夜夜都能闻到热乎乎的血腥味和鱼下脚的臭味。流浪狗在污浊的水中东奔西窜，污水把它们的爪子染成血红色。这里至少有人吧，让－巴蒂斯特想。就算他们想要回避他，他也不可能完全是孤身一人在那里。因为整个白天，那里一直处在喧哗之中，它促使人想到自己不会是孤家寡人。自从若斯菲娜去世后，他讨厌孤独。

一个二十四五岁的年轻女子为他们打开门。“我叫让娜，博勒加尔街上那个车工的女儿。”她热情地微笑道。可小夏尔的脸蛋愣是一动不动。当她向他伸出手时，他却向后退缩，仿佛对方有一把烧红了的钳子在威胁他。让娜没再坚持。她中等身材，看起来非常结实，脸形滚圆，可以看出她花在厨房里的时间非常之多。她把自己的棕色长发编成两条辫子，它们将她的脸围了起来，使她的面孔看起来更加丰腴。她领着让－巴蒂斯特和夏尔穿过窄小逼仄的房子。起居室的木制天花板用的就是绞刑架那边的地板，而一到集市日，窃贼和罪犯就会在那儿的耻辱柱旁示众。房子后面有一个院子。和院子相邻的是一间马厩、一个药房以及一间工具棚。让娜解释说，除了死去的刽子手本人外，这间工具棚还从未有人进去过。此刻他们仨站在院子里。一条狗摇着尾巴向他们走来。夏尔重新抓住父亲的胳膊平放在他的胸口。狗嗅了嗅他的裤子。

“我能看一下那间工具棚吗？”让－巴蒂斯特问。

“您别问我那个老刽子手究竟在那里存放了些什么东西。我不知道。那里有时候可真是臭气熏天。”她悄悄地瞅了一眼夏尔，其实是想让做父亲的明白这间工具棚并不适合给孩子看。她用右手挡住夏尔的眼睛，和他一起后退。“我们在外面等。”

让－巴蒂斯特走进去。一股可怕的恶臭扑面而来。那是一股甜腻而刺鼻的腐烂味。敞开的窗户下面有一把躺椅。躺椅上面有一具无头尸体。那个脑袋躺在两膝之间。让－巴蒂斯特想，显然他的前任和约翰师傅有着同样的嗜好，他要先解剖被处死者的尸体，第二天才派人把尸体送至墓地。他走近尸体。看到一个没有脑袋的身体，总是让人觉得怪异。这是违反常理的。可是，没有任何东西可以再让他感到害怕。他知道命运毫无怜悯之心。他在美洲新大陆和欧洲旧大陆看到过人是如何死去的，他们死亡时无异于猫狗虫鸟。他经历过巨大的苦难，几乎没有任何东西还能激起他的同情。唯有小夏尔时而还能博得他的一笑。他爱儿子。亡妻若斯菲娜依然活在儿子的眼睛里。当夏尔依偎在他怀里时，他觉得离她最近。

“我很愿意照顾好你们俩，”等到让－巴蒂斯特重新走进院子时，让娜说道，“您的前任对我非常满意。他喜欢我做的饭菜。每次行刑之后，他都会饕餮一顿。他实在太大腹便便了，安葬人员只好给他预订了一口更大的棺材。”

让－巴蒂斯特点点头。“好呀，”他像在自言自语，“夏尔需要人照顾。他在以某种方式隐居到另外一个世界，我找不到通往那个世界的入口。那个世界可怕而昏暗。”

“我还有鸡蛋、熏板肉和蔬菜。”让娜说。让－巴蒂斯特感激地注视她。她的声音里充满甜言蜜语和似水柔情。而她沉默时，脸色显得还要温柔可爱。他真希望能够得到她的拥抱。

这个新家表面上显得极其和谐而宁静，可小夏尔却无法从心灵的牢狱中脱身。他可以像同龄的孩子那样说话，可是他始终保持沉默。他难以和他人分享自己的心里话。他只是偶尔需要父亲的爱抚。他最喜欢在院子后面的药房里度过自己的时间。这里的一切依旧维持不变，就像让－巴蒂斯特的前任留下的那样。夏尔喜欢药房的气味，喜欢药用植物的芳香和蒙上灰尘的旧书的气息。

在此期间，让－巴蒂斯特干着自己的工作，和从前任那里接收来的助手们一起执行判决。他获得了来自司法机构的好评。晚上，他喜欢坐在厨房里，看着让娜做饭。可他常常忍受不了多久，因为她的细心照料不禁让他越来越热切地思念他亲爱的若斯菲娜。但他感到愈来愈费劲才能回忆起她的面部表情。那幅画面就像一张褪色的纸那样变得苍白。他已经开始慢慢忘记她的音容笑貌。这使他变得无比痛苦，宛若他背叛了伟大的爱情。可是时间显得比一切更为强大。仿佛天边的云彩那样，记忆从他身边飘然而过，散开了，难得再现。他只是还能在自己的梦里看到她的脸蛋，听到她的声音，在这个隐蔽的世界里亲吻她，重新肌肤相亲。可巴黎取代了诺曼底的位置。他越来越沉浸在那些尸体中，尸体在他的想象中占据了巨大的机器的空间，人们可以逐一破译它们，并且领会它们。他从不和让娜谈论尸体的事。她不知道他解剖过那些尸体。

有一天，她问他是否还需要卷心菜汤时，他回答道，如果她愿意，他想和她结婚。他把婚姻的想法看得非常实际——只要和让娜结了婚，她就不会离开这个家。“只是如果你愿意的话，那当然。”他补充道。

“可是桑松先生，”让娜假装气愤地回答道，整个脸上洋溢着春风，“您还从没有亲过我，却要和我结婚吗？”

他离开盘子抬起头来，匆匆从她脸上一瞥而过。“我难道必须亲你才能和你结婚吗？”

“是啊。”她斩钉截铁地说道，嫣然一笑。

他从桌旁站起，慢慢地走到她跟前。他拥抱她，紧紧地抓住她。

让娜用力搂紧他，闭上眼睛。“您必须现在亲我，桑松先生。”她低声道。见他没有反应，她松开他，以怀疑的眼光注视他。“您在哭吗？”她低声问道。

“没有，”他不动声色地低语道，“我不哭。人的身体不仅由皮肤和骨头，而且还由水组成。但有时候它会失去水。它无异于水，让娜。它把年龄冲洗掉。现在新的东西可以开始了。”

“您究竟爱不爱我，先生？”她问。

“我会好好照顾你，让娜。”

对年轻女人而言，这可比爱的表白更为珍贵。巴黎的每一个女仆都希望自己有一个能给她提供经济保障的丈夫。这要比爱情重要得多。爱情不能排除在外，但它不是一生拥有美满婚姻的前提条件。年龄差距起不到任何作用。年长的男人更为心平气和，更值得信赖，他们不再沉迷于床笫之欢，而且他们在床上也会表现得更为优雅。

在征得母亲同意后，让娜和让－巴蒂斯特在博讷努威尔圣母教堂举行了婚礼。母亲为此感到非常高兴。她的女儿终于可以安定下来，她不用再担心将来谁来养活她了。

对父亲和让娜的婚姻，夏尔一点儿也不快乐。他虽然对饱尝过苦难的父亲有了新妻并不妒忌，可他觉得仿佛自己失去了生命中最后的依靠。他不愿意和任何人，也包括和让娜分享自己的父亲，虽然她还是女仆时，他就已经学会爱她。他和她的关系明显恶化了。她想做个好继母，可夏尔拒绝了她的努力。在此之前，他和父亲拥有的是一个女仆，而现在女仆成了家里的老二。她问他什么，他不再作答。而当她变得果断坚决时，他盯着她的脸告诉她，你又不是我妈。这一点可把她气坏了，因此她要向这个孩子证明，在这里是她说了算。可让她更为气愤的是丈夫纠结的态度。她早就希望让－巴蒂斯特偶尔也要批评一下这个不听话的小家伙，以便桑松家里的每一个成员都知道家里有着怎样的等级制度。

有一天，让娜表示希望搬入另外一个住处，她希望在那里，被斩首者的鲜血不会从绞刑架的厚木板之间滴落到客厅里。她不想再居住在刽子手旅馆，而是想居住在一个典型的市民阶层的房子里，房子里有着一个典型的市民阶层的住处，也和其他诚实本分的人士一样。另外，她还要求让－巴蒂斯特承诺购置一架钢琴。

他对她的逼迫做出让步，将自己的房子出租给人家，得到的租金为整整五百九十镑。这比一名临时工一年挣的钱还要多。他用这笔钱购买了位于地狱街的一处房产，那是一个带院子的漂亮庄园。夏尔因此失去了自己最后一根救命稻草，他感觉自己无法在新房子里呼吸。这里不是他的家，这里没有他的药房。外公的那些书籍摆在阁楼里，院子里生长的不是药草，而是浆果和蔬菜。

随着三个同父异母的弟弟妹妹相继出生，他反正已经失去了任何意义。现在作数的只有可爱的小孩，他们每到夜里就会啼哭不止，让他难以安然入睡。桑松一家就是桑松父亲、让娜继母和他们共同的孩子。与此相反，他——他就是这样的感觉，他就像是旧时光里失去了爱的小鸟。他是一个陌生人，谁也不愿意想起他的出身。他讨厌这个家，他讨厌这样的生活，他希望他的外公约翰师傅能够回来，可以恢复原有的家庭秩序。

可他的外公没有回来。相反，有一天，门口响起剧烈的敲门声。他们刚好在吃晚饭。外面天还亮着。让娜打开房门。站在她面前的是一个毅然决然的老妇，她将目瞪口呆的让娜推到一边，径自踏进屋子。

"我的孩子在哪儿？"她高声而嘶哑地嚷道。

让娜关上房门，跟在陌生女人后面，后者已经站在了厨房里。

"我就知道总有一天会找到你！"她叫道，然后站在让－巴蒂斯特面前，让－巴蒂斯特只是惊慌失措地打量她。她在桌旁坐下，端起他面前的酒杯，一口气喝完了酒，匆匆瞧了瞧那三个小孩，他们在厨房地上到处嬉闹，把果酱抹在脸上。"他们是你的孩子吗？"

让－巴蒂斯特点点头，尴尬地瞅了眼茫然不知所措的让娜，让娜这时已经回到自己的座位上。

“您饿了吗，太太？”让娜彬彬有礼地问。

“是啊,快拿点吃的给我,”说完她重新转身对着让－巴蒂斯特,“你知不知道我当时多么为你担心？嗯？而这一切又是为了什么？因为你不想做刽子手！可你现在成了什么？一个该死的刽子手！曾经这整个居无定所的漂泊生活你完全可以不必过的。而你带给我的所有烦恼我也完全可以不必有的。难道你在部队里会更走运吗？你们在新大陆不是也同样在大规模屠杀野兽吗？你父亲从没有放下你这个人。我不得不在他临终时向他发誓，我一定会找到你，好让你继承他的遗产。他说，我应该告诉你，你逃不出这重诅咒。这是桑松家族的原罪。”

让娜给女人端来一盘汤，在原来的座位上坐好。“您是母亲大人吗？”她战战兢兢地问道。

“他大概从来没有对你提起过我吧？这符合他的个性。”她朝儿子轻蔑地瞥了一眼，三下五除二便将那盘菜汤一扫而光。她稍稍抬起头来，说要面包吃，还想再来点酒。然后她看到夏尔站在门框上。“他是谁呀？”

“他是我儿子夏尔。他母亲去世了。她是约翰师傅的女儿……”

“哦，诺曼底的巨人。你瞧吧，这个孩子也会成为巨人。我从他的手关节可以看出来。过来，我的孩子。”夏尔迟疑地走近她。她握住他的手关节，喃喃自语道:“不错不错，他会成为巨人。”她盯着夏尔看，“我是你奶奶。你不想给我一个吻吗？”夏尔站在原地纹丝不动。她几近不被察觉地耸耸肩，继续吃起来。

“你父亲去世后，我又结婚了。嫁给了刽子手杜布。他整天酗酒。他说一个人是无法清醒地从事这种行当的。他也经历过丧妻之痛。他是一株柔弱的小植物，在寻找一支强有力的臂膀。寒冬腊月的一天，他不慎滑倒在积冰的圣路易木桥上，不幸坠入河中。人们把他从河里打捞上岸，将遗体安放在客栈的院子里时，他看上去就像是一根冰柱。我说你们不必等他解冻然后晾干，就直接把他埋在地下吧。自此以后，我对男人感到厌烦了。男人们年轻时可以逗人快乐，可随着年岁陡增，他们就会惹人讨厌，而一旦不再工作，他们只会傻乎乎地闲站着，希望找个人为他料理家务。他们甚至连煮个鸡蛋都不会。”她短促地朝让娜瞧了瞧。“再给我拿点吃的过来。我的旅途够长的了。你到底会不会做菜？”

让娜点点头，又给她添了些饭菜。“你的骨盆适合生育，姑娘。你们还会送给我更多的孙子。到时你们就需要我帮忙了。”

一听这话，让－巴蒂斯特、让娜和夏尔大为吃惊。杜布奶奶愿意提供帮忙了。这句话听起来像是一种威胁。她注意到谁都没有对她的到来感到兴奋，可她觉得无所谓。

“妈妈，”让－巴蒂斯特轻声说，但语气非常坚定，“我不再是你的小孩子。我曾经参加过大洋彼岸的战争，作为军官。我指挥过一个营。请别跟我说我该做些什么。”

“哦哦。就算你是将军，你也还是我的孩子。而且我还要跟你说的是：我不是那样的老女人，可以一言不发地躲藏在一个角落里，把施舍来的面包泡在热牛奶里。你们这里需要的人必须有经验，并且愿意向你们伸出援手。”

从那天起，桑松一家的家政由杜布奶奶掌管。尽管年事已高，可她依然精力充沛，她粗暴对待家人，好像他们统统是假想中的在橹舰上作苦役的囚犯，她总是用沉重的击鼓声催逼他们拼命干活。杜布奶奶就像敌方骑兵一样侵占了巴黎。现在她在这里。她也想待在这里。说也奇怪，让－巴蒂斯特无法反抗这个老太太。他对家庭的尊重和服从的观念早已根深蒂固。这个家就像上帝和他的天使那样神圣不可侵犯。人无法反抗它。夏尔现在对他的继母让娜几乎稍稍起了怜悯之心，因为她在这个家已经难以发出声音了。她重新回到了使女的角色，只是一个能够生产的使女。这个家里的新将军已经把她降级了。

在为让－巴蒂斯特生养了七个孩子之后，让娜离开了人世。她的去世仿佛是她想要摆脱杜布婆婆的统治似的。这时候，夏尔也想着彻底离开这个可怕的家了。他渐渐明白自己生长在怎样的家庭里——统统是刽子手，这是一个可怕的家族。岁月更迭，他认识了所有的亲戚，父母的兄弟姐妹，所有的堂兄弟或者表兄弟。杜布奶奶都把他们接到了巴黎。他们一个个对夏尔施加压力，并且颂扬刽子手的工作是一种无上光荣的职位。他们将夏尔希望成为一名大夫的想法视为是对家族的侮辱。夏尔讨厌他们所有的人。他明白自己无法挑选另一个家，他只能拥有这个家。没有这个家，他就像是新大陆的逃兵，只能躲藏在美洲北部高耸的森林里或者哈德逊湾两岸某个帐篷里。孤身一人生活在陌生的部落里，必须遵守陌生的风俗习惯，还要独立养活自己。相反，家庭就是一座城堡，但同样也是一座暗无天日的地牢。而给他带来光明的唯有音乐、那架钢琴以及从这个乐器里奏出的美妙动听的旋律。他的妹妹多米尼克为他开启了音响世界的大门，她教他弹琴。他俩常常并排坐在木凳上，让乐器发出亲切温暖的乐声。有时候，仿佛他们在用键盘窃窃私语。他们诉说着无法用言语表达的东西。音乐成了夏尔忠实的伴侣。恰恰在他经常停留的琴凳旁，他总是能听到美妙悦耳的旋律，感觉和他最喜欢的妹妹多米尼克是那么亲近。

时间一到，夏尔请求父亲把他送到学校学习医学。尽管私立学校的学费不菲，让－巴蒂斯特还是马上同意了夏尔的要求，因为他希望家里因此能够拥有更多的安宁，但也是因为他感到问心有愧。说实话，他不得不承认对儿子关心太少，自从若斯菲娜去世后，他感觉儿子陌生得形同路人。

但是，杜布奶奶对孙子的主意完全兴奋不起来。她认为这纯属浪费金钱。可或许她也担心，夏尔有朝一日回来，却拥有了她从未拥有过的教育。她虽然对每一种知识都要掌握话语权，可她的知识实在贫乏，因而只能用顽固、施压和恐怖死守。她认为知识通常是无用的，常常说一棵树在耶稣在世时就是一棵树。人类还能从新知识中发现什么呢？对她而言只有体力劳动，只有纪律，只有尽职，而她将任何的感情流露抨击为懦弱。

让－巴蒂斯特达到了自己的目的，决定把夏尔送到鲁昂的修道院附属学校。学校前身是始建于 1605 年的医学院，是培养未来大夫的摇篮。

第 3 章

夏尔立即喜欢上了鲁昂。这是通往陌生世界、其他大陆以及新知识的大门。神甫们要比巴黎教堂那些愤怒的神职人员更放松，因为后者会从教堂的布道坛上对着下面穷困而胆怯的教友吼叫。在鲁昂，大家可以互相倾听，交换各自的论点，即便观点有分歧也会欣赏彼此的交谈。像杜布奶奶这样的人在这里找不到自己的位置。夏尔每天早上都能享受到这样的美好时光。他和其他六十个修道院附属学校的学生一起睡在一间大厅里。每天清晨,他们被一只闹钟叫醒。他们必须默默无言地找到院子，在那儿的水井边洗刷。之后，他们将集中到祈祷室进行晨祷，再一起到餐厅就餐。所有的一切都被严格规定下来，而发生任何偏差，都将遭到惩罚。可即使受到处罚也不是怒气冲冲，而是和颜悦色地说出来。夏尔对自己崭新的日常节奏并不反感。他想学习。他想学习知识。他想了解人体。

另外，在鲁昂，立即激发夏尔热情的还有一样东西。餐厅里摆放着一架钢琴，可供学生晚饭后使用。可谁也没用过它，夏尔也不敢用。可是，有一天晚上，等到所有人用完晚餐，一位神甫敲钟示意大家可以离席时，夏尔却依然干坐在那里。他的眼睛死死盯着那架钢琴。一个瘦小的男生已经坐在琴旁，开始轻柔而温情地触摸琴键。可是，一等到大厅里空无一人，男孩却越来越狂野地敲击琴键，发疯似的胡乱踩踏踏板。夏尔站起来，走到他身边。他在钢琴旁站住，聚精会神地观察他的指法。这位同学也早就注意到了夏尔。他享受着夏尔给予他的注意力，突然，他连头都没抬起，嚷了一声："你坐下吧，我知道你会弹琴。我叫安托万。"

夏尔并没有犹豫不决。安托万挪到琴凳的一边。夏尔坐下，马上弹起琴来。安托万做了个鬼脸，强化了他原本冲动的演奏。此刻两个人尽情地弹奏，专心致志，一丝不苟。他们偶尔朝彼此看上一眼，然后放声大笑。接着，他们重新加快了弹奏速度。真是妙不可言。

"你在哪儿学的钢琴？"安托万问。

"我妹妹多米尼克教我弹琴。"

"她的奶子大吗？"

他们接下去弹了一个多小时，直至最后走廊里锣声响起，提醒学生们必须回房休息了。安托万从凳子上一跃而起。"你叫什么名字？"

"夏尔。"

"你的姓呢？"

"就叫夏尔。"

"那好，夏尔，明天我们继续弹琴吧。或者你宁愿到小教堂里祷告？”

“不，我们弹琴。”

“好，”安托万说，然后坏笑道，“亲爱的上帝已经厌倦我们总在瞎扯。顺便说一句，我叫安托万·昆廷·富吉埃·德·坦维尔。对了，你究竟姓什么？”

夏尔感到很困惑。他不习惯这种幽默。

两人在音乐方面很投机。和夏尔不同的是，安托万缺乏对解剖学和药物学的兴趣。他感兴趣的是音乐、父母每月寄给他的钱以及一家巴黎印刷厂的广告单，该印刷厂每月印发巴黎几家百货商店的新产品。那是一些有顶棚的集贸市场，一百多家小商贩在那里兜售他们的商品。其中包括许多无用的东西，可安托万对任何一架拥有异想天开的功能的机械装置并且可以使用的新机器都会着迷。他可以对此没完没了地举办专题报告，因为他喜欢夸夸其谈讲个不停。由于他特别喜欢夏尔，而夏尔又是一个耐心而沉静的听众，因此他一直盯着他的新朋友不放。不管去哪儿，他总是跟在他后面。两个人成了一个奇特的二重奏组合。夏尔个子高出所有同学一个头，他在同学中间有种鹤立鸡群的感觉。尽管保持着克制，但他依然体现出身强体壮的优越感和存在感，这似乎给矮小瘦弱的安托万留下了深刻印象。只有站在夏尔的一边，安托万才敢嘲笑他的同学。夏尔不管以怎样的方式都无法躲开，虽然他完全不喜欢这一点。可他还是不去管它，因为到了晚上，他们又会一起坐在钢琴旁。他想，对于一种友谊而言，分享所有的兴趣和看法是毫无必要的。只要有一种激情就够了。在他们那里就是音乐，就是钢琴。

“我不喜欢你取笑其他几个同学贫穷。”一天晚上弹完琴，夏尔对安托万说。

“哦，”安托万回答，笑笑，“我只是开个玩笑而已。”

“一个人生来贫穷，这可怪不了他本人，学生的家长理应得到大力赞扬才是，因为他们节衣缩食，为的是能够给自己的儿子支付学费。”

“我感动得快要流泪了，”安托万叹息道，开始扮演绝望者的角色，“他们最好别送孩子上这样的学校，因为他们将来缺乏金钱去给自己购买一官半职。除了贫困之外，学校究竟能给他们带来什么呢？”

“一个人生来富裕，这可算不得有什么丰功伟绩。”

“那可是有区别的，究竟我叫安托万·昆廷·富吉埃·德·坦维尔或者夏尔——你的姓究竟叫什么来着？”

“我是桑松·德·隆瓦勒骑士的儿子。”夏尔回答，马上又后悔说出了自己的身份。“我父亲是大夫。”他还撒谎道。

“桑松·德·隆瓦勒？从没听说过。”安托万做出一副表情，仿佛刚刚把胃反酸的东西呕吐出来似的，“不过你父亲从不寄钱给你。他是没有钱，还是把钱花在了妓女身上？”

“我的钱够花了，”夏尔说，“我到这里来是为了学习。”

“你似乎对穷人有一颗爱心，夏尔。是因为你的家庭一无所有吗？除了饥饿，以及你妹妹的大奶子。”

“我们是医生世家，我们的任务是减轻病人的痛苦。我们爱人，不管他们是穷人还是富人。”

“我在这里只喜欢你，夏尔，我喜欢你沉静的风格。我滔滔不绝，口若悬河，而你仔细倾听我的话。我偶尔会冒犯你，可你总是保持沉默。有时我在问自己，我该如何惹你，你才会反抗呢？难道你从未勃然大怒过吗？”

夏尔一声不吭。

“我恰恰说的就是这一点。任何事情都不能让你失去自制力。有时我甚至真想打你的脸，只是想看看你有怎样的反应。可我的胳膊恐怕太短了吧。”安托万高兴地哈哈大笑，“而且我不是胆大的人。不如说，我很害怕。虽然我有一张能说会道的嘴巴，但在我的内心深处，我吓得屁滚尿流。这个你能明白吗？”

夏尔点点头。

安托万拍了拍他的肩膀。“你可别跟人家说，我刚才向你透露了一个秘密。”

夏尔又一次点点头。

“星期六晚上我想到那家金色酒桶小酒店吃饭，那里有新鲜的野味。你陪我去吗？我请客。”

夏尔迟疑不定。

“你就答应吧，夏尔，钱我有的是，但我需要一个朋友。”安托万重新鼓励性地打了一下他的肩膀，“安托万·昆廷·富吉埃·德·坦维尔诚邀，敬请光临。”

此刻，夏尔也禁不住微微一笑。

从那时起，安托万定期给这位新朋友送上礼物，而且格外慷慨大方，他甚至为夏尔购买并不十分廉价的医学专业书籍。“送给我未来的家庭大夫。”他习惯这么说。他确实需要这样一个家庭大夫，因为他总是有各种各样的病痛：大腿上有针刺的伤口，呼吸困难，内脏气太多，耳朵有啸叫，原因不明的背疼，或者就是噩梦。对朋友的几乎所有问题,夏尔都会给出一个答案。安托万因此越来越依赖夏尔。夏尔也因为有了安托万而加深了对每一个器官的认识。正因为如此，除了音乐之外，安托万的忧郁症也加深了两个性格迥异的年轻人之间的友谊。没过多久，夏尔就拥有了人体方面的全部藏书。安托万还要从母亲那里索取更多的钱，他花钱起来大手大脚，仿佛那是毫无价值的废纸。那么多的钱对他毫无用处。他是一个可怜的学生，没有夏尔的帮忙，他连第一学年都熬不过去。他心里明白，有时让他非常伤心的是，他觉得需要恶意伤害夏尔，可夏尔却也平心静气地忍受着。他从来没有学会抗拒，抵抗不是他的保留节目。他习惯于悄悄地受苦受难，和他所有日常的厌恶一起忍受命运的折磨。夏尔专心致志于学习，他是一个好学生。可他的好成绩并没有激励安托万。相反，妒忌宛若恶性肿瘤在他的胸口肆意生长。

“你不适合学医，”有一天他们一起学习血液循环时夏尔说，“我很坦率地告诉你，安托万，你爱他人太少。你只爱你自己，而对一名大夫来说这还远远不够。”

“我真的感到很遗憾，”安托万疼痛得脸上变了形，喘着粗气说，“你建议我将来做什么呢？”

“我已经仔细想过了。”夏尔说，那天晚上，他们重新坐到了钢琴旁，“你必须想想自己特别喜欢什么。你自己最擅长的，别人不在行的，或者说他们做不到那么好的是什么？”

“演讲，歪曲人家的话，嘲弄他人。难道我应该做演员吗？”安托万锤击琴键，在踏板上乱踩一通，“自杀或许是一个解决办法。或者我在巴黎找一个漂亮的妓院，在那里坐等我的遗产。母亲不久前写信给我，说老头子在咳血。她希望我和大夫谈一谈。她应该问她自己，我们的皮夹子还能支撑多久。”

“律师，”夏尔灵机一动突然说道，“你应该做律师。你不仅可以为谋杀者辩护，也可以为受害者辩护，运用同样缜密细致的方法。因为你感兴趣的唯有胜利，而不是公正。”

安托万会意一笑:“伟人，你把我看透了，我的武器就是语言，我的脑子,我的记性。我享受把人变成蜗牛,最喜欢在大庭广众之中，在大舞台面前。我喜欢出人头地，我想成为大人物，这一点我承认，而且我也会坚持下去。那又怎样？难道这样很难堪吗？这个又和谁有关呢？”

“难道你从来不需要平静，需要安宁……”

“你现在千万别说和谐就好,那是多么丑陋的字眼。我喜欢争执、冲突、辩论。火热的战斗可以唤起我对新生活的热情，它可以极大地鼓舞我，甚至比一个裸体的美女更让我心动。在我看来，任何一种文字游戏都要比一个好朋友更为亲切。不过，你先告诉我，在妓院里会招来那么多龌龊的东西吗？我说的是龟头上的真菌和类似的东西。”

“溃疡在逛妓院三到四周后出现。没有痛感。”

“那我真的心安了，”安托万说，可以听得到他呼气的声音，“我以后真的需要一个家庭大夫，夏尔。”

“然后淋巴结肿胀……”

“哦，那是一开始吗？真见鬼，这个淋巴结又是在哪里？”

“然后就变红，接下来会有无色的液体排出来。”

“可不会是从我的小鸡鸡那里排出来吧？别说了，那可真是太恶心了。”

“接下来的症状就跟得了重感冒一样。你的头发会脱落，身体被严重的炎症损坏。一旦危及脑子，你就会渐渐丧失语言能力和思维能力，重新回到四岁孩子的智力水平。你连大小便都无法自理。你的视神经衰退，你的身体将会瘫痪。”

“你现在要说，我之后就再也没有勃起功能了。”

“看你的心境，一切都有可能。”

“那好吧，”安托万拒绝道，“那我可能就做律师了，夏尔，而你将是一名小小的乡村大夫。也许光做乡村大夫你还无法过日子，那你只能做个兽医，在消瘦的母牛屁股里翻找，整天闻着粪便的味道。”他对着夏尔的肩膀拍了一下，愉快地哈哈大笑。刚才这一拍不是特别友好，有点无情和好斗。而且他的眼睛发出危险的光芒。夏尔预料到安托万的肚子里藏着另外一个黑暗的灵魂。

由于学业成绩优异，夏尔得以和科林神甫一起前往勒阿弗尔，购买新的药草。神甫一路上告诉夏尔，维京人曾经怎样偷袭鲁昂，诺曼底曾经怎样落入英国人之手，当他们途经集市到西门，他还指给夏尔看圣女贞德在 1431 年 5 月被判处火刑当众烧死的现场。

勒阿弗尔港里停泊着船帆很大的商船。为了不被倾覆，船需要一个粗大的船身。难以相信的是，所有的一切都可以从这些船里冒出来：各种各样的人、装在笼子里的野兽、充满异国情调的木材、五颜六色的衣料、瓷器、价值连城的丝绸、雕像、圆桶以及木箱子——而从木箱子里挂出了半枯萎的植物。人们尤其渴望获得的是茶叶、咖啡、调味品以及可制作药品的植物。这些商船大多属于法属东印度公司。该公司是一家合法的股份公司，每个人都可以购买股票，股东们可以参股，并且分享公司的利润。法属东印度公司是一家非常重要的企业。它从国王那里获得了和非洲、阿拉伯国家、马达加斯加、东南亚、中国以及新大陆开展海运贸易的权利。法国王室给予这家贸易公司巨大的特权。因此，这家公司不仅垄断了法国之外所有被征服领土的贸易，而且也有权配备自己的战舰和自己的军队。他们拥有自己的审判权，铸造自己的货币。

夏尔怎么看也看不够。在那些商船后面停泊着该公司的战舰，它们日夜跟随着商船，船上也配备了大炮。因为这些商人不仅要抵御外国人的侵扰，还要抵制荷兰人和英国人的竞争。那些荷兰人和英国人偶尔在公海上，在远离文明的地方，升起海盗旗，受他们国王委托从事抢劫和掳掠。

夏尔和科林神甫沿着滨江大道闲逛。一艘船紧连着另一艘船。他们在一艘雄伟的商船前停住脚步。这艘船的船帆上绘有巨大的徽章，蓝色的背景上是国王的金色百合，再上面是王冠。

船帆上写着“Florebo quocumque ferar”这几个拉丁文。“我在哪儿被种植，我就在哪儿开花结果。”神甫微笑着给夏尔做翻译，“我想，会有那么一天，商人要比王冠更为重要。因为他们四海为家。”

“那么教会呢？”夏尔问。

“教会？它将难以达到自己的目的。图书馆将取代宗教信仰，如果不再有无法澄清的问题，那么也就不再需要上帝了。宗教无异于无知。”

非洲黑人戴着镣铐被驱赶到滨江大道上。夏尔还从未见过这样的人，他们在他心里激起了好奇和恐惧。

“你瞧瞧从船里出来的那些人吧，”科林神甫说，“你想到了什么？”

“他们牙齿坏掉了。有些人嘴里出血,唇边有溃疡。许多人瘸着腿，走路姿势很可疑。”

“他们受坏血病折磨。如果三个多月一直在路上，吃不到水果和蔬菜，他们的体内就会缺乏某些东西。黏膜开始出血，牙齿脱落。如果将来有一天有人找到了一个更好地保存食品的方法，那将是人类历史上的一场革命。”

“但这也会延长战争的时间。某些战争因为缺乏补给和食品而被迫停止。”

神甫微微一笑。他喜欢夏尔。他向站在一艘大型商船栏杆旁的一个人招手。这艘船配备了五十门大炮。这是按照荷兰商船仿造的，具有巨大的载货能力。这种类型的船只有点笨重，在对付印度洋上的海盗方面就没有什么机会了。因此，它们总是让易于驾驶的小型军舰陪伴在身边。站在舷栏杆旁的陌生男子向神甫挥手以示回应，请他上船。此人穿着一件轻薄料子做的橘黄色披肩，感觉富有东方色彩。夏尔跟在科林神甫后面。他们从行李搬运工旁边挤过去，然后上了船。

“这是热比云神甫，”科林说，“他受国王委托访问暹罗王国。他是来自巴黎的耶稣会会士。”

两个神甫热情地拥抱。热比云皮肤黝黑，性格开朗。他的动作有点装腔作势，就像是要符合凡尔赛宫廷礼仪似的。他穿着一件长至踝骨的披肩，仿佛一只极乐鸟那样引人注目。

“这是夏尔，我最好的学生。”科林神甫不无自豪地说。热比云赞许地打量着身材高大的夏尔，他的唇边露出一丝可疑的微笑。从他的眼里你看不出他是一个爱开玩笑的人，他的眼里流露出其他东西，有点阴谋的味道。这可把夏尔搞糊涂了，他还从没有见过像热比云那样的人。热比云是一个与众不同的人。

“您给我们带来了什么？”科林问。

热比云指了指船头。那里站着十几个年轻人，他们个个穿着长袍。他示意他们过来。他们便急匆匆地赶到热比云那里，围着科林神甫和夏尔，然后各自在胸前合十相互致意，恭恭敬敬地低下头。“这些都是我的小朋友，他们来自暹罗王国，”热比云解释道，“他们将在巴黎路易大帝中学学习。作为交换，法国的年轻人将到暹罗学习。国王祝愿本次交流项目取得圆满成功。”

“他们不是很年轻吗？”科林问。

“您搞错了。他们都已经十六岁以上，可看起来就像是十二岁的孩子。”

夏尔仔细观察这些年轻人。黑皮肤和黑长发深深地吸引了他。他们长着文雅的面孔，他们的嘴唇漂亮而丰满，充满诱惑。

“您还要去暹罗吗？”科林问。

“肯定的，”热比云微笑着说，“暹罗天气很热，那里的饭菜美味可口，暹罗国王也是一个热情的学生。我把我们这里实际应用天文学的知识都传授给了他，可他还想学习更多的东西。他看到我们从巴黎带给他的仪器非常兴奋。而且还有很多东西要做。我们要第一次绘制精确的航海地图，它将缩短通商路线。要是我们因此逃过荷兰人和英国人的追击，那完成整个工作是值得的。”

“那么上帝呢？”

热比云作了几个卖弄风情的动作。“那就更艰难了，上帝很难对抗佛陀。这虽然是同一个东西，但他们的佛陀要更友好些。我在想，假如我们想要征服暹罗，那么我们必须承认他们的宗教。罗马人当时也是这么干的，并取得了成功。而且佛陀不像我们的上帝那样古板。”热比云笑笑，“他们不知道害羞，他们爱的时候感觉不到羞怯。”

“您怎么会知道得那么详细？”

“有人悄悄告诉我的。”热比云无辜的表情意味深长。和许多长期居住在殖民地的人一样，他放弃了很多祖国的风俗习惯，而接受了外来文化。

工人们在船腹上抬着笼子。关在笼子里的动物酷似巨猫，它们的皮肤呈黑黄相间色。当一只动物发出呼噜声时，可以看到它可怕的嘴巴和巨齿，而这张嘴巴可以撕咬任何其他的动物。

“这些是老虎，”热比云说，“据说老虎可以驯化，但我没有试过。我希望我们的国王会喜欢它们。他想为他的动物园增添一些罕见的动物。”

“你能听得懂我们的语言吗？”夏尔问其中一个女孩。她是所有的人中最矮小的，可尽管如此，她似乎是他们中的领队。她脸长得格外标致，颧骨清秀，嘴唇丰满。她的眼睛像夜一样黑，她的眼神似乎能穿透夏尔的内心。她的身上散发出温暖和好感，但无法忽略的是，她很坚强，并且浑身是劲。女孩指了指自己的胸口，说道:“兰纳泰。”

“这是我们的小丹曼莉，”热比云不无自豪地说，“她是所有的人中最聪明的。她的记性就像图书馆，过目不忘。她会很快学会我们的语言。”

“兰纳泰是什么意思？”夏尔问。

“他们在自己的语言中将暹罗称为兰纳泰，兰纳泰是‘百万稻田王国’的意思。”

夏尔微笑着，激动地朝丹曼莉点点头。他已经明白了。他简直怎么看她都看不厌。她微微突出的下巴令他着迷。它有某种性冲动的、危险的、色欲的东西。

“您给我们带来桂皮了吗？”科林问，然后急切地凝视着夏尔，好让他最终别再盯着那个暹罗姑娘看了。

“不仅是桂皮，”热比云耐人寻味地含笑道，“我还第一次带来了姜黄，那是僧侣需要的植物，他们把这种黄色的根茎研成粉末。它可以治愈像花椰菜一样生长在女人乳房里的肿瘤，对于其他恶性肿瘤也有疗效。姜黄在山里疯长，但只有生长在柚木附近的姜黄才有疗效。你试试看，明年春天告诉我情况。”

那些年轻人提着箱子和篮子，站在热比云神甫身后。他从一只篮子里拿出一根树皮。“这是桂树皮。”他转过身来对夏尔说，“树皮是干的，你可以把它捣碎，研成粉末。”

“它真的可以促进消化，”科林神甫说，“我亲自尝试过。你也可以把它蒸煮后做成调味汁，它可以使饭菜别有滋味。”

“在暹罗，我们先要把肉包起来，再放到火上烤。宫廷里的人全都疯狂地喜欢吃烤肉。价格因此增加了两倍。”热比云朗声大笑。

夏尔点点头，然后偷偷地转过头去。他不得不再次注视丹曼莉。之前还从没有一个年轻女人像她那样如此吸引过他，他也回应她那羞涩的微笑。尽管她来自一种他完全陌生的文化，可他感觉自己被她施了魔力般地迷住了。他觉得她同样也是一个离乡背井的人，孤独地生活在陌生人中间，寻找着宁静和安全。

热比云神甫重新转向夏尔，他似乎已经把夏尔锁到心里去了。“待你学成之后，务必到巴黎来看望我们，”他说，“我会指给你看所有来自暹罗王国的药草。”

“可别夸海口了，”科林开玩笑道，“否则他最后不想做大夫，而是想当厨师了。”

不，夏尔一直想做大夫。为了讨他母亲欢喜。在母亲的病床边那种晕厥的感觉始终在他心里活灵活现，他想象如果自己成为大夫，可以做些善事弥补一下。他意识到母亲早已去世，也意识到自己已经无法改变结局。这是毫无逻辑性可言的联想，却已经牢牢扎根在他的思维定式里。可夏尔行事并不总是很理智，他有点过头了。他常常沉湎于那些气味，它们会让他想起母亲。比如，当她温柔地把他搂到她柔软的怀里时，那是一种他喜欢的气味。它并没有什么特别的芳香，却是母亲的芳香。

学校里的学业赶不上夏尔的学习步伐。他的工作热情从未消减过。他总是担心会有什么意外事发生，命运的大门会突然关闭，然后一切结束。他还来不及对什么事情感到高兴，恐惧就已经侵袭了他——那种失去心爱之物的恐惧。随着时间的流逝，对恐惧的恐惧也开始侵袭他，他开始怀疑好消息，以至于难以为那些好消息感到高兴。

他和安托万·昆廷·富吉埃·德·坦维尔每个月必须到医院去一次，打听有没有尸体。尸体可以很便宜地搞到手，然后用手推车运到修道院附属学校。这个任务总是由夏尔和安托万负责完成。

“你说得对，夏尔，”当两个人推着车子走在坑坑洼洼的石子路上时，安托万说道，“医学专业恐怕不是最适合我。不过你还是做做我母亲的思想工作吧！她跟所有的人说我要做大夫，也就是说我是没有任何选择余地了，我真的不想给她丢脸。可她知道得很清楚，我在实际操作方面非常不灵巧，我完全可能伤害到我的病人。上帝创造我的时候，把所有的精力都放在了我的脑子上，却出于疏忽让我变成了笨手笨脚的人。我并没有因此而指责他。脑袋要比双手占优。即便坐在轮椅里，你还可以指挥千军万马。这样的话，我们就会遇到另外一个问题。我无法忍受有人对着我指指点点，叫我该干些什么。我永远不会做士兵。至少也要当个将军吧。”

“可你总是听你妈妈的话。”夏尔以一以贯之的毫无感情的方式说。

“我们不是都听妈妈的话吗？而且我还特别爱听妈妈的话。因为一旦我家老头子回到造物主那里去，我会继承他在人间的财产。如果是这样，我还是恰恰能够从我的出身中获利的。你知道吗，夏尔，你虽然是一个出类拔萃的学生，可你或许来自一个普通家庭。”他阴笑着继续道，“你父亲可能是家族里第一个有出息的人……哦，我说什么来着，你们肯定根本没有根基……也就是说，他是学会了一个中不溜秋的职业的第一个人：大夫。可是在巴黎，唯有出身和财富才作数。你以后用什么买到一个职位呢？很悲剧，不是吗，鲁昂最好的学生在堕落中毁灭，而我，一个娇生惯养、懒惰成性的贵族后裔……”

夏尔停下手推车。尸体的一个胳膊滑出了盖布，此刻在承载面上摇摆不定。安托万抓住手臂，又把它推回到盖布里面。他们继续向前。

“就连这些尸体也想在我面前悄悄溜走，”此刻他神情严肃地思考了一番，说道，“我希望我说的话不至于让你太过沮丧，夏尔。真相有时很痛苦。你是更好的学生，可我将来会过上更好的生活。”

“如果我能成为大夫，”夏尔说，“我就很满意我的生活了。我不需要更好的生活。”

“哦，你现在倒是让我感到吃惊了，夏尔。人总是渴望更好的生活，这就是我们和动物的区别。我们永远不会满足，我们总是贪得无厌，而当你有朝一日有了足够的金钱，你就会想要荣誉和地位，想要权力。世界应该为你建立纪念碑，用你的名字命名广场。”

“我不希望人们为我建立一座纪念碑，”夏尔喃喃自语，“这又是为了什么呢？”

“别害怕，这种情况是不会发生的。但是有一点我可以向你发誓：

如果将来有一天你贫病交加，敲响我家的大门，那么我的佣人会给你一碗热汤喝。钱我不会给你一分，因为我永远不会原谅你是一个成绩比我优秀的学生。”他哈哈大笑，“我本来想请你做我的家庭大夫，可我无法忍受每天看到这个在鲁昂证明我平庸的人。”说完他友好地将自己的胳膊搁到夏尔的肩上。“你是我最好的朋友，夏尔。没有你我无法忍受这儿的生活。我有时有点恶搞，可我喜欢你。”他又一次放声大笑，然后盯着刚刚从他们身边走过去的两个年轻女人看。

“哦，这个黑头发女人让我觉得好刺激，你觉得如何，夏尔，这两个女人会选择谁？是选择有钱的安托万，还是选择有着自我牺牲精神的好心人夏尔？”

“你的客人来了。”夏尔低声说。

安托万马上听出夏尔一本正经的声音，朝前面望去。那两个女人已经拐进一条小巷子里去了。在路的尽头站着三个和他们同龄的年轻男子。

“你认识他们吗？”夏尔此刻减慢了速度。

“只是一面之缘，”安托万无法隐藏自己的焦躁不安，“我只认识中间那个家伙。我把他的妹妹称作婊子，把他称作进化论的渣滓。你认为是我错了吗？”

“你为何总要侮辱其他人呢？”

“你会帮我，夏尔，是吗？你知道，上帝给了我一副笨肚肠。”

那三个小伙子已经站在手推车前面，挡住了他们的去路。“我们需要你的道歉。”其中一个说道。

“给我们让路，”安托万说，“否则我的朋友会失去耐心的。”他很害怕，非常害怕，求助地看着夏尔。

“我们现在要狠狠地揍你，好让你的朋友把你装进他的手推车里。”话音刚落，三个人猛然冲向安托万。两个人揪住他不放，第三个人立即把他击倒在地。夏尔飞快地放下手推车，急忙帮安托万突围。他把第一个人击倒，往第二个的脸上揍了一拳，再用力抓住第三个人的脖子，直至那人呻吟着跪倒在地。看到其他两个人逃跑了，夏尔才把他放开。安托万仍然跪在地上，盯着他手上的血。

“只是鼻子流血了。”夏尔说。

“只是鼻子！”安托万叫道，“你干吗等那么长时间？他们把我的鼻子打断了。”

“没有，”夏尔平静地说，“你的鼻子没有打断，只是流了点血而已。”

“流了点血！你大概是在寻我开心吧？也许我会失血过多死在这里！”安托万站起来，没等夏尔，径自沿着那条巷子走下去。从那时起，安托万和之前判若两人。他感到羞耻，因为夏尔领教了他的恐惧和无助。他因此开始讨厌他了。

尸体解剖室位于体育馆对面的大厅里。有些学生看到展示的尸体时害怕地转过脸去，可夏尔在这些毫无生命的身体里并没有看到任何不自然的东西。他的眼睛只盯着浅蓝色肿胀尸体的结构。他仔细检查它们，就像在检查稀奇古怪的机器，他移动他们的四肢，仿佛它们只是门的铰链而已。可对于安托万来说，尸体那里只有阳具或者乳房。他嘲弄那些身体部位，试图为同学们助兴。当夏尔对他置之不理时，他怀着极大的遗憾说道，夏尔必须好好学习，他父亲是演员，还要在巴士底狱待上十年呢。

夏尔聚精会神于自己的学业。每过去一个月，他的自信心就会大增：要想弄清楚一个人的身体还是有可能的。只要你能理解它，你就可以“读懂”它，你也可以给他的身体治病。这一想法日夜萦绕在他的心里。可他的心里还有另外一个想法，他想再次见到那位年轻的暹罗姑娘丹曼莉。他知道她才十六岁，可她会慢慢变老。几年之后他就会完成自己的医学学业，然后回到巴黎。她甜美的形象始终在他心里挥之不去，在他想象的世界里正式扎下了根。他不了解这个神秘的暹罗姑娘，他还从未和她有过真正的对话，可只要有她一个眼神交流就够了，因为那个眼神在告诉他，她会等他。

一天早上，他们搞到了一个流浪汉的尸体，此人在学校门前跌倒后丧命。神甫们决定将尸体安放在大厅里，让学生们直接观察一个人身体死亡的全过程。起初这个流浪汉似乎在睡觉，可马上他的脸颊凹陷了，随后他的鼻子四周形成了一个深陷的三角。血液停止循环然后沉淀了。就在尸体平放的地方留下了深蓝色污渍。

“那是夏尔的父亲吗？”安托万装作害怕地问道，“那个桑松·德·隆瓦勒骑士吗？”他看着夏尔，“我还以为你父亲是大夫。”

“现在究竟又是什么让你鬼迷心窍了？”一个同学问。

“那有什么错吗？你们不是全都知道我的出身……”

“我们听得耳朵都长老茧了。”夏尔咕哝道。

“对，因为我没有什么好隐瞒的。可是夏尔，你的沉默成了大家最大胆猜测的根源。谁也不知道有一个大夫，他……你老爸究竟叫什么名字？”

“难道我应该每天把我的出身挂在嘴上吗？”

“恐怕很难。非常之难。因为你没有出身。”

今天可不是夏尔的好日子。他神经紧张，心想他们可能会把他家的家谱一直追溯至 15 世纪。“我的一位先祖是绘图家尼古拉·桑松·德·阿布维尔。他出版了很多地图册，给路易十四国王上过地理课。”

“什么都不用告诉我。”安托万闷闷不乐地打断他。

“当然不用啦，”夏尔取笑他，“你缺乏所有的教养。”

其他同学都大笑起来。

“明白，”安托万撒谎道，“要是一个人既没有金钱也没有贵族出身，那么他当然需要教养了。我要是和我的朋友出去打猎，谁也不想听地理方面的知识。我们谈论我们的田地、我们的情妇、我们的阴谋诡计以及我们每天尽情享用的所有东西。可当一个人一无所有的时候，他就要绘制地图，用无用的知识使他周围的人感到无聊。”

“你最近不那么爱吹大牛了，”夏尔说，“将来会有人过来，堵住你的狗嘴。”

“你们注意到了吗？我们触到了他的伤心处：他的出身。谁知道呀，说不定他出身于猴子家族呢，他们住在山洞里，吃着生熊肉。周末就是家长接待日。我很好奇是否他父亲过来。他那个大奶子的妹妹也过来吗？”

让－巴蒂斯特·桑松来了。这一天是学生家长接待日，他们将先听几堂课，然后从神甫那里了解儿子的学习情况。家长们首先聚集在学校的内院里，问候自己的孩子。来自隔壁修道院的两名修女为家长们端上了面包和苹果汁。夏尔的父亲是和他的奶奶杜布一起过来的。他在其他父母亲中间显然感觉不舒服。他难以掩饰自己低微的出身。夏尔看到安托万在向年迈的父亲问候。安托万的父亲似乎闷闷不乐，情绪不佳，他在安托万耳边悄悄说了些什么，不知有什么事情似乎不合他的心意。而安托万的母亲似乎一副心情很放松愉快的样子，她多次把儿子紧抱在怀里，吻他的额头。安托万不是特别喜欢这一点，他挣脱了她的怀抱，然后走到夏尔那里。夏尔正在和父亲聊天。

“那是我父亲。”夏尔说。安托万稍稍欠了欠身，向让－巴蒂斯特·桑松伸出手去。

“我是您的一位先人的敬佩者，”安托万假惺惺地说，夏尔马上知道要有恶毒的高潮发生了，“他的结局很悲剧。他起先为国王绘制地图，给路易十四上过地理课，后来却被刺死在巴黎的巷子里。”

让－巴蒂斯特不露神色。他不习惯这类幽默。他不懂讽刺，那些双关语令人生疑。

“而您是大夫。”安托万说，意味深长地点点头。

让－巴蒂斯特·桑松一脸茫然地看着儿子。杜布奶奶疲惫地歪着嘴说道：“让我们进去吧，在这外面待着我要感冒了。”

科林神甫正在教室里谈论中世纪的垃圾药房。如何把晒干的蟾蜍、烧焦的鼹鼠以及山羊的粪便研成粉末。他谈及最早的医学书籍，它们早在16世纪作为药草插图课本出版。他谴责体液病理学说，因为它以权威而不是以效果或者完全来自经验的知识为基础。他谴责放血、灌肠以及刺激呕吐的恶习。他说一个新的时代到来了，有必要深入探讨药用植物的合理药量。“今天好好研究的人，明天就可以改变世界。”科林神甫以此结束了他的讲课。

在座的家长们赞许地点点头。他们感到自豪的是，他们的孩子能够上到这么好的课，尽管他们自己对这方面的知识懂得很少。

安托万用肘碰了下夏尔。“能够向你父亲致意，这是一个十分激动人心的时刻。你说，他有很多病人吗，我是说固定的顾客，那些一再回来的人吗？”

夏尔困惑地看着他。他在寻找出人意料的效果。

“是这样，”安托万似乎心情沉重地低语道，“当你的父亲砍下一个病人的脑袋，那么把他作为病人留下是很难很难的。难道他们中有些人将被砍下的头颅夹在腋下再回来吗？”

夏尔快要透不过气来了。他真想对他发怒，可还是忍住了。

“我本以为充实自己的教育不会有任何坏处。因此我在图书馆里作了一些研究，而我的一位叔叔，他是巴黎的律师，也进行了一些研究。你为何要对我隐瞒呢，夏尔？我们可是朋友呀。”

夏尔本能地寻找和他父亲之间的眼神交流。他看到安托万的父亲向他走来，他似乎气势汹汹。他说了不知什么话，用他的拐杖多次敲击地面。此刻大家全都将注意力集中到安托万的父亲身上。其他的父母开始悄悄议论。有一些人围住了科林神甫。

“科林神甫，”安托万的父亲突然大叫道，“我是富吉埃·德·坦维尔侯爵，想在这里宣布，那儿的那个人，”他一边说话一边指着夏尔的父亲，“是巴黎刽子手。”整个教室的人全都被震住了，纷纷窃窃私语起来。学生们偷偷地看着彼此，试图抬头朝那个巴黎刽子手瞄上一眼。“难道巴黎刽子手的儿子在上这所修道院附属学校吗？”另外一位访客大声问道。安托万装作遗憾和震惊的样子，可他的整张脸上在幸灾乐祸地笑着。

“亲爱的家长们，”科林神甫大着嗓音说，“请诸位安静。我们会澄清这件事。”然后他转身对着让－巴蒂斯特·桑松：“您能证实一下吗，先生？”

夏尔的父亲激动得说不出话来。

“他是巴黎的行刑官。”杜布奶奶声嘶力竭地说。她的声音很刺耳。

“先生们，”其中一个父亲嚷道，站在黑板前，“如果我的儿子和巴黎刽子手的儿子一起上课，我不会付半分钱学费。”

“先生，”科林神甫和解地请求道，“我们给儿子上课，而不是给父亲。他的儿子学的是医学，绝不可能打算从事行刑官的工作。”

此时，七嘴八舌的喊叫声越吵越凶，最后引发了闹事。在座的学生家长们提出强烈抗议。科林神甫在愤怒的来客中辟出一条路，走到让－巴蒂斯特·桑松跟前。他在他耳边轻轻地嘀咕了几句，随即离开了教室。夏尔有点胆怯地观察着乱哄哄的场面。他父亲朝他点点头，头指了指门口。夏尔收拾好自己的东西走了。人群忽地散开了，仿佛他同时染上了鼠疫、霍乱或者天花似的。

“科林神甫，”夏尔在走廊上告别时问道，“难道真有一重诅咒，它会笼罩着整个家族吗？”

“诺亚诅咒孙子迦南——含的儿子。可在《旧约·创世记》中写着，上帝最最先诅咒蛇，然后诅咒土地。如果相信上帝，那么你也相信诅咒。”

“那要是我不再相信上帝了呢？”

“那就不再有诅咒。那么你在无边无际的沙漠里将是一个寻找者。”

安托万在教室外的内院里等着，他趁夏尔不注意同样离开了教室。夏尔从他身边走过时并没有注意到他。“你瞧，”安托万在他后面喊道，跟着他走了好几步，“金钱万能。没有显赫的家族你什么都不是。你好好考虑吧，到时你肯定会有热汤喝的！”

夏尔停住脚步，威胁性地站在安托万面前。“现在谁也不会再保护你了。”

安托万哈哈大笑。“谁会惹我呀？”

“我，”夏尔说，“比如我！”说完给了他一记响亮的耳光。

安托万目瞪口呆地捂住自己通红的脸颊，迅即退后一步。“你会后悔的。”他急匆匆地回到了教学楼里。

他们默不作声地踏上了回巴黎之路，这是一段漫长的旅途。夏尔非常气愤，家庭的遗产已经成了他的灾难，他再不希望和它之间有着任何瓜葛。让－巴蒂斯特垂头丧气地坐在马车里，眼睛直愣愣地盯着窗外看。初雪降临大地。凛冽的寒风透过马车的裂缝吹入车内。地板冰冷。让－巴蒂斯特对发生的一切深表遗憾，人们竟然如此排斥他，伤了他的心。伤了他和他整个家族的心。

后来，杜布奶奶说，她始终为自己是巴黎刽子手的母亲感到骄傲。“你不是随便哪一个刽子手，”她发起火来，“你是巴黎先生。”让－巴蒂斯特沉默不言。然后，她转向夏尔：“你应该为你的父亲、你的祖父以及所有桑松家族的人感到自豪，他们一直行使着刽子手的职务。这个遗产不是负担。难道一万镑成了一种负担了吗？”

让－巴蒂斯特和夏尔一声不吭。他们俩在想着同一个问题：她为何就不能闭上嘴呢？

“一年一万镑，这是三百名工人的月工资，”她继续道，“法国其他刽子手的年收入为二千四百镑至六千镑，视城市的大小而定。”

夏尔真希望奶奶立即倒地毙命，她就可以永远沉默了。就连她的声音他也难以再忍受下去了。

“你好好考虑是否还要做大夫，夏尔。这个社会永远不会喜欢你。你永远是刽子手的儿子，直至你将来有一天自己成为一名伟大的刽子手。巴黎先生。”

“我想做大夫，”夏尔固执地说，“我想去治病救人，而不是去用刀子杀人。”

杜布奶奶做了一个生硬的手势。“砍掉一只手可以挣到二十五镑，今天你从哪儿挣到那么多的钱？全巴黎的人都抢着想要谋得这样一份职位。”

“爸爸，”夏尔说，请求似地转身面向让－巴蒂斯特，他父亲还一直目光呆滞着，“你把我送到别的学校去吗？”

让－巴蒂斯特转身看着儿子，并且点点头：“我们会找到一个解决办法，夏尔。下次你最好冒充自己是孤儿吧。”

“他难道可以否认自己的家庭出身吗？”杜布奶奶呵斥道。

第 4 章

夏尔感觉在家里不再受到欢迎。杜布奶奶在发号施令，指挥着那名女帮厨和那群孩子，宛若在指挥一支小型部队。她始终在儿子身边转悠，每一位女访客马上意识到，鳏夫桑松身边没有新太太的位置。让－巴蒂斯特对肌肤相亲失去了兴趣，他也对女人的芳香失去了渴望。他已经有了足够多的孩子。他看重的是有一个稳定的家庭氛围，以及美食。他的母亲是出色的厨师。女帮厨跟她学了很多，尽管杜布奶奶从没有对她满意过。她对任何人都不会满意。让－巴蒂斯特不干预她的事。不执行判决的时候，他就躲在书房里看书。他母亲认为读书百无一用，书上只有灰尘而已。可她也听他自便。她像对待孩子一样对他百般呵护。

夏尔刚回到地狱街，就去寻访那家耶稣会修道院。一位和蔼可亲的神甫为他开门，请他稍等片刻。神甫说是要去找一下热比云神甫，他可能还在祈祷室里祷告。不一会儿，神甫回来了，请夏尔跟他走。他带他走进修道院院子里。那里布置得像是古罗马住宅里的前院。院子呈正方形，由拱廊围绕着，院子中央有一口水井。水井四周辟有一片药草园。一位神甫跪在一个苗圃前，当他听到石子路上的脚步声时，他便站起来，在围裙上拍拍双手。

“太高兴了！”热比云神甫满面笑容，张开双臂走近夏尔。“你瞧，我的朋友，这是安眠浆果。古埃及人早就用它做镇静药，它可以让人镇静和放松，哪怕他知道自己的脑袋马上被砍掉。”

夏尔吓了一跳。他问自己，是否神甫已经知道他不仅是刽子手的儿子，而且刚刚被鲁昂的修道院附属学校开除了。

“但这个浆果在这里生长得不是很好。我们做得更成功的是用鼠尾草治疗咽峡炎，用茴香治疗咳嗽，用颠茄治疗腹痛，用车前子治疗头痛。尽管头痛时建议少饮酒更有益。”热比云神甫自豪地指了指这几个浆果。

之后，他领夏尔到了他的药房。一张偌大的木桌上放着人参根。“人参，”他说，“在暹罗是万灵药。有些人服用它是为了放松，还有一些人服用它是为了供血更流畅。”他像小姑娘一样咯咯笑着，“它也可以增强男人的力量。我们还有很多工作要做。自从发明印刷术以来，每年出版各种各样植物作用和功效的医学书籍越来越多，人整辈子都看不完所有的书籍，更别提整理和使用这些知识了。随着印刷术的出现，一个堤坝被冲开了。在欧洲，每一个人都可以查阅、验证、改进以及重新出版他人的研究成果。”

药房里排列着大量的瓷器盘和容器，还有研钵、图纸以及包括研究成果的图表。

“你告诉我，是什么原因让你回到了巴黎？”

“我在寻找一所新的学校，我想或许您能帮我推荐一下。”

“一所新的学校？”

“我父亲是巴黎先生，”夏尔坚定地说道，“有个同学的父亲在家长接待日那天认出了他，我因此不得不离开了这所学校。”

热比云似乎并没有感到讶异。“一个人是无法选择自己的父亲的。可是任何的不幸都会为新的机会打开大门。你就忘掉它吧。你去莱顿大学上学吧，那里正在发生一场医学革命。欧洲没有任何一所大学可以和莱顿大学相匹敌。莱顿大学甚至要比鲁昂的那所修道院附属学校好得多。”

他请夏尔到他漂亮的工作室去，亲自为他端上了一杯咖啡，里面没有加奶，但放了很多桂皮和糖。房间和咖啡的效果出人意料。夏尔突然感觉自己很清醒，对知识充满着强烈的渴望。神甫会心一笑，说道：“如果能到莱顿读大学，你到时候再过来看我。我给你另一种植物药剂试试。”

“所有那些从暹罗过来的年轻姑娘都在哪儿？”

热比云神甫得知夏尔有这方面的兴趣感到很高兴。“她们白天在路易大帝中学读书。这是我们和暹罗国王达成的协议。她们学法语，研究自然科学，晚上我们想让他们熟悉上帝的福音，可要想让他们信服很难。他们认为我们的上帝是军人上帝。确切地说，他们害怕他，可他是爱之神，是不是？他们只喜欢他们的佛陀。佛陀和耶稣：这不是一样的嘛，他们都是太阳之子，光明之神，只是同样的酒装入了不同的瓶子罢了。”

夏尔在路易大帝中学对面的修道院围墙那里等着。他考虑自己该如何表白，可他太激动了，理不出头绪，想不出计策。一听到学校的钟声响起，他慌忙从围墙边蹲下，像一只被逮住的动物那样来回奔跑。年轻人从校园里冲出来，各自分散开了。最后出来的是来自暹罗的学生。他们一起说说笑笑地走出来，要想从这群快乐的人中分辨出人来几乎不可能。对一个欧洲人而言，所有的亚洲人长得都一模一样。这群人走到了大街上。就在此刻，夏尔看到有个人站住了。她有点孤单地站在敞开的校门口。丹曼莉。她看到了夏尔。她兴高采烈地向他奔来，在他面前突然停住脚步，仿佛因为泄露了自己的情感而感到羞怯似的。

“我想告诉你，我要上莱顿大学了。我想做大夫。可我会回来的。”

丹曼莉点点头。夏尔不是很清楚，他说的话她是否全听明白了。可她看起来那么严肃，几乎有点伤感，以至于他相信她明白了他的意思。

“我会回来的，”夏尔说，然后犹豫地补充道，“我会在这里等你。”丹曼莉又是点点头，然后双手在胸前合十，使劲地上下点头。然后她抬头望了一眼，有点羞涩，露出狡黠的微笑，说道：“丹曼莉等你。”说完飞快地追上其他同学。

事实上，荷兰莱顿大学是一所在医学教育领域具有重要影响的高等学府。该大学成立于1575年，已经踏上了一条崭新而革命的道路。他们提倡临床课程。莱顿大学的医学不再由神学家，而是由科学家和专业大夫授课。而且踏破门槛想到莱顿来的不仅有来自整个欧洲的大学生，而且还有有钱的病人。

夏尔立即喜欢上了这里的课程。他和其他大学生一起跟随拉克鲁瓦博士穿过医院狭小的走廊，经过天花治疗大厅后，他们来到宽敞的楼梯间，从这里可以爬上四楼。数不清的病床靠着第一大厅的墙壁一排一排地彼此相连。由于床位紧缺，躺在同一张病床上的可以多达四人：病人、濒临死亡的人以及死人。人们仅仅将孕妇剔除出去。所有的人都混杂在一起，一周后大家都会出现相同的症状。下一个大厅里躺着刚做完手术的病人。而那些疯子就被安置在相邻的大厅里。在莱顿，不是简单地捆绑这些疯子，而是对他们进行研究。这是新鲜事。可有些疯子整天咆哮如雷，怒气冲冲，到处敲敲打打，在这层楼里谁也休想睡上安稳觉。最后面的大厅是手术室。他们用锯子截掉大腿，在场的病人能够切身体会到他们接下来面临的遭遇。人们也在实施一种极其痛苦的膀胱结石切除术。在采用手术将折磨人的小石子取出的尝试中，有些人在手术成功后因为失血过多而死亡。

在莱顿大学，学生们不再躲藏在教科书后面，只是死记硬背那些枯燥的理论知识，这里的人注重实践。老师们对着活生生的对象给学生授课。工作课程极多,年轻的学子们必须按照顺序做好老师的助手。在这里，每个人都要在专业的观察下运用自己的理论知识。他们要做手术，学会用绷带包扎。病人必须忍受像玩具娃娃似的被胡乱捣鼓。有些学生大多高雅地克制着，还有一些脸色煞白，坐在一张人满为患的床上，好像马上需要大夫的救治似的。夏尔总是站在第一排。他可以看到淋漓的鲜血。他不会烦躁不安。他从不会感到恶心。鲜血只是人体中的液体，偶尔也会流尽，就像酒桶里的酒一旦打开，总有一天被喝光一样。就算碰到肢体不自然地扭曲着，他也不会感到不舒服。他像一个需要验证铰链的工匠，喜欢亲自动手。他也很快明白了其中的规律，像海绵一样将他耳闻目睹的一切悉数吸纳。莱顿大学符合他的口味，他为能在这里求学感到自豪。他是这个崭新的实验医学的一部分，这种医学仿佛勇敢的航海家们希望开辟出新大陆一样。夏尔心想，热比云神甫说得对，倒霉和幸运有时就像是一对孪生兄弟，遭受厄运的打击之后将会迎来意想不到的好运连连。

然而，幸福往往稍纵即逝，又一次挫折接踵而至。这次起因是杜布奶奶的一封信。夏尔一眼认出了她的笔迹，那文字让他想起了刺刀和大鱼叉。这封信的内容无异于宣战。她在信中写道，让－巴蒂斯特突然中风，导致半身不遂。夏尔必须立即回到巴黎去。他应该在收到信之后马上收拾好行李，乘坐下一趟的马车回家。

夏尔好歹把他的东西打好包，然后前往下一个邮政驿站。他没有和任何人告别。临走前，他偷了一打的空练习本。他是怀着冲动去做这事的，这完全不符合他的个性。他感觉到无力的愤怒，于是去偷了本子，为了能收回一些人们正从他身上夺走的东西。人们正要夺走他的一切，而这些东西对他而言意义重大。为了抚慰自己，他带走了几本可怜的空本子。他想从此以后要将发生的一切统统写到本子上去，直至他最终达到自己的目的，成为一名大夫。他之所以偷走这些本子，是因为他完全意识到，他在巴黎已经找不到任何可以倾诉自己苦难的对象了——除了这些空本子。因为在那些人中他将继续是陌生人。他决定要把自己的一切写出来，因为没有几个人可以预料到他们究竟是谁。那是命运的考验，这些考验让一个人突然而且往往痛苦地注意到：他究竟是谁，他有能力做何事。绝大部分人信誓旦旦地认为，他们连蚂蚁都不可能踩死一只，可突然惊奇地发现，自己竟然用灼热的钳子从同类活生生的身体的骨头里撕开肉来。你不能草率地把有些东西透露给其他人，你可以默默地把有些东西写到本子上去。没有欢乐的人，至少应该拥有一个空本子吧。

第 5 章

当邮政马车颠簸着驶过尘土飞扬的公路时，夏尔重新感到一种无尽的忧伤在他心中升起。那是桑松家族的疾病，是原罪的一部分。他们先是变得满怀愁绪，然后就会中风，身体无法动弹。他们只是为了遭受折磨才苟延残喘。

夏尔远远地看到弥漫在巴黎上空的灰色雾霾。许许多多的教堂尖塔耸立在阴沉污浊的天空中，因为无以数计的平炉将浓烟喷向空中。然而，雄伟的巴黎圣母院大教堂那哥特式塔楼却傲然屹立在无数的教堂尖塔之上，犹如罗马教皇被红衣主教簇拥着一般。

夏尔越接近这座城市，他的忐忑不安就越是强烈，他的喉咙好像被卡住了一样。他讨厌巴黎。他喜欢莱顿。莱顿是文化与科学之都。伦勃朗在那里生活过，包括细菌的发现者安东尼·凡·列文虎克也曾在那里留下过足迹。荷兰人一开始那种坦率又不复杂的处事方式要比巴黎人略显粗鲁而自负的行为举止更讨他喜欢。不过，他之所以讨厌巴黎，还因为那是他奶奶玛尔泰·杜布的城市，她就像巴黎圣母院栏杆上那众多狰狞可畏的神魔精灵石雕一样，时刻提醒压在桑松王朝的那重诅咒，好让那诅咒得以一代一代地传承下去。她的野心也应该是所有桑松家族孩子们的野心。她把持着所有人的想法。唯有她知道什么是对什么是错，尽管她还从没有看过一本书或者至死都没有听进去一种不同的意见。这是人的悲剧，他们总是认为自己什么都知道，夏尔想道。他们没有预料到自己懂得那么微乎其微。

1757 年 3 月的一个早晨，邮政马车途经巴黎市海关，在百货商店后面停了下来，身前身后都是打工者、残疾军人、穷困的农民以及瘦弱的村姑。他们在巴黎找不到幸福，因为他们知道像他们那样的人没有幸福。他们寻找摆脱农村的不幸。他们全都遭到了明显疲惫过度的士兵粗鲁而大声的斥责，又像牲畜一样被分类和驱赶。来自欧洲各地的马车在海关聚首，大家各自交流信息和传闻。那天，人们都在谈论罗贝尔－弗朗索瓦·达米安。据说达米安用一把折刀刺伤了法国国王路易十五。大家都对这样一种行为表示不可思议。有人竟敢让国王流血？国王不是离上帝最近吗？

想要到巴黎的人，都必须经过二十四个海关大门中的一个，将受到士兵认真仔细的盘问和搜查。无以数计的商人在他们的马车、手推车以及货车前烦躁地等待税务官助手们办理货物进口手续。这些人从国王手里买下了这个官职，根据个人的判断确定进口税的多少。这些税务官不顾廉耻地提高苛捐杂税，导致食品价格飞涨，一名临时工必须拿出自己半日的工资才能买到一只圆面包。对穷人而言，食品价格翻倍就意味着穷途末路，而对不用缴纳任何税费的贵族来说，这根本不是问题。他们总是有足够的钱。

夏尔想，可能也会有人觉得这个欧洲最大的城市很美吧。可要是你没有钱，只能饥寒交迫，那么任何一个城市都会变得丑陋不堪。

差不多等了一小时，夏尔和其他乘客可以继续往香榭丽舍大街进发了。林荫大道摇身一变成了有钱的贵族阶层的大街，他们在此建起了富丽堂皇的城市别墅，附属花园里风景如画。邮政马车在杜伊勒里宫前停了下来，那是国王的城市宫殿。从这里步行至地狱街，还有好长一段路要走。

夏尔不想回去。他心里一切都在抗拒。他真想大吼，可他没吭声。他不知所措地站在城堡前，考虑自己下一步该怎么办。几个士兵赶走了一群临时工，示意夏尔同样赶紧离开。他溜达到塞纳河畔，然后沿着河岸慢慢往巴士底狱方向走去。他可以掉头回去，他心里就是这么想的。可他必须回家。靠自己挣钱过日子，他根本没有能力在莱顿继续攻读医学专业。没有了家，他什么都不是，正如鱼没有了水，正如狼没有了狼群。血缘关系是唯一生存下去的基础，是安全的保证。而谁要是不尊重狼王的权威，会招致整个狼群的愤怒。夏尔决定正视现实，回到地狱街去，虽然怒气冲冲而且心里极不情愿。像是被一只看不见的手驱使似的，他继续向前走着，他在问自己，是否有一种自由意志，或者他是否仅仅被自己不明白的力量驱使然后实现他都觉得陌生的计划。夏尔在弯弯曲曲的巷子里渐渐迷失了方向。石子路上蒙上了厚厚一层变干了的淤泥，在一些背阴的地方甚至要深至踝骨。四处乱串的野狗野猫在为争夺人们肆意扔到马路上的来自屠宰场里沾满血迹的垃圾而大动干戈。商人们将他们难以驾驭的动物赶到巴黎大堂方向去了，而收集肥料的人将一堆堆混杂着秸秆和垃圾的粪便收集起来，再装到他们的驴身上。为此他们需要一份必须在海关赎回的许可函。巴黎都在销售他们的破烂货。巴黎变了。巴黎变得敏感、疲惫而毫无指望。成千上万人在逼仄的巷子里游荡，从绝望的人群里艰难地穿越，他们想随便找个白天打工的地方，只是为了能买上一只面包养家糊口。谁都不会怜悯他人，自己的遭遇已经够不幸的了。人们毫无同情心地踩踏路边乞丐的残腿。人们无动于衷地从教堂的台阶旁匆匆走过，遭遗弃的新生儿就躺在那里，他们哭喊着，无助地摆动着胳膊，被大胆的街头野狗嗅着舔着。墙上挂着嘲弄路易十五和他的情妇蓬帕杜夫人的招贴画。

国王的刺客罗贝尔－弗朗索瓦·达米安成了街谈巷议的中心话题。人们说，他是因为不忍看到老百姓忍饥挨饿，才想着要惩罚一下国王。而且他们提出的问题是，老百姓忍饥挨饿，他们的国王是否有可能不被唾弃。有人介绍说，达米安长达数日躲藏在凡尔赛宫的花园里。当夜晚来临，他隐匿在一个台阶下，等着国王的到来。当路易十五及其随行人员爬下台阶时，他从藏身之处跳出来，冷不防从用滑膛枪装备的步兵中间穿过去，用他的折刀刺伤了国王。一些人声称，罗贝尔－弗朗索瓦·达米安叫喊道：“为了自由！”其他人则声称，他咆哮道：“以人民的名义！”可谁也不清楚他究竟说了些什么，因为说这些话的人没有一个当时在场。刺杀事件发生迄今已过好几周了，罗贝尔－弗朗索瓦·达米安被关押在巴黎的一座地牢里，每天遭受审讯和拷问。

让－巴蒂斯特纹丝不动地坐在壁炉旁的扶手椅上，怀疑地盯着儿子看。他半身瘫痪已有好几周了。夏尔敢于对父亲说“不”了。杜布奶奶威严地站在瘫痪的儿子后面，用锐利的目光看着孙子。她的眼里明显透露出不耐烦，期待他收回自己的决定。可夏尔却一声不吭。他最喜欢的妹妹多米尼克坐在壁炉前的长凳上，目光低垂着，每当空气中弥漫着怒火时，她总是表现出这样的神情。夏尔其他几个弟弟妹妹似打翻了五味瓶般怀着复杂的感情打量他。有几个坐在厚厚的木地板上，背靠着温暖的棕色壁炉瓷砖。低悬的木制天花板被巨大的横梁支撑着。横梁上面挂着需要烘干的湿衣服。夏尔的三个妹妹很高兴她们的大哥回来了，可他的四个弟弟却对他很生气，责怪他引发了父亲和奶奶对他的不满。

“这可是严重的背叛行为。”杜布奶奶稍后说。夏尔依然沉默不言。“难道我们被社会唾弃和仇恨还不够吗？”她接着说，“难道我们自己的骨肉现在还得避开我们吗？”

父亲坐在那张破旧的安乐椅里，给人一种凄楚的惨象，害得夏尔几乎不敢正眼看他。他显出一副完全无助的样子。夏尔用目光扫视安乐椅棕色椅套上面的狩猎主题。自己还是小孩子的时候，他数过鹿、狗和骑马的猎人。带着猎人号角的男子缺了脑袋，那脑袋的地方裂开了一个洞眼。“我难道没有足够多的弟弟吗？”夏尔听到自己在问。他发觉自己发不出声音。他感到羞耻。可如果他现在认输，那么他将一辈子受罪。他必须坚定信念不动摇。他的两个弟弟自豪地伸长脑袋，因为只要能够佩上正义之剑，他们甘愿献出自己的一切。可他们太年轻了，搞不明白这一职位真正意味着什么。他们还从未见过一个脑袋怎样从人的身体里分离，鲜血又如何从喷泉里喷出来。

“你是长子，”杜布奶奶说得很简洁，“此外，法国还有足够的城市可以将职位提供给你的弟弟们。他们会和刽子手的女儿结婚，再生出刽子手来。他们完全没有其他选择。”

“哦，不是，”夏尔反驳道，“布里吉特姑姑嫁给了一名音乐家。”

“布里吉特姑姑，”杜布奶奶话音里带着辛酸，“你知道她的两个儿子后来做了什么吗？他们都成了刽子手。这是桑松家族的遗产。这不是诅咒，夏尔，这就是命中注定。”

“可我更喜欢音乐，而不是打开绞刑架下的陷落活门。我想做大夫，晚上弹琴。我就是如此设想我的生活的。”

“莱顿的那些荷兰人把你变成了什么？你设计你的人生？这是什么样的新想法？你变成了一个多么无耻的捣蛋鬼！你想自己决定你的命运吗？上帝决定你的命运，设计你的人生，而你必须服从上帝的安排。履行义务决定了你的道路。这世上没有比听从和服务家庭更伟大的义务。”

“我不想，”夏尔说，“我不能。”

家庭成员的目光全都落到他的身上，那种目光是那么沉重，充满对他的责备，他的膝盖禁不住地颤抖起来。他不仅感觉到奶奶和他的所有弟弟妹妹的压力，而且也感觉到了来自父母所有兄弟姊妹的压力。父母的兄弟姊妹居住在奥尔良、图尔、第戎、南特和瑟堡，每逢圣诞节和复活节，他们都会定期到巴黎举行大型家庭聚会。他也感觉到了所有他的堂兄堂妹表兄表妹的压力，他们永远不会对家庭法则产生怀疑。这种无条件顺从家庭的法则要比教会乃至王室的权力更强大。因为这是保护他们成员的家庭，他们不是国王那些用滑膛枪装备的步兵。

“靠近我点。”让－巴蒂斯特严肃地说，极力举起两只胳膊，想拥抱儿子，可没有如愿。多米尼克想用自己一直随身携带的手绢擦拭父亲右嘴角上的唾液，可杜布奶奶走到她的前面，用一记粗鲁的手势摸了一下瘫痪者的嘴巴，然后又把他流在上臂上的口水蹭干净了，她的手终于停留在那个地方不动了，好像她想要示威一下这个人是属于她一个人的。

“我起先想的和你一样，”让－巴蒂斯特放慢语速道，“我原以为这个任务对我来说太沉重了。而且这淋漓的鲜血……”

“鲜血我无所谓，”夏尔说，“大夫也必须忍受目睹鲜血。”

“那你的问题究竟是什么？”杜布奶奶责骂道，“那你真的简直太适合刽子手的职业了。”

让－巴蒂斯特粗暴地动了下左手，想让杜布奶奶保持沉默。他的脸涨得通红，试图把头别过去。

“我真的已经很平静了。”杜布奶奶说，用手抚摸他的肩膀好几下。

“夏尔，”病人用几乎温柔的声音说道，“我也害怕血。我逃到新大陆，就是想摆脱命运的安排。可是命运追上了我，把我带到了那个该死的农庄。我在那里认识了你母亲。她的父亲，约翰师傅，对我精心指导，帮助我完成了不可能的事情。而我可以说的是：我充满自豪地行使了这一职责，很满意自己作为行刑官的使命。如果这个该死的疾病将我……”让－巴蒂斯特想重新做一个剧烈的动作，可他的身体不听使唤了。杜布奶奶恶狠狠地瞥了夏尔一眼，好像他对父亲的不幸必须承担责任一样。

“我想要做大夫。”夏尔回答。他不知道自己哪儿来的力量，竟敢忤逆整个家庭。“我想给人治病，父亲，而不是掐死他们，绞死他们，将他们斩首，或者四马分尸。我想救死扶伤，而不是杀人如麻。”

“刽子手也是大夫，”让－巴蒂斯特说，“他切下我们社会有病的部位，他治愈我们的社会，使它健康成长，受司法的委托，受国王的委托。”

夏尔急切地伺机反驳，可面对父亲提出的理由，他找不到话说。他明白父亲绝不会和他商量。他想让他信服。他不想和他辩论。

“夏尔，”让－巴蒂斯特继续道，“在这个王国只有两种世袭的官职：一是统治者的官职，二是刽子手的官职。对鲜血你会慢慢习惯，如果你不是出于信仰，那就为了你的家庭去做这个职位吧。你看看我们，夏尔，你看看我，你的父亲，你的奶奶以及你的所有弟弟妹妹。要是你拒绝了这一职位，你就使我们所有的人陷入了贫穷和饥饿之中。因为桑松最后一代人关闭了世界的大门。我们根本没有选择，夏尔。我们整个的希望，我们的未来掌握在你的手里。你的弟弟都还太小，无法担任这一职位。你是老大。至少你该试一试吧！”

这真叫杜布奶奶气红了脸。尽管对孙子越来越恼火，可她还是镇定地让儿子说话。“外面有人在喝西北风，像苍蝇一样地死去，”她用责备的语气说道，“如果一个人有工作，他可以一年挣到三百镑——假如他一年时间一直有工作的话。三百镑！可刽子手的职位一年可以挣来一万镑。一万镑！因为这是一个特别的职位。因为不是每一个人都有能力担当这一职位。如果你拒绝了这一职位，明天就会有来自外省的刽子手递交他们的申请。每一个人都想要成为巴黎先生。”

“唯独你不想！”他的一个弟弟用责怪的声调嚷道，其他弟弟妹妹赞同愤怒者的合唱，只有多米尼克沉默着。她始终站在夏尔一边。

“我不能，奶奶。我不能使任何人遭受痛苦……”

突然之间，房间里被一阵令人窒息的寂静笼罩着。让－巴蒂斯特变得烦躁不安起来。杜布奶奶忧心忡忡地将双手搭在他的肩上，做了一次深呼吸。他给了母亲一个忍耐的信号，然后他重新转向儿子。“夏尔，生活并不总是善待我们，我们一起忍受了很多苦难。更何况我很尊重你想成为一名大夫的愿望。我把你送到鲁昂，后来又把你送到莱顿大学，这可是花了我不少钱。我们都是节衣缩食才给你省下了学费。可现在上帝作出了另外的决定，这不是我们的愿望，夏尔，这不是我们的过错。我们现在究竟何以为生呢？”

房间里死一样的静谧无声。

“我的仆人将完成那些肮脏的活儿。”稍过了一会儿，让－巴蒂斯特继续道。他的声音此刻听起来更强硬、更果断。他这样说话，好像夏尔早就默许了似的。“你看不到鲜血，夏尔，你不用登上绞刑架。你站在通往绞刑架最下面的台阶旁，用你的到场证明执行判决的合法性。这难道是对你提出过高要求了吗？”最后一句话他是吼出来的，他用嘴巴做了个怪模样。多米尼克想重新悄悄地擦去夏尔下巴上的口水，可杜布奶奶又一次走到她前面，迅即说道：“我已经和普律多姆师傅说过了，他是他所从事的那个专业的行家里手。他将代替你行使这一工作，直至你长大成人。”

“直至我的弟弟足够大吗？”夏尔不相信地问道。

“巴黎先生。”让－巴蒂斯特低声道，他的脸上掠过一丝微笑。紧接着，他的脸色重新变了样，口水从嘴角流出来。多米尼克站起身，她一直没吭声。她慢慢地走到夏尔跟前，温柔地拥抱他，轻轻地抚摸他的后背。这让杜布奶奶非常反感。夏尔爱他的这个妹妹胜过一切。即使在莱顿，他也渴望被她温暖地搂抱，吸入她身体的芳香。她让他想起了自己的母亲。

“我亲爱的夏尔，”她以温柔的声音说道，“这个职位你直接从国王手里获得——从国王本人。你从宰相那里获得你的工资。在军队里只有最好的军官才享有此宠幸。夏尔，你这么年轻就能行使这一职位，这是深为荣幸的事。而且我向你保证，现在，因为你又和我们住在一起了，我们可以每天晚上一起弹琴。你有音乐天赋，它将永远陪伴你。每天晚上，在你工作了一天之后，当你回到家，你会需要它。”

夏尔恳求地看着妹妹，可她的微笑让他停止了所有的反抗。他简直太爱她了。她还那么年幼，可那么聪颖，又那么博学，他多想整天听她说话。他在鲁昂或者莱顿的时候，当他晚上躺在床上睡不着觉，他就聆听她教他弹过的钢琴曲。他的想象力太强大了，他就觉得她坐在他的床边弹琴，只为他而弹。夏尔有时问自己，是否其他人也会在他们的脑海里产生如此美妙的图画和旋律，而这些图画和旋律又是如此真实可信，简直无法将它们视为幻想而搁置一旁。可是，这不是特别美好的天赐礼物，因为可怕的幻影在想象中慢慢膨胀，变成了令人望而生畏的怪物。夏尔知道，这是桑松家族的疾病。敌人就在自己的脑袋里。

“你是桑松家族的人。”杜布奶奶发出难听的叫喊声。在听到多米尼克温馨而充满旋律的声音之后，再听到她的声音，真的犹如恶魔在发出沙哑的声音。“桑松家族很强大，因为他们必须强大，”她闷闷不乐地说，“而且他们姓桑松，因为他们默默地履行自己的义务。桑－松。没有声音。[①]”

夏尔迄今经历的一切，此时此刻在他的眼前都化为乌有。从此以后，绞刑架下的鼓声将取代细菌和血液循环的学说，被处决者的喊叫声和恳求声将淹没维瓦尔第的《非凡》乐曲。他的弟弟妹妹们冲到他跟前，喜形于色地拥抱他。他没有意识到自己居然点了点头。弟弟妹妹们对他的喜欢打动了他，他们的热情、他们的激动让他感到得意洋洋。他们是他的家人。他又回到了家里。现在他笔挺地站在那里，夏尔－亨利·桑松，桑松家族的第四代传人，像一名大力士那样，高大威猛，仪表堂堂，可又像个孩子那样可怜无助。

翌日清晨，杜布奶奶和夏尔来到巴黎检察院的铸铁大门前，等待进入。约莫九点，总检察长在一名穿着蓝色制服的中年男子陪同下走进大门。他们沿着宽阔的石阶爬上三楼，踏进总检察长办公室。总检察长是一个和蔼可亲的中年男子，蓄着蓬松的连鬓大胡子，胡子略微灰白。他穿一件黑色西服，宽大的肩章和袖子带子深受军服的启发。在他身后挂着一幅巨大的油画，画上是一座横跨塞纳河的大桥。那些书橱装点着对面的墙，书橱的门是玻璃做的。夏尔还从

---

① Sanson，桑松。拆开来 San-son，意为“没有声音”。

未看到过如此美轮美奂的家具。就连总检察长坐的那张桌子，也被雕刻得充满艺术色彩。桌面是用五颜六色的大理石制成，桌腿非常细小，弧度轻轻地朝外面伸展，并被装饰上了金属花边。总检察长似乎很熟悉杜布奶奶。当他握住她的手，并且很长时间一直不放手时，他至少非常亲密地微笑着。他露出那种密谋似的目光，夏尔马上明白，这两人之前有过男女关系。现在杜布奶奶太老了，没法再用自己的身体做交易了。总检察长打量着年轻的夏尔。他似乎对他身强力壮的外表留下了深刻印象。

“我难道夸海口了吗？”杜布奶奶有力地问道，自豪地期待总检察长的回答。可总检察长一直沉默着。“他可是又高大又结实！谁也不会知道他还那么年轻。而且他还没有停止发育。他酷似他的祖父，我丈夫是个巨人，像熊一样强壮，还始终沉着冷静。”

总检察长呵呵一笑。“外省有很多人想申请这一职位，”他说，“巴黎先生是全法国薪酬最好的刽子手职位。”

杜布奶奶做了一个轻蔑的手势，很激动地说道：“那究竟是些什么人呀？流浪汉？刑事犯罪分子？被释放的在橹舰上做苦役的囚犯？或者像蒙彼利埃刽子手那样的人，每次处决犯人时，总是昏厥过去，然后在圣母玛利亚升天日时和皮革匠的山羊交配？”

夏尔暗地里希望杜布奶奶会和总检察长发生争执，可他却是显得很有趣：“他们是您的远房亲戚，太太，约翰家族，您孙子的表兄弟们。”

“约翰家族？”杜布奶奶吼道，“可是见鬼，谁会站在巴黎的绞刑架上：约翰家族还是桑松家族？我们受到国王的宠爱。谁也没有抱怨过我们。我的孙子夏尔将是所有人中最好的。上帝给了他所有的才华,好让他继承这一遗产,尽心尽责地效劳国王。人民会喜欢上他。”

“约翰家族给了我二万四千镑。”总检察长不露声色地微笑着。

杜布奶奶做了个生硬的手势，从裙子口袋里掏出一只皮夹子。“二万四千镑，这真是可笑。您可以看出他们太不把这一职位当回事了。”她把皮夹子倒空。沉甸甸的金币哗啦啦地滚落到桌子上。

总检察长不再微笑，他看起来非常严肃。“我把约翰家族的人打发到夏特勒那里去了。”他喃喃道，目光恳切地打量着夏尔。夏尔挺起胸膛，做了一次深呼吸，然后屏住呼吸，好让胸腔显得更为有力。他出于本能地做着这个动作，完全没有想到，他这么做恰恰是起到了支持奶奶的作用。她沉着脸将金币重新塞进皮夹子。她感到很受伤，可她不是那种愿意承认自己犯错的女人。遇到这样的情形时她要怀着满腔仇恨做出反应，以便转移遭受斥责的耻辱。“我还从未求您做过什么事，”她急促地说道，以密谋似的方式倚靠在桌子上，“您瞧瞧我，先生，上帝赐给了我漫长的一生，只是为了允许我维护并且继续传递桑松家族连成血脉的遗业。为了王国的幸福。”

总检察长若有所思地点点头。现在难以看出，他究竟做出了怎样的决定。“杜布太太，”他就事论事地说道，“您从没有想过到法兰西喜剧院那里去申请职位吗？”

她不懂何为幽默，只是以几乎庄严的语调说道:“我在此恳请您将他父亲让－巴蒂斯特的职位传给站在您面前的我的孙子夏尔－亨利·桑松。”

“您希望确保桑松家族拥有绞刑架的统治权，太太，”这不是一个问题，更确切地说，这是一种论断，“那好吧，太太，您的孙子应该穿上血红的大衣，配上正义之剑。在您的儿子，尊敬的让－巴蒂斯特·桑松去世之前，您的孙子夏尔将临时代理这一职位。之后他就可以正式成为巴黎先生。”他在桌上操作那只小钟。没过多久，一名穿着蓝色制服的年轻男子走进房间，在总检察长面前深深地鞠了一躬。他给了小伙子一个指令，负责签发任命证书和刊印此决定。等到仆人重新离开房间，总检察长转向夏尔说道：“你才回到巴黎没几天，但我认为你应该知道罗贝尔－弗朗索瓦·达米安是谁吧？”

夏尔点点头，可杜布奶奶替他回答道：“他当然知道达米安是谁。”

总检察长目光严厉地责备杜布奶奶。“我问的是您的孙子而不是您，夫人！您还不是我这个司法机构的成员。”他微微一笑道，“您这张嘴巴到现在还是能说会道！”此刻她沉默了。有人敢于指责这个雌老虎，夏尔为此暗自高兴。总检察长从最上面的抽屉里拿出一封信件递给夏尔。杜布奶奶本能地想拿走这份公文，可总检察长威胁性地伸出食指，她只好放弃了这一念头。他早已对上面的文字烂熟于心，根本不用再去看判决书，因此目光始终紧盯着夏尔：“罗贝尔－弗朗索瓦·达米安昨天被巴黎法院认定有罪，并被判处死刑。之前他经受过痛苦的审讯。”他停顿了一下，恳切地注视着夏尔，“你知道这种刑讯意味着什么吗？”

夏尔点点头。这种施刑手段包括各种各样残忍的方式，自从建立宗教法庭之后基督徒们可以想象到这一点。

“而且另外，”总检察长补充道，“达米安将遭受钳刑。判决书上就是这么写的。”

现在，就连杜布奶奶也一声不吭了。钳刑太残忍，早已不再施行。谁能够掌握并且实施这种痛苦的刑罚呢？她朝夏尔同情地瞥了一眼。夏尔只是轻轻地动了动睫毛。他也不再言语。

“你需要助手，年轻人，”总检察长以一本正经的口吻说道，“你可以聘用凡尔赛的刽子手，你的叔叔尼古拉·桑松。他还从没有出过差错。他完成的工作完美无瑕，漂亮而高贵，和所有桑松家族的人一样。布雷斯特有一个出色的钳刑施刑者，你也可以聘用他。他叫苏比斯。我期待你完成这一杰出的工作。整个法国，不，整个欧洲都在关注你。如果你顺利地经受住了这一关，那么你将一朝成名天下知。不过我觉得你得确信不会晕过去。人们可绝对不喜欢这一点。”

那个夜晚是夏尔和多米尼克在钢琴旁度过的。他们弹奏巴赫的《华丽曲》，那是父亲最爱听的音乐。父亲安静地坐在那把棕色的靠背椅上，头垂落在胸前，双眼紧闭。他并没有睡觉，他在享受。他为儿子夏尔获得任命感到高兴。当遇到未成年人时，这种临时任命很常见，同时也是对现任刽子手表示尊重，因为尽管他已经无能为力却可以保留这个职位，以此给了他应有的尊严。

虽然有着各种各样的理由可以对父亲生气，可是那天晚上，除了和妹妹一起弹奏钢琴，他没有更大的愿望。他饱含深情地为这个人演奏。恰恰是这个人，先是促成了他的梦想，后来又毁灭了他的梦想。

次日，夏尔叫了一名助手，吩咐他骑马赶赴凡尔赛，向尼古拉叔叔报信。他派了第二名助手到布雷斯特叫来苏比斯师傅。夏尔的弟弟妹妹们都为他们的大哥感到无比自豪。他将处死全巴黎都在谈论的那个人，他将杀死刺伤国王的那个人。夏尔将因此走出国王陛下的阴影，亲自成为国王的复仇者。而他们都是执行此判决的那个人的弟弟妹妹。

没过几天，一名法警带来了一份书面判决，判决书上对即将实施的刑罚进行了详细描述，看完整个行刑细节，不觉让人嘴巴发干，呼吸中止。夏尔感到难受得想要呕吐。他发觉上腹部有一只拳头，简直掐住了他的气管。就在尼古拉叔叔将手搭在他肩上时，他愤怒而又痛苦地注意到弟弟妹妹们坐在壁炉长凳上窃窃私语。尼古拉叔叔似乎感觉到夏尔身上发生了什么事。让－巴蒂斯特也感觉到儿子身上发生了什么事，可因为瘫痪，他不能动弹，也就没法触摸并安慰儿子。尽管让－巴蒂斯特非常尊重弟弟尼古拉，却在嫉妒他现在离儿子最近。多米尼克把弟弟妹妹们从壁炉长凳上赶下来，就连那几只猫也从棕色瓷砖上跳了下来。弟弟妹妹们虽然对他们的大哥担当的使命感到愉快，但谁也不会在处决的那天站在绞刑架上，目睹把一个活生生的人慢慢地折磨致死。

“我们不是施刑者，”让－巴蒂斯特一再重复道，“我们用绳子或者用刀审判，但我们不施刑。这种活让其他人做。”

夏尔不相信父亲说的任何一句话，可他不敢反驳。他完全意识到，他必须以公正的名义执行法庭的判决。可他也清楚，大家希望对达米安这样的人公开动刑，因为世人已经有半个世纪没有看到这样的刑罚了。人民在忍受着饥饿，而一旦谋杀犯达米安被视为人民的复仇者，那么国王肯定希望能够通过这次行动起到杀一儆百的作用。夏尔不敢肯定,这样的杀一儆百是否已经足够。他本能地感觉到，达米安使某些东西复活了。有些人秘密地将他奉为英雄，因为他们也像他一样饥寒交迫，像老鼠一样在小巷子里艰难度日。夏尔相信小达米安们有着千千万万，难以想象的是，一旦将来有一天，所有的人都从暗处走出来，那将会是怎样的局面。夏尔觉得离达米安更近，而不是离国王。他崇敬国王，可要是此人和安托万持有同样玩世不恭的态度，那么他就是一个糟糕的君主。达米安开始使夏尔思考，可他找不到任何一个可以和他谈谈这件事的人。唯有他的日记。

尽管时间很紧张，可夏尔还是找到了路易大帝中学。他渴望见到丹曼莉。她立即发现他在对面马路上，急忙奔到他跟前。她喜形于色，怯怯地触摸着夏尔的胳膊。然后她激动地从口袋里翻出一张纸条，对着上面的字读道:“我想你。我在学法语。我们以后就可以交谈了。”

夏尔殷勤地点头。他在寻找能够表达自己情感的简单词汇，可在马路对面等着的女友们叫了丹曼莉一下，她拼命朝她们奔去。她又一次回过头来，胆怯地挥挥手，直至消失在围墙后面。

“告诉他事实真相，”尼古拉叔叔坚持道，“你的孩子必须登上绞刑架。首先是第一个助手上去，然后是他，再然后我带上达米安紧跟在后面。在开始钳刑之前，他可以重新下去，在台阶下等。但在宣布执行判决时，他必须出现在民众面前。他要取代你的位置，站在绞刑架上。”

夏尔害怕地看着父亲，可父亲却回避他的目光。

“给我弹会儿琴吧，”让－巴蒂斯特说，“我更想念钢琴而不是绞刑架。”

夏尔和多米尼克忐忑不安地坐到钢琴旁，开始弹奏起来。他弹得很差。强迫他在这种心境下弹琴真是很残忍。他为此讨厌父亲。可他无法违逆他的意志。杜布奶奶看到了他内心的痛苦和矛盾，可她不懂得怜悯之心。她好似宣传一种宗教一样地宣传强硬。可她已经做好了夏尔爱吃的烤猪肉。这让他深受感动，因为这是他曾经从她那里得到喜欢的唯一标志：一块含汁的烤猪肉，那肥肉凝结成糊状，而且上面还有含奶油的蘑菇汁。这个蘑菇汁里含有的白兰地恐怕比奶油更多。他的弟弟妹妹也很喜欢他，因为他第二天要做的事将带给他们享受。

吃完饭，杜布奶奶躺下休息，请夏尔到她床前。自从拜访过总检察长之后，她对他的态度发生了变化。她完全注意到，他已经看出她曾经和那名官员有染。这一点使她的自尊心受到了伤害。她在孙子面前丢了脸。仿佛她暗地里指望他保守机密似的，从那时起她很少对他动粗。就连和钱有关的那件事，也使她感到受辱，因为这件事也是在他眼皮底下发生的。他了解到，出了这个家，他可怕的奶奶就是一个无关紧要的人。只是一个老妪。不过，夏尔现在能确保家庭收入，肯定也很有意义。不久之后，他就要领导这个家了。不久之后，她就要失去她的权力了。她盯着他看了好久，好像企图从他的眼里读出点东西来。最后，她抓住他的右手，给了他一个护身符。那是一只开裂的钟。

“夏尔，”她以平静而严肃的声音说，“你的曾祖父脖子上戴着这只小银钟，后来把它传给了他的儿子。直至今日，这仍然是一种习惯。这只开裂的钟是桑松家族的纹章。这是一只没有槌的钟，这只钟不会发出响声。我们的钟永远不会发出鸣响。这是桑松家族的钟。无论你的痛苦有多大，谁也不会去听。桑松家族的人沉默不言，只是尽他们的义务。”

她将这个小小的护身符塞到孙子手里。“握紧它，”她低语道，“明天你站在绞刑架上，你会感觉到桑松家族的力量。别害怕，夏尔。折磨我们更多的是我们的幻想而不是现实。和所有桑松家族的人一样，一旦忧郁的想法让你备受痛苦，那么你就走到森林里去。你的所有祖先都从骑马和狩猎中享受到快乐。音乐和文学也可以给人带来慰藉，尽管我认为这两样东西毫无用处。但你尤其要避免孤独。孤独给桑松家族的某些人带来了灾难。因此你要娶一个强大的女人。桑松家族的男人需要强大的女人，夏尔，因为到最后他们全都会瘫痪。”

“奶奶，”夏尔低声道，“你为何要对我说这样的话？”他预料到灾难临近。此时此刻他希望明天晚上处决完达米安回到家，她会在家里等着他。

“或许你有时恨过我，”她轻轻地说，“你从来没有特别喜欢过我。可我确保了桑松家族驾驭死亡的宝座。现在你们是不可侵犯的。因为从现在开始，你们永远是国王的刽子手，是人民的复仇者。你是所有桑松家族的人中最伟大的。因为有了你，你和你的弟弟将会成为这个社会受人尊敬的成员。我知道这一点。你们所有的人我都看到了。你是所有的人中最强大的也是最有胆量的人。桑松王朝尚未见过像你这样的人。”

说最后几句话时，她已经闭上了眼睛，松开了夏尔的手。他轻轻地站起来。他不想叫醒她，离开了卧室，走到了外面的院子里。多米尼克坐在那儿的太阳底下。他在她身旁坐下。

“你说说看，多米尼克，一重诅咒笼罩在我们家族头上吗？”

“我不知道，夏尔。我想巴黎的绝大多数人认为他们被诅咒了。因为他们过着贫寒的生活，没有任何希望。我想那重诅咒就在于他们生而为人。”

“那就是说，达米安的尝试是对的。”

“是的，夏尔，国王对他的臣民不闻不问，任由他们饿死。可上帝更爱他而不是巴黎的平民百姓。他保护国王，将达米安送上西天。”

“你怀疑上帝了吗，多米尼克？”

“是的，夏尔。”

“如果没有上帝，那么也就没有诅咒。”

多米尼克点点头。

“如果爸爸和奶奶不在了，我就重新放弃我的职位，然后做大夫，多米尼克。”

她发觉，他需要某个可以赦免他的人。这将会给他力量，让他挺住在绞刑架上的那段时间。“是的，夏尔，将来有一天你会是一个好大夫。”她说，然后温柔地用她的手指抚摸他的拳头。他松开拳头，多米尼克看到护身符，然后粲然一笑道，“现在你是巴黎先生，夏尔。”

“临时的。”他说，他的声音听起来像是一种请求。

巴黎先生，实际上这是一个漂亮的概念，可难以和法庭托付给夏尔的那些激动人心的东西一致起来。巴黎先生，这听起来很高贵，很高雅，它散发着名贵料子、诗意和杏仁皂的味道。可在 1757 年 3 月 28 日，它有股人肉烧焦的味道。

凌晨四点，夏尔套上了父亲的蓝裤子，穿上了有着绣花绞刑架和绣花梯子的红夹克衫。他的右腰上佩上了利剑。他没有戴上红色三角帽。他将帽子折叠起来夹在腋下。他和叔叔登上了第一辆马车。第二辆车里坐着十五名穿着浅褐色皮制围裙的助手，他们是从法国各地的申请者中挑选出来的，绝大多数是从外省过来的刽子手。四匹马拴在他们的车上。这些马都很强壮，被挑选出来派作四马分尸用。他们正走在前往监狱的路上。

他们就像送葬的队伍慢慢出发了。他们一句话都不说。曙色微明，巴黎已经苏醒。大老远就可以看到巴黎裁判所附属监狱高耸的圆形塔楼。这些塔楼散发出权威和暴力的气息。向上变尖的黑色塔顶和早已等待囚犯出现的身材魁梧的刽子手们相似。达米安在其中一座塔楼里受尽折磨快三个月了。该塔楼名叫蒙哥马利塔楼，是根据蒙哥马利伯爵的名字命名的。蒙哥马利伯爵曾在一次竞赛时给亨利二世造成了致命性的创伤。夏尔和他的助手们通过了那道宏伟的铁门，从这道铁门可以通往行政事务大楼。巴黎裁判所附属监狱远不只是一座监狱，法院也在此办公。因此，法官们可以随时火速赶到被关押在塔楼地下室的囚犯那里。监狱里站立着全副武装的警察。门卫将刽子手带到一个属于圣礼拜堂的小院子里。他们一起爬下笨重的雕花石板螺旋楼梯前往那个痛苦的世界。

这名在法国被看管最严的男子，被关押在蒙哥马利塔楼最下面的地牢里。地牢里有股陈腐味，空气明显更清冷。忽明忽暗的光线看起来像是幽灵发出来的。每走一步，都会在拥挤的破屋里发出回响。突然，一阵震耳欲聋的吼叫声响起，然后又复归沉寂，人们不禁要问，刚才是否真的听到过人的吼叫声。终于，他们站在了一道高耸的牢门前。达米安的土牢由多名宪兵看守着。当包上了金属的栎木门被撞开时，被烧焦的人肉味顷刻扑面而来。地牢里很热，空气污浊，满是尘埃，犹如一只拳头挤入肺里那样叫人喘不过气来。没有穿堂风可以缓解一下。达米安躺在受刑的架子上。人们用皮带将他牢牢拴住，使他无法动弹。他在这只架子上已经苟延残喘了好几周。架子下面垫放着秸秆，好收拾他的粪便。法医布瓦耶博士跪在他身旁，从他的大腿那里解下浸透鲜血的羊膜。达米安的小腿像烤香肠那样裂开了，左腿骨折，脱臼得很可怕。床头坐着四名近卫队卫兵，盯着一动不动的达米安看。布瓦耶博士吩咐其中一个卫兵用蜡烛代替浓烟滚滚的火炬。他担心达米安会在令人窒息的空气里虚脱，导致无法在意识完全清醒的情况下被处死。他用几近慈父般的关怀检查囚犯的身体状况。大夫对法庭负责，确保达米安能够活着经历判决书中列出的所有折磨。其中一名卫兵随身带着一条狗。他用脏兮兮的燕麦糊喂狗，专心致志地观察它吃。过了片刻，他用三只手指端起碗。现在轮到达米安吃了。该卫兵接到指令，当心达米安被毒死。他应该活着，他应该受尽折磨。达米安身子没有动一下。燕麦糊粘在他苍白的嘴唇上。

罗贝尔－弗朗索瓦·达米安，四十二岁，是一个骨瘦如柴的男子。据说他父亲死于酗酒，母亲死于坏血病。他的一位叔叔好不容易将他拉扯大，让他有机会接受教育，可达米安一向不安本分，独自闯荡江湖，曾经在欧洲的战场上浴血奋战，还为一名瑞士军官做过短时间的随从，最后病倒了，带着一身疲惫回到了巴黎。很多高贵的家庭当时都争相聘用这位英俊潇洒的小伙子，大家都管叫他“西班牙人”，先是把他当作性玩具使用，后来觉得无聊了就把他扫地出门。之后他又振作起精神，在一个伯爵的宫殿里找到了一份差事。可是一天夜里，国王派人劫走了他的主人，因为那些贵族宾客们在他家的社交晚会上讨论卢梭、伏尔泰和孟德斯鸠的学说，那些女士们先生们突然对饥肠辘辘的百姓表现出恻隐之心。伯爵一直送给达米安衣服和金钱，到后来达米安居然有能力在新桥开设了一家小杂货铺。然而伯爵的革命思想从没有让他的精神停止过工作，自此以后，只要看到遭受折磨和食不果腹的民众，他就会义愤填膺。当整个巴黎被极度的饥馑笼罩时，达米安不得不关闭了自己的小店。谁也不知道他何时做出了谋杀国王的决定。达米安很有可能并非完全处在神志清醒的状态，但无法改变的是，他出于同情，出于对勉强维持可怜生计的法国人民的同情才做下这种事，而国王却肆意挥霍工人农民的税金，和他身边的贵族们一起寻欢作乐。也正是这些贵族们最近几周在凡尔赛宫里陪着他，伺机在泛黄的著作里寻找适用于特别残忍地惩罚达米安的行刑手段。他们甚至还研究过古罗马帝国时期的文献资料。可他们在异端裁判所的审讯官那里发现了人的思维所能想到的最惨绝人寰的刑讯逼供方式，对每一个人，只要是怀疑他们那个有着强烈报复欲望的上帝，他们就会痛苦地折磨和杀死他。基督徒把天堂搬到了彼岸，而把地狱安置在人间。

布瓦耶博士离开了土牢。一名法警进来，准备向失去知觉的达米安宣读判决。他首先通知他，他即将被送到朋贝克塔接受痛苦的审讯。

“他没有听您说话，”夏尔说，“他失去了知觉。”他为达米安感到无比惋惜。

“这没有任何关系，”法警固执地回答，“在我们这里一切都有它的道理。规矩就是规矩。”

四名卫兵把达米安从格栅上解开。当他们从他裂开的大腿上松开皮带时，他重新发出可怕的吼叫，可怜地呻吟着。法警命令达米安跪下，可他没有任何反应。两名卫兵按住他的肩膀，强迫他跪下，他马上累垮了，膝盖骨断了，他不可能再坚持住。两名卫兵抓牢他的胳膊，而他的小腿像是陌生的肉体在膝盖下摇来摆去。第三个卫兵则揪住他的头发，把他的头拉回去，好让他看得到法警。法警向他宣读判决时，他不动声色，就连宣布他将遭受四马分尸酷刑，他依然无动于衷。达米安目光呆滞，眼睛罕有的似痴似醉，好像看到自己四周所有的人都感到很惊诧。他的眼白呈黄色，他的皮肤有着尿液浓缩后的颜色。他发出越来越奇特的声音，听起来好像是“哦上帝，哦上帝，哦上帝”，可那些话却真的一句也听不懂。

一名少尉警官和一名神职人员一起进入土牢，达米安变得镇定了些。卫兵把他安置在一个角落里。刚才给狗喂过食的那名男子给了达米安一杯葡萄酒，可他只是闭着眼睛。他不想喝酒。

那名神职人员跪在死囚面前，用他的长袍擦去犯人额头上的汗水。就在这时，达米安的脑袋耷拉在他裸露的胸脯上。他重新失去了知觉。神职人员站起来，依次打量法警和尼古拉·桑松。之后，他的目光落在夏尔身上。他似乎知道这个人高马大的男孩是谁。他几乎不声不响地朝他点点头，微微一笑，似乎是想表明，他会通过帮助达米安而对他伸出援手。他脸色温和，充满善意。他似乎既不抱怨，也不愤怒，而是被一种不可动摇的对上帝和人类的博爱主导着。大家叫他戈马尔神甫。他曾经是一名神职人员，在一家修道院里隐居多年，现在又成了绞刑架的神甫，是濒临死亡者最后的朋友。

少尉警官询问戈马尔神甫是否已经完成祷告。神甫羞愧地垂下头，说是要到巴黎裁判所附属监狱的祈祷室里祷告，在那里等待达米安。少尉立即命令卫兵将那个昏迷者带至朋贝克塔的刑讯室。夏尔和尼古拉叔叔一起跟随士兵来到朋贝克塔。刑侦科的成员早已等候在有拱顶的昏暗的地窖里。他们想最后一次审讯达米安，因为还没有人相信谋杀者是独自一个人采取的行动，所有的人仍然认为背后有共谋。他们认为达米安是一起蓄谋已久的暴动的头目。这些刑事法官们坐在一张长桌后面。微弱的灯光从落满灰尘的圆锥体上落到他们的头颅上，仿佛他们被上帝照亮是为了更好地完成自己的任务。他们悉数到场了，莫普、莫莱、塞维尔、帕基埃、罗兰和朗伯林，布瓦耶博士也来了。夏尔看到多石的地上那粪便状的污物时，不由得朝上面的拱顶望去。密密麻麻的小蝙蝠聚集在天花板上，好像此刻在无声地观察下面即将发生的事。卫兵们让达米安坐在一张长凳上。布瓦耶博士将湿冷的布巾缠绕在他的脑袋四周。达米安不一会儿又恢复了知觉。他用异常出神的目光重新打量着周边的环境。他不安地来回滑行，试图避免两脚着地。现在可以很清楚地听懂他的话了：他在恳求上帝救助。他重新单调并且毫无中断地说话，好像现在是连续不断地、铿锵有力地说出自己的话才不至于被人遗忘的时候了。主任法官站起来，向达米安透露说，他因为没有招认自己的罪行，将要遭受痛苦的折磨。他要求拷问师弗莱米给达米安穿上西班牙靴子[①]。一名之前根本没被注意到的男子，从最后面的一张凳子上站起来。他踱着方步慢慢地走到被告跟前，在他面前挺直身子。他手里拿着两块打过孔的铁板。达米安直愣愣地盯着他看，烦心地转动着眼珠。然后他叫嚷道，他是无辜的，是巫婆对他施了魔法。“她住在盾牌街。您把它记下来，因为这条街中了邪，大家连这个地名都记不住。盾牌街。一天夜里，她把光屁股贴到我的脸上，我看到黑色蛤蟆从她化脓的阴门里钻出来。”拷问师弗莱米马上转过身来看看刑侦科的成员，他们正坐在桌子后面好奇地倾听着。他们点点头。弗莱米随后也点点头，三名助手从半明半暗中走出来。其中两个一把抓住达米安的胳膊，第三个随即抡起一只小板凳，压到达米安的右脚上。达米安重新发出撕心裂肺的叫喊，开始胡说八道起来。他不停地问，他怎么会到这里来，申明自己没做过任何坏事。

---

① 一种夹腿刑具。

弗莱米跪在达米安面前，给他的小腿套上两块金属板。他用绳子把它们固定住，小腿就像被夹紧在老虎钳上。达米安又一次疼得怒吼起来。结痂的伤口又裂开了，鲜血汩汩直流。弗莱米将两块金属板彼此压得更紧，而他的助手竭尽全力抓住达米安不松手。可达米安的脸色突然变得苍白起来。鲜血从他的嘴角流出，他的头重新耷拉在胸前。主任法官给大夫招招手。布瓦耶博士从颈动脉那里触摸达米安的脉搏，用拇指揭开他的右眼皮。“没有危险。”他说。一名助手随后递给弗莱米一只大钉子。弗莱米毫不犹豫，浑身使劲，把钉子钻入那块铁板的第一个孔眼中。钉子刺穿了这个不幸的人儿的肉体和骨头，直至从第二块铁板的孔眼中重新露出来。第一只钉子刺入之后，达米安又苏醒了过来。他睁大眼睛抬头盯着那拱顶望，大吼一声：“拿酒来！”弗莱米和他的助手回头向尼古拉·桑松看去。夏尔不知把酒带给达米安是不是他的事。可当叔叔朝他点点头时，他才明白那是他分内的活儿。一种无法描述的疲乏感向夏尔袭来。与此同时，他觉得嘴巴发麻。他想能忍则忍，可咽喉里的每一处肌肉痉挛似地收缩起来，仿佛弗莱米用西班牙靴子压住了他的脖子。他摇摇晃晃地走到桌前，将玻璃瓶里的酒倒入杯子里。他缓慢地走到达米安那里。每迈出一步，就好像在攀登一座高山一样。他将一只手搭在达米安的肩上，用另一只手把酒杯送至达米安嘴边。达米安只是润了润嘴唇。夏尔一松开酒杯，达米安头朝前一仰，然后轻轻张开嘴巴。他想喝更多的酒。夏尔又把酒给了他。接着，达米安睁开眼睛，凝视着夏尔的脸。他转动眼珠，低声道：“把省下的酒留给巴黎人民吧。把酒留给穷人吧。我将为他们而死。为国王和君主制而死！”

达米安话音刚落，弗莱米把第二只钉子敲入那块金属板上。他敲入的力量太猛，达米安的胫骨骨头裂成了碎片。达米安大喊着、咆哮着、恳求着，可弗莱米又将第三只钉子和第四只钉子连续敲入达米安的小腿中。他的吼叫似乎在高耸的穹顶下面发出回响，像飞弹一样劈里啪啦地落到大家身上。他现在不能保持片刻的安静。他疼得发疯一般地呼喊着、咆哮着，夏尔看到连莫莱法官整个身体都在颤抖不止。莫莱已经靠近达米安，想问他第一个问题。他想问他有哪些人的名字，想知道是否有密谋，是否还有其他人参与了这次行动。“是的，”达米安以近乎喜悦的声音嚷道，“巴黎的大街上全都是。你们没有足够多的士兵，没法杀死他们所有的人，因为达米安有千千万万。”莫莱显得非常激动。他希望听到名字。“名字！”他坚持道。可达米安只是恶意地笑笑，又谈起巫婆来，声称她不是骑着扫帚，而是骑着大阳具，因为她是魔鬼撒旦。“撒旦！”他吼道，“你们到大街上去吧，你们会发现我说的千真万确。你们到处都可以看到蛤蟆从她的阴门里钻出来。你们大老远就可以听到她的声音，因为她放的响屁就像管乐队吹出来的一样，而从她屁眼里吹出的湿气将会导致尸横遍野，沃土变成荒野。”

当弗莱米敲到第七只钉子时，达米安发出罕见的尖锐刺耳的叫喊，而且这种叫喊再也不愿停下来，然后哇的一声，呕吐物吐到了弗莱米的脖颈上。达米安全身颤抖着。“取下他的靴子吧。”有人说。这人是莫普。他茫然不知所措地坐在桌子后面，目光无神。莫莱坐在他右首，身体显然虚弱无力，布瓦耶博士刚给他诊治过。弗莱米取下了达米安的西班牙靴子，他的助手们将达米安摆放在担架上，一直抬至外面的院子里。

桑松家族的两辆车停在院子里，都已经套上了马。黑压压的人群早已站在巴黎裁判所附属监狱的大门口，等着在一个漫长的宗教仪式的行列中即将被处决的人。马车是敞开式的，配有两张面对面坐的凳子。武装人员一路护送马车前行。他们是骑警队——法国国民警察的成员。大家都在等着达米安的到来。戈马尔神甫坐在第一辆车里。他低着头，看起来既悲伤又疲惫，好像他自己的丧钟已经敲响。助手们把达米安安排在第一辆车里。弗莱米擦掉裤腿上的血迹，不带任何感情地说："他现在属于我们。"夏尔跟着尼古拉叔叔到了第一辆车那里。一些法院成员坐在他们边上。达米安躺在他们腿脚之间的木地板上。第二辆车里坐着刽子手的助手们。车辆出发了，可马上又停滞不前了，因为数不清的骑警队员挡住了大门。终于，他们让出了道路，让达米安的车辆进入绞刑架所在地。

成千上万人高声欢迎达米安的到来。他们呼喊着，怪声大叫，乱吼着，唱着歌，放声大笑。数百名士兵、警察和一群简直难以想象的爱凑热闹的人围在街道两旁，就好像有人散布谣言说今天有人买到了价格公道的面包一样。圣米歇尔桥街、新市场码头、帕卢市场街，黑压压的全是人。所有的商店都关门歇业。全巴黎的人都想一睹敢叫国王流血的人长什么模样。两辆车费力地穿越骚动不安的人群，他们就像是因海啸引起的巨大海浪涌入了大街。宪兵骑着马在圣母院大教堂前徘徊，把通往教堂的台阶预留了出来，可还是难以阻止潮涌般的人流。骑兵们一再奔向那些围观者，试图把他们向后推，可他们很难后退了，因为他们被身后的成千上万人持续不断地向前推挤。一路跟随车辆的国民警察，此刻组成了一个队列，向空中投射了几发子弹。人流顷刻间散开了。

那两辆车停在圣母院的台阶前。法警要求尼古拉·桑松把达米安从车里拉出来。几个刽子手助手一起将这个不幸的人儿抬出了车。他的大腿已被打伤、被撕裂、被撕碎，因此每一次触摸和移动都会导致不堪设想的疼痛。夏尔想回避达米安的大腿，可还是目睹了那副惨状。法警在大教堂的台阶上焦急地等待着。“跪下！”他说，眼睛却越过人群看过去。他也不忍心看到达米安的那种样子。助手们试图放下达米安，强迫他跪下，可他发出一声凄惨的叫喊，人们倏忽变得鸦雀无声。人群几乎虔诚地保持沉默，像是现在才意识到原来他们面对的是一个人。刽子手的助手们把达米安往上拉，并且抓住他的胳膊。他的脚碰不到地了。他不该遭受不必要的折磨。达米安以细若游丝的声音向法警重复自己说过的话，那是他悔过自新的话，他请求上帝和国王赦免他的罪。当助手们把他送回车里时，他任凭自己的泪水哗哗地流出来。他现在似乎已经神经错乱，痛苦导致他快要精神崩溃了，以至于他都无法控制自己的身体，大小便已经失禁。

车子继续前行。离格莱夫广场越近，人群就越危险。他们都想看到达米安最后的路程。有些人对他骂骂咧咧，极尽讽刺挖苦之能事，还有一些人把垃圾扔到他身上，可也有一些人却是默不作声地站立在路旁，对他满怀恻隐之心。一大批警察和卫兵已经驻扎在所有的十字路口。当车队终于拐进格莱夫广场时，已坚持等候了数小时的人群以暴风雨般的喧哗声迎接他。夏尔本能地将头转向一侧，寻找和尼古拉叔叔的眼神交流。这位凡尔赛的刽子手，也还从未见过如此盛大的群众集会场面。沿着广场的所有房子的窗户都已敞开着。围观者在后面挤来挤去，而从他们的衣服可以看出来，最好的位置都被贵族阶层占领了。五十个苏可以买到一个窗口位置。就连根据他们的举止、衣着和风度更可能出现在文学沙龙里的人，也是长达数小时之久地等候在城市宫殿的阳台上，一睹这个世纪最残忍的处决现场。他们阅读伏尔泰、卢梭、孟德斯鸠的著作，却还是愿意喜欢这个达米安，见证他的死亡。

人群在绞刑架前散开了。卫兵们开辟出一条通道，形成了一个列队。尼古拉·桑松向在绞刑架上面等候的助手们挥挥手。看到了自己人，他们显然轻松地舒了口气。在这些渴望血腥的不可揣度的人群中间等待了好久，使他们陷入了万般恐惧之中。他们胆怯地爬下绞刑架台阶，偷偷地朝那两辆车瞄了一眼。达米安像是一只残缺不全的蠕虫蜷缩成一团。

“把他抬到上面去。”尼古拉叔叔吩咐道，然后将侄子拉到一边。他们又听到了达米安的叫喊声。他绝望地高声求助妻子，请求赦免。“你可以在台阶下等着，给我暗示就行。”尼古拉叔叔说。他显然将行刑过程想成另外一种样子了。可夏尔只是摇摇头。这位新的巴黎先生不想躲藏在没人看得见的地方。人们强迫他接受了这个该死的职位，可他要向所有的人证明，他们无法毁灭他。夏尔高昂着头颅爬上绞刑架。当踏上木平台，向乌压压的人群举目望去时，他终于实现了继承桑松家族遗产的重任，从此以后他将成为绞刑架的一部分。

紧跟在第二辆马车里的助手分散在绞刑架的周围。有一些人登上了台阶。他们已在绞刑架的中央连夜搭建了一座小平台，一座大约一米高的木制祭坛。他们把达米安平放在祭坛上面，将他身体绑住。他的脑袋搁在草褥上，任凭火盆里袅袅上升的灼热的硫黄蒸汽不断侵扰。在烧红的木炭上面摆着一根筛条，一只平底锅正在上面加热。呛人的气味飘向整个广场上空，简直使人群陷入不可思议的兴奋之中。火盆旁边摆着一只狭小的餐饮桌，桌上铺设了黑丝绒桌布，桌布上摆放着整整齐齐的物品：钳子、屠宰用的长刀、一把锯子以及一把斩首用的刑具。有一根绳子，卷起来了，几乎看不见，一旦遇到紧急情况还可以采用减刑方式用它勒死犯人。戈马尔神甫试图好好劝说不停吼叫的达米安。他擦掉达米安毫无血色的额头上冒出的冷汗，拿出一小瓶圣水，洒到这个濒死者身上，还说着赦罪的话，而达米安却像是精神病发作似的，又开始老调重弹，反复说那几句话。戈马尔神甫在做临终祷告，法院特使催促他赶紧做完。广场上空乌云密布，似乎老天也讨厌这下面正在发生的事。

“苏比斯在哪儿？”尼古拉·桑松问道，不安地环视四周。可那些应该给桑松家族提供帮助的刽子手助手们，穿着浅褐色皮制围裙默不作声地站着，无所适从地东张西望。突然传来响亮的打嗝声。大家全都条件反射似地朝台阶那里望去。那个起了个洋葱汁名字[①]的老人显得异常难受。“苏比斯在，先生。”他口齿不清地说，摇摇晃

① Soubise，“苏比斯”这个名字在法语中的意思是“用洋葱汁、黄油、奶油制成的调味汁”。

晃地走在木地板上。他站在不幸的达米安面前，拿起那把钳子。

“油在哪儿？”尼古拉·桑松嗓音尖锐地问道。他威胁性地走到酒鬼苏比斯那里。苏比斯用钳子做了个粗暴的动作，却不小心碰到了自己的额头。夏尔当机立断夺走他手中的钳子，向助手们发出赶走苏比斯的命令。“把油给我们拿过来！”助手们一阵风似的散开了。戈马尔神甫乘机重新走到达米安跟前做祷告。法官们脸色阴沉地站在那里等候。天开始下雨了。

一个多小时过去，第一个助手冲破人群赶过来，拿着油重新出现在绞刑架上。这期间，火盆里的火已经熄灭。一名助手想重新把火点起来，可是没有成功。

“我们需要干木柴。”尼古拉·桑松说。他此刻变得心烦意乱，满怀愁绪。当助手们重新艰难地穿过人群寻找干木柴时，他盯着他们看了好久。半小时过后，第一个人回来了，说谁也不愿意给他们干木柴。

“为什么？”尼古拉·桑松问道。

“不知道。好像大家并不赞成我们在这里干的事。”

夏尔命令用斧子砍下绞刑架下栅栏墙上的木板，重新把火吹旺，给油加热。没完没了的等待也在慢慢折磨他。达米安又恢复了知觉，发疯般地咆哮着。他的声音变得嘶哑了。他恳求地注视着他的刽子手们。

“我们要让苏比斯再试一下吗？”夏尔轻声问他的叔叔。叔叔脸色苍白，可他依然知道，苏比斯在第二天中午之前是不可能再清醒过来了。执行钳刑不是刽子手的任务，可要不然谁也不可能去做这件事了。那名法警和布瓦耶博士目光坚定地催逼桑松家族的人开始这一惨不忍睹的程序。

六名助手站在达米安周围，默默地等待新的指令。夏尔只是点点头。看到他的暗示，一名助手以迅雷不及掩耳之势抓住达米安的手臂，将它伸展开来，直至他的整个手突出在木制祭坛的边缘之外。就在第二个助手从筛条上拿走烟雾腾腾的平底锅时，第三个助手将火盆推至达米安的手下。达米安本能地想抽回自己的手。他圆睁着大大的眼睛盯着他的手看，仿佛自己都不知道他的手究竟怎么了。尼古拉·桑松用热油浇到他的手上。达米安咆哮着，夏尔还从未听见过一个人竟然会叫出如此恐怖的声音。达米安嘴唇开裂，鲜血顺着下巴流出，牙齿卡在一起了。没过几分钟，那只曾经刺伤国王的手，只剩下烧黑了的残干。

尼古拉·桑松站在达米安面前，吓得六神无主。那只灼热的平底锅仍然抓在他手里。夏尔脸色煞白，呼吸急促。他发誓过要在绞刑架的台阶下面完成处决。可此刻他已经站在了上面，被成千上万人打量着。整个人群似乎像危险的黑色海洋围住了绞刑架，夏尔也知道，只要此事未了结，那么他就没有脱身的机会。他无法逃逸。否则那么多的人肯定非把他弄死不可。他必须挺住。他伸进口袋，摸到杜布奶奶给他的那件护身符。

他果断地走到其中一名助手那里。此人名叫安德烈·勒格利，是奥尔良刽子手，如果他愿意承担钳刑的任务就给他一百镑。尽管安德烈·勒格利年长夏尔很多，而且在他所在的城市里德高望重，他立即接受了夏尔的提议，认为他在这里只是一名助手，而尚未成年的夏尔·桑松掌控着绞刑架的大权。“好的，巴黎先生。”他回答并且点点头，毕恭毕敬地低下头。他几乎是匆匆忙忙地拿起那把长长的钳子伸进火盆里。夏尔从叔叔手里拿走那只灼热的平底锅，重新放到篩条上。戈马尔神甫迈着沉重的步伐回到达米安那里，精疲力竭地抓牢木制祭坛的边缘。他重新擦了擦达米安脸上的冷汗，那张脸因疼痛而变形。神甫说了些什么，可谁也不明白他说了些什么。他的喉咙也好像被卡住了，说不出话来。布瓦耶博士也向达米安靠近。看来他突然感到晕头转向，像一匹年迈的驽马不停喘息。他颤抖着双手触摸达米安的脉搏，朝法警点点头，法警又朝桑松家族的人点点头。夏尔给了安德烈·勒格利一个信号，后者随即将灼热的钳子塞进达米安裸露的胸部。不幸的人儿无声无息地抗拒着，听凭钳子从他的身体里撕开一大块肉和乳头。那位里昂刽子手，到了巴黎也只能做一名助手，他将沸油浇到达米安鲜血淋漓的伤口。燃烧的油脂发出嗞嗞声，广场上空重新散发出人肉烧焦的气味。奥尔良刽子手撕扯达米安胳膊、腹部和大腿那些裂开的伤口。另一名助手把燃烧的松香倒入一个伤口，又把燃烧的硫黄倒入其他伤口。最后，拿着钳子的刽子手抓住达米安的男根，一把拔出来。所有的助手们疯狂地完成了对一个垂死身体的判决，而达米安就像酩酊大醉似的痛苦地嚎叫。听起来仿佛是一只发情的鹿交尾时的叫唤，可紧接着又仿佛是一名婴儿在撕心裂肺地呻吟。可他突然像是发疯似地吼道：“再厉害点，给我再厉害点，我喜欢，我喜欢！给我再厉害点！”他的吼声犹如飓风在广场上空回响。它不再具有人声的特点，不禁让人群感到不寒而栗。这个声音是来自痛苦与炼狱王国的魔鬼撒旦的吼叫。

达米安又一次失去了知觉。一种异样的静寂笼罩在广场上空，只听到绞刑架脚下那四匹马的嘶鸣声。四名助手各自牵着一匹马，各自把守在绞刑架的一角。他们将长长的缰绳扔向绞刑架下的同伴。同伴们接住缰绳，动作麻利地将它们固定在即将凄惨地命丧黄泉的达米安的手臂和大腿上。广场上依然是死亡一样的静默，就连有人清清嗓子的声音现在也能听得见。雨停了。夏尔给站在马匹旁边的助手发出开始的信号。他们取下马笼头，带着马驶离绞刑架。没走上几步路，他们就停下了。达米安的身体在抵抗。他们又试图重新开始。六百公斤重的四匹马同时努力从一个垂死之人的躯干中撕下手臂和大腿。达米安的左腿关节只是脱臼，却没有被撕下。本该撕下他右腿的那匹马，支撑不住跌倒在地。人群中突然爆发出震耳欲聋的恐惧的喊叫。达米安的大腿如何能抵挡一匹马的力量？马重新开始行动。达米安的右腿和两只手臂关节脱臼了。可他的身体仍和之前一样在抵抗。马又一次行动起来。它们开始奔跑，可达米安的四肢始终在他的躯干上不离不弃。夏尔放开胆子看了一眼达米安。他看到达米安的手臂和大腿怪异地变长了，可肌肉和肌腱却依然使他的四肢黏附在躯干上。这简直难以相信。目睹达米安的身体被剥皮、被撕碎、血流如注、不停地抽搐，就像一块被烧焦的熏肉，真要把夏尔的知觉夺去了。他觉得好像脚下的绞刑架木板塌陷了。戈马尔神甫跪在濒死者面前，双手颤抖地划着十字。他越来越响亮地说着祷告，宛若想用自己的声音消除他的所有念想。他闭上眼睛，因为他不想再看到他们看到的情景。他的脸上噙满泪水。他抬头对着天空绝望地吼出祷告。夏尔从桌子上拿走细绳，询问那名法警，司法代表是否允许减刑。这是一个秘密的附加条款，常常包含在刑事判决中，也就是在被处决者的所有骨头被折断或者被处以车裂之刑之前，刽子手有权用一根细绳悄悄地勒死他。法警只是一声不吭。他表情茫然地越过夏尔的脑袋。夏尔后来才注意到，法警已经失去知觉。他直挺挺地跌倒在地。他的脸被砸中了，淋漓的鲜血顺着嘴角汩汩流出。夏尔让他侧躺在木板上，好让鲜血流下来。布瓦耶博士跪在他旁边，不是为了帮助他，而是因为他自己的大腿早已不听使唤。他双手支撑在这个昏迷的法警身上。这可能给人群一个假象，好像他正在给他医治。可布瓦耶博士自己也需要大夫的救治。

此刻，人群中开始骚动起来。起先听起来像是远方的喃喃自语，可之后声音越来越响亮，越来越猛烈。它就像暴风雨那样很快席卷到绞刑架那里。"把肌肉分开，把肌腱切开。"布瓦耶博士喘着粗气道，催促夏尔使劲点头加快速度。安德烈·勒格利拿着斧子站在夏尔后面。夏尔朝他点点头。这位奥尔良刽子手迅疾走近奄奄一息的达米安，用可怕的斧子从他的躯干上砍下胳膊和大腿。四匹马重新出发，将达米安撕成碎片。他的左腿在空中飞扬，啪嗒一声掉到已经苏醒的法警的脸上。

达米安的躯干仍在微弱地发出生命的迹象。他眼睛睁得很大，目光对着多云的天空。泡沫一样的鲜血从他的嘴唇里渗出来。他乌黑的头发突然变得像雪一样白。后来，全巴黎都在谈论这件稀奇古怪事，欧洲所有的大报都在头版提到这种灵异现象。但这什么都不是，尽是些灰烬而已。

人群胆怯地鼓起掌来。天色将晚。尼古拉叔叔暗示侄子察看一下绞刑架。夏尔对着这个木制的四角形缓慢地察看一番，与此同时，人群里富有韵律感地呼喊着“桑松，桑松”的名字。之后，他在西侧站住，抓住栏杆，就像凯旋而归的罗马统帅抓住战车的架子检阅部队入城一样。广场上雷鸣般的掌声一浪高过一浪。夏尔脸上毫无表情。他稍稍低下头，似乎是想要谦卑地向人群表示感谢。“桑松，桑松”，铿锵有力的呼喊仍然经久不息。此时，他看起来更像是一名乖乖听话的古罗马角斗士，仅仅凭借魁梧的身材和健壮的体格就可以令人群激动不已。夏尔的目光一再对着格莱夫广场上的人群扫视，渐渐意识到巴黎在为他庆贺。他感觉到有股非同寻常的力量传遍全身，他觉得自己突然变得坚强有力而不可征服。他缓缓转向北侧，又重新赢得从那儿传来的喝彩，然后他缓步转向东侧，最后转向南侧。他也在这里迅速地鞠了个躬，然后转向那些司法官们。司法官们对他赞许地点头。他们很满意。他的叔叔也朝他点点头。他似乎感到很纳闷，人群向这位新的巴黎先生告别时竟然会如此激动。

助手们将达米安的身体扔进火堆。黄昏像灰烬一样笼罩着他们的头颅。喜欢血腥场面的一大帮人渐渐作鸟兽散，消失在附近的大街小巷里。人们回到了自己的别墅或者自己贫寒的陋室。雨重新从天而降时，许多爱凑热闹的人依然闲站在那里。现在，行刑业已结束，一些人乘机从近处打量起绞刑架来。助手们开始拆卸。当被折磨致死的人的尸体正在火化，刽子手们被裹在呛人的烟雾中时，夏尔还一直站在绞刑架上面的台阶上。

夏尔闯入了一个陌生的世界，一个可怕的世界。他发觉从此以后他的祖辈流淌的血液也必将在他的血脉里流淌，也必将永远玷污他的家族。他发觉自己很孤独，为刚才秘而不宣地享受人群的掌声而感到羞耻。他的行为令自己作呕。因此在那一刻，他发誓从今往后要回避那些人。他不想生活在他们中间。他想独自一人待着，避开这群可怕的人。他不想成为他们中的一员。他感到害怕的是，他有能力做这事，而且他曾经偷偷设想的一切比这还要可怕得多。难道这就是一切吗？难道我的心是用石头做的吗？难道我还太年轻，感受不到真正的同情和悲伤吗？他扪心自问。一个不懂得痛苦的人，也感受不到对他人痛苦的同情。这一点他知道。或许这就是如此，或许这完全是另外一回事。他在恶心和自豪之间迷失了方向。

广场上的人很快散开了。而就在撤离的人群中他发现了丹曼莉。“哦，我的上帝。”他不禁脱口而出，急匆匆地爬下绞刑架的台阶。他想拦住她，想把一切解释给她听。这个该死的诅咒难道要摧毁他未来的人生里遇见的所有美好的东西吗？难道他今天做出的牺牲还不够大吗？难道他在还没有得到丹曼莉之前就该失去她吗？“丹曼莉！”他嚷道，可这个娇小可爱的暹罗姑娘并没有转过身来。人群将她淹没了。他想跟在她后面，可站在绞刑架下的一名男子走上前来截住他。他显然在恭候他。“掌声献给您。祝贺您。”年轻男子也许要比夏尔大十岁，个子矮小，人很瘦弱，面色苍白。他上身穿着一件淡褐色燕尾服，一件价值连城的凸纹马甲，下身穿着一条深黄色鹿皮裤，脚上穿着一双翻口靴子，嘴里吸着一只陶瓷烟斗。他装模作样地说道：“我是《凡尔赛邮报》的记者，我叫高萨。”说完他凝视着天空，仿佛他是一个多么举足轻重的人物，正在摆好姿势给人画画似的。“您肯定听说过我。或者看过我写的文章。我叫高萨。我在文章里总是署上我的名字。”他将烟斗重新塞进嘴里。他的整个举止有点可笑，好像一个孩子在模仿大人的样子。

“很遗憾我还有事要做，高萨先生。”夏尔转身想走，可高萨疾步跟在他后面，重新挡住他的路。他从嘴里掏出烟斗，俨然恩人似的轻轻拍打夏尔的肩膀。

“别走得那么快，巴黎先生。跟我们的读者说说，达米安被四马分尸时您是怎样的感受。”

“我本来希望一切很快过去。”

高萨用力点点头，马上露出一副痛苦的神情。“对像您这样的年轻人来说这个恐怕不容易，”他说，“可是人民喜欢您。您给人留下了非常好的印象，先生。您身材魁梧。您可知道，绝大多数人不会白白送给别人任何东西，而把自己裹在高贵的衣服里。可您，您甚至光着身子也可以让人钦佩。后会有期，巴黎先生。我会关注您的。”

夏尔重新将目光瞄准丹曼莉，可在片刻之后又放弃了念头。他究竟该跟她说些什么呢？也许她看到了整个行刑过程，一直在盯着他看。那他就没有什么要补充的了。她大概早就对他做出了判决。可他并没有看清她的脸，可能她根本不在现场。毕竟巴黎还有好多来自暹罗王国的女人。可他担心那个人很有可能就是丹曼莉，他担心极了，因此感到无地自容。

那天晚上，夏尔不能马上回家去。尼古拉叔叔说他先监督助手们拆除绞刑架，再邀请刽子手和助手们上让－巴蒂斯特家里共进晚餐。这个安排是杜布奶奶早就决定好了的，而且所有的刽子手都将在仓库里过夜，第二天早上大家再各自踏上归程。“你今天成就了一项伟业，夏尔，”他还说，“将来有一天你会成为一名伟大的刽子手。你父亲始终缺乏执行这一职位的力量。这实在是太难为他了。可你赢得了人们的尊重。”

夏尔本想回应几句，因为他有话要说，可还是沉默了。也许他不想让刚刚获得的赞美失去光泽。他不知道。当人们谈论的时候，他们就会装作什么都知道的样子。他根本什么都不知道。他以为知道的一切，在今天晚上随达米安的尸体一起被烧得灰飞烟灭。而且，丹曼莉意外地出现在现场，让他注意到自己再也不会有机会过上普通人的生活了。丹曼莉看到他了，这种念头始终可怕地折磨着他。

夏尔在大街上漫无目的地走着。他绝不想回家去，不想看到父亲、祖母以及所有弟弟妹妹们脸上的快乐。那只会让他觉得更受辱。因为给他们带来快乐的东西，已经深深地伤害了他，使他震惊，真的令他心碎。他一如既往地难以理解，为何人们能够使自己的同类遭受如此多的折磨和痛苦。而对他来说难以置信的是，全巴黎的人都希望看到这一幕人间惨剧。他不希望看到它。可他没有选择的余地。他烦躁不安地在皇宫花园附近转悠，心想这里有那么多的赌场，是否找上一家赌上一把。可他身上几乎没带钱。这附近也有很多的大咖啡馆，可他就是没有心情往那里坐上一会儿。他不想听到人们七嘴八舌地谈论行刑的事。他们离得那么远，究竟能看到什么？格莱夫广场上的绞刑架和那些人，都不会比一只拇指更大。他们听得见吼叫声，可看不到达米安本人。他们碰不到达米安被撕碎的身体。可他，夏尔－亨利·桑松，他从最近处看到了一切。这一切也是他干的。

一路上，夏尔遇到了那些显然观看过行刑现场的人。他们毕恭毕敬地朝他点头，有些人换到街对面走路，但不是出于害怕，而是因为他现在成了大人物。夏尔不得不慢慢承认，这确实给他带来了某种满足感。尽管由于丹曼莉的缘故他有过抱怨。人们对他心怀钦佩、尊敬、尊重，或许甚至还有害怕。权力感使他完全洋洋得意起来。那种不可侵犯的感觉，不可战胜的感觉。

不知不觉中，他走到了酥皮儿小径。他有了逛逛妓院的欲望。他想要作践自己，糟蹋自己。他想向自己证明，他并不需要丹曼莉，永远不需要她。可他马上又失去了进去的勇气，于是继续向前走。他决定漫无目的地一直走下去，直至筋疲力尽再也走不动路，想躺下睡觉为止。

午夜时分，他感到万分疲惫。他的不安已经远去。他放慢脚步，打算离开他现在所处的贫民区，往回家的方向走去。就在这时，一个黑影从一个门拱里移开，挡住了他的去路。他先是想到发生了突袭，本能地抓住自己的利剑。可然后他看到一双闪闪发光的大眼睛，看到一张年轻的黑脸，而那张大嘴巴露出温柔的微笑。她长着一副美丽的白牙，这样的好牙在巴黎很少能看到。她示意夏尔随她进屋去。她应该来自新大陆，他想，她是如此迷人，如此热情，和今天在格莱夫广场上耐心等待数小时的所有白人毫无共同之处。她领他穿过一个狭窄而昏暗的过道，过道里闻到一股黄油的哈喇味，然后走进一个闷热的房间，穿着轻薄的黑人姑娘守候在那里，她们全都在一张大桌子周围闲站着。桌子上方挂着一盏油灯，油灯用一只红色灯罩盖住。因此，微红色灯光映射到天花板上，也使姑娘的脸蛋变得半明半暗。桌子后面坐着一个几乎掉光了牙齿的老妇。黑人姑娘把夏尔领到桌前。“三镑。”老妇用生硬的语调说。他将硬币搁到桌上。老太从堆在桌子上的打过补丁的脏毛巾里拿出一块递给他。黑人姑娘握住夏尔的手。其他姑娘目送他们离去。她们似乎羡慕她。他们顺着楼梯爬下去，到了一间地下室。因为有一个狭小的采光井以及点燃的十几支蜡烛，地下室里显得亮堂堂的，房间里还有股破旧的葡萄酒酒桶的气味。夏尔听到轻轻的呼吸声。房间里还有其他人。大多数人像野战医院的伤病员那样仰卧着，安静地享受着妓女们的手艺。他们几乎没有一丝声响地沉醉于情欲中。那个姑娘领着夏尔到一张垫着垫子的草席那里，然后跪下。草席的周围地上全是垃圾。夏尔站着不动。她轻轻地将他往她的身下拉，又把裙子从头上捋下来，抱住他在她的胸前停留了片刻。然后她微微一笑，把胳膊放下来。夏尔这一生中还从未见过裸体的黑人，之前只在书本上看到过这样的画面。……她搂住他时,他开始哭泣。夏尔将头埋入她的怀里。她温柔地抚摸他的头，低声说着他听不懂的话语。她就像抱孩子那样将他揽在怀里。他在哭泣，可他没有发出声响，他在无声地哭泣。他不知道是否要重新停止哭泣。人的一生太过短暂，根本无法用眼泪洗掉他今天看到的所有苦难。他让眼泪尽情地流淌，他内心的痛苦消失了。……在缓慢的节奏中，她来回摆动自己的骨盆。她直接盯住他的眼睛看，几乎不动声色地点点头，仿佛在暗示，现在一切都挺好。

第 6 章

夏尔回到家，父亲独自坐在厨房桌上。空气里有股烤肉味和南瓜汤味。

“有人忘记你了吗？”夏尔问。

“不，”让－巴蒂斯特回答，“我坚持等你回来。你可以待会儿带我回床上休息，不过在此之前我要和我的儿子一起喝上一杯，因为我为你感到自豪。”

夏尔坐下来。

“我替你担心，因为你迟迟不回来，”让－巴蒂斯特轻声说，“他们把一切都跟我说了，有一些没做好，但不是你的错。你做事干脆利落，给司法官留下了深刻印象。”

“我也要对其他人的错误承担责任。”

“苏比斯总是酩酊大醉，十年前就是这样。我问自己他是否有过清醒的时候。”

夏尔拿起玻璃酒瓶，朝两只杯子里倒上葡萄酒。两个男人相互祝酒干杯。看到父亲可以不用他帮忙也可以喝酒时，夏尔便将杯中酒一饮而尽。

“干完活回到家，你可以给绳子上上油或者把刀磨磨快，这也会有好处的。我总是给绳子上上油。而假如这还不够的话，那么我就把用过的旧绳子剪开来。你可以挣到十个苏，就那么小的一根绳子，累加起来就不得了了。我认识很多人，他们在裤袋里放上一根绞刑架上的绳子到外面乱逛。他们声称它会给人带来好运。我不知道为什么。我真的收集了好多绳子，可它并没有给我带来好运。如果你干完活润滑一下绳子，至少可以把安宁带到你的心里。”

夏尔点点头。他不相信让－巴蒂斯特的任何一句话，可是他让他说话，毕竟他是父亲。他稍稍抬起头来，突然有种冲动，想打他的脸，因为恰恰是他毁了他的一切。做一名刽子手已经够惨兮兮的了，夏尔想道，可要是再失去丹曼莉，那就是太悲催了。父亲说得倒轻巧，他实现了自己的心愿，却因此毁了儿子的一生。

让－巴蒂斯特突然显得抑郁起来。他盯着夏尔看，然后低下头，说道：“有时候，如果我心绪不宁，我会去逛妓院。”看到夏尔没有反应，他继续道：“那位凡尔赛刽子手有次跟我说过，他每次执行完处决，都会去逛妓院。压力简直太大了。”他指了指桌上的玻璃酒瓶。“给我们再倒上一杯酒，儿子。这对每个人都不容易。你奶奶跟我说过，我应该等你，然后告诉你，这酒是为你准备的。你理应得到美酒的款待。奥尔良和里昂的刽子手都是名闻天下的刽子手，他们说将来有一天你会成为伟大的刽子手。你完全拥有其他人缺乏的优点和决断力，行动的力量。”

夏尔把酒杯重新斟满。

“但不要太多，否则你奶奶夜里得起床了。”让－巴蒂斯特哈哈大笑，“她威胁过我，假如我没有戒掉晚饭后喝酒的习惯，她就让我尿到床上去。不过晚上喝酒太多会损害到肾脏。”他又一次哈哈大笑。看得出来，他现在对这次成功的行动已经完全放松下来。他真的感到很自豪。可夏尔笑不出来。他父亲笑起来倒轻松。他也讨厌他这一点。他更加讨厌自己的是，因为他也逛过妓院了，和父亲一样。他做了他之前所有桑松家族的人做过的事。可他并不知晓这一点。也就是说，他不就是桑松家族的人吗？

“我就喝你杯子里的酒吧，”让－巴蒂斯特平易近人地说，“桑松家的人都是这么干的。”

“我一直想做大夫，”夏尔固执地回应道，“别忘记这一点。这是我的天职。”

让－巴蒂斯特喝着夏尔杯子里的酒。然后他说：“夏尔，我们不知道上帝的计划。如果这是你的天职，那你将会是大夫。可你暂时还是巴黎先生。”

“临时代理的。”夏尔说，带着某种不乐意喝着父亲酒杯里的酒。

一直到凌晨时分，夏尔才带父亲上床。父亲和杜布奶奶以及夏尔的四个弟弟妹妹一起睡在同一个房间里。老太太还醒着，可不说一句话。让－巴蒂斯特请夏尔向杜布奶奶道声晚安。夏尔走到她跟前。她的床很大，木腿高耸着。他在她床前站住。他闻到玫瑰油的味道。

老太太在和瞌睡斗争。她呼吸急促，皮肤因为蜂蜡太多而显得苍白发亮，为了保护皮肤她每晚都会抹上蜂蜡。

“从今天开始，”她低声道，“国王朝不保夕了。每个人都看到王朝有多么脆弱不堪。只要地基出点问题，整个大厦就会倒下。总是会来一个人，他会把一切砸掉，直至国王的紧身上衣被撕破，国王只能裸身站在大庭广众之中。”

老人们总是认为，世界将在他们之后毁灭，夏尔想道，他们因此渐渐失去了自己的生活，他们自己的身体也渐渐衰败。这不会对事物的发展产生任何影响。这一切他都不想听。他希望的是，她还会跟他说几句话，向他表示庆贺，感谢他从此以后可以照顾这个家了。可她谈论的居然是国王。她感觉不到孙子的心灵困境。她根本没有给一只病猫送上新鲜的牛奶。她拯救了桑松王国，或许想当然地以为，所有的子孙后代都要永远地感激她，向她的名字表示敬意。她继续喃喃地说了几句国王的话，然后睡着了。她刚才在和瞌睡斗争，因为她想等着孙子回来。现在，所有的人都回来了。现在，她可以安心睡觉去了。她确保了桑松家族的统治地位。现在她不用再醒来了。夏尔发誓要在她去世那天截短她的床腿。

阳光让夏尔晃眼。他睡过头了。他起床时，昨日已被新的光明取代。他虽然完全享受着他人的掌声，却未曾改变自己的想法。一旦他的其中一个弟弟长大成人，他就想交出自己的刽子手职位，好做大夫去。他为自己的思路突然如此清晰感到惊讶，可在昨天夜里他还觉得一切难以解决。只有丹曼莉这事还没有解决方案。他怀着忧伤想起了这个娇小的暹罗姑娘，却又因为她观察到了他整个行刑过程而感到非常气愤。这之后，他想起了杜布奶奶。真奇怪，她竟然没有招呼他。他走到弟弟妹妹们玩耍的院子里，在木盆旁洗漱了一下。他的一个弟弟说奶奶今天没有做早饭。

“哦，”夏尔开玩笑道，“她忘记自己义务了。那她肯定病得不轻了。”

他回到屋子里，敲了敲卧室门。让－巴蒂斯特躺在床上，在看一部医学书籍。“她还在睡呢，”他轻轻地说，“让她睡吧。”

夏尔走到她的床边。她仍然像昨夜那样躺在那里。她的眼睛睁着。他摸了摸她的手，打了一个寒战。她的手已经冰凉。他毫不迟疑地触摸她颈动脉上的脉搏。那是他在莱顿大学学到的知识。她已经没有脉搏了。她死了。他真希望她早就去世。他感觉不到悲伤。他从没有喜欢过她，是她毁了他的梦想。一个人可以烧掉谷仓，可以把猫狗扔到河里淹死，但不应该毁掉他人的梦想，他想道，然后走到父亲那里去。

“她只是在睡觉而已。”让－巴蒂斯特说完把书放到边上。那本书名为《思乡病》，是一个名叫尼古莱的大夫五年前出版的。夏尔坐在床沿上，盯着他的脚看。“爸爸，”他说，“奶奶死了。”

对威力无穷的母亲去世，让－巴蒂斯特感到非常悲痛。好在那位女帮厨已经学会了她的厨艺。唯有美食和阅读现在还能带给这个病人快乐。他又聘用了一名女仆，可杜布奶奶的幽灵消散开了。

第二天，夏尔收到了来自司法机构的祝贺。一名信使送来了一封信和一份特别奖金，以对他完成出色的工作表示肯定。这是他第一次自己挣来钱。报纸也称赞这种处决充满庄严，策划得信心十足，并称赞那种高雅的克制。尤其是高萨对夏尔赞许有加。他写道，夏尔的名字将永远和路易十五国王和他的谋杀者联系在一起。

夏尔也为此着迷：一方面他对完成这项任务感到自豪，可另一方面，他感到抬不起头来。他高兴的是这辈子第一次挣来自己的钱，可他不想作为刽子手赢得名声。他在一夜之间一跃成为桑松家族的领头人，可他失去了丹曼莉。

这一念头深深地折磨着他，以至于一天晚上，和多米尼克坐在钢琴旁时，他禁不住讲起了丹曼莉。他的妹妹似乎觉得很有趣。

“请别取笑我。”他用责备的语气请求道。

“我伟大的哥哥恋爱了，这可是太奇妙了。”

“可她不知道这事，”他忧郁地说，“而现在，她知道我是刽子手，肯定不会再喜欢我了。”

多米尼克拥抱他。“夏尔，听着，许多人在无意识中就已经失败了。你就过去看她一次，当面问问她！或许她根本不是这样的人。你自己都说过了。”

他们开始弹另一首曲子。弹完琴，多米尼克问：“你还喜欢她吗？”

他摇摇头，然后低声道：“我还得跟你说一下：她来自暹罗王国。”

多米尼克拉长了脸。“你就不能像其他人一样，也娶个巴黎的女人做妻子吗？难道她必须是来自世界另外一个角落的人吗？他们可是有着完全不同的风俗习惯，说着完全不同的语言。你们究竟如何沟通交流呢？”

“我们根本不用说话，”他说，显然很尴尬，又轻声补充道，“我们只要看着彼此就行。”

“夏尔，”多米尼克叹息道，“那你们真的根本无法相互认识。”

夏尔多次探访耶稣会修道院，可就是不敢在入口处露面。虽然他很想再见到热比云神甫，分享他的知识，可他私下里希望能遇上丹曼莉。他不得不承认，热比云神甫只是一个幌子。

一天早晨，他鼓起了全部的勇气，敲响了修道院的门。一名中年神甫请他入内。夏尔觉得这座修道院要比他上次来时更雄伟了。那是一幢华丽的建筑，有着高耸的拱门、偌大的窗户以及宽大的白石楼梯。夏尔心想，这些神甫居住在这里，他们劝诫众人要勤俭，自己却过着花天酒地的生活。那名年迈的神甫在二楼敲了敲那道双扇的木门然后打开。他请夏尔进去。展现在夏尔面前的是一间布置奢华的工作室，那也是一间巨大的藏书室。能光临此地，夏尔深感荣幸。这使他想起凡尔赛有一间皇家陈列室。热比云神甫坐在一张普通的栎木桌子后面。他正忙着写一封信，只是匆匆抬头望了一眼。他似乎对看到他并不感到奇怪。“我一直在恭候你呢，夏尔。你请坐。我马上就好。”

夏尔坐下了。在这座知识的寺庙里，他简直怎么看也看不够。到处都是书籍、报纸、文字、图片、绘画，靠窗口还有一只巨大的地球仪，它可以让每一个客人清醒地意识到，这个世界并不是结束在凡尔赛或者诺曼底。

“是人家告诉您的，还是您有预感？”夏尔怀疑地问。

“不，不，”热比云笑道，“经验和常识。你在寻找。在巴黎这里你难以找到一个可以帮助你的人,这里只有鹦鹉。你可曾见过鹦鹉？”

夏尔摇摇头，坐在椅子上不耐烦地动来动去。

“在我们这里，鹦鹉被古怪的贵族们视为家畜，但在暹罗王国却为视为有害动物。除了乌鸦之外，鹦鹉恐怕是最聪明的鸟了。这些畜生可以注意到人类的语言及其意义，然后跟着模仿。你要是问我，我想说，这就是一种行为障碍。不过话说回来，是哪阵风把你吹来了？”

“您相不相信，上帝给我们每个人制订了一个计划，我们必须去实现它？会不会有一种预先规定好的命运，以及压在人们身上的诅咒呢？”

热比云神甫真诚地笑笑，脸色顿时变得严肃起来。“夏尔，你大清早地跑到我这里来，难道是为了向我提出一个如此哲学性的问题吗？要回答这一问题，我需要一罐子波尔多红葡萄酒。可现在天还太早。”

“难道这个问题那么难回答吗？”

“夏尔，运用你的常识吧。你真以为上帝为千千万万的人制订了个人计划吗？哪怕为我们两个人制订一个计划，他就必须写满整页纸。世上的树木太少，我们无法将所有的计划一一记录到纸上。世上本无计划，夏尔，但会有人的需求，它要比暹罗的森林里一只傻里傻气的鹦鹉具有更大的意义和使命。你若是数学家，夏尔，你就会相信这种偶然性，但我们不是数学家，数学不提供任何安慰。因此我们寻找神圣的相互关系。假如一个可怜的男人丧妻三次，我们相信从他的命运中看出一种结构。我们称之为诅咒。但这没有价值可言，夏尔。没有上帝，没有计划，没有目标。”

“那么也就没有诅咒。我独自一人决定我的命运吗？”

“不完全是，总有强迫的实际情况发生，家庭的强迫，经济的强迫，政治的强迫。但人有选择。如果他不相信这一点，他就没有选择。”

夏尔沉默着。稍过片刻，他说：“我很想和来自暹罗的那位年轻姑娘聊聊。她叫丹曼莉。”

热比云神甫竖起眉毛。“哦，这个可以安排，不过眼下她正在小教堂里做祷告。尽管如此，我们不可能用她的佛陀拯救她。她将我们的耶稣视为佛陀的另外一种形象。我完全可以理解她。佛陀有着更好的故事，佛懂得宽容，佛教徒可以奉献爱，而丝毫不会感到良心不安。我们则相反，我们老是盯着吱嘎作响的床上面那耶稣十字架看，连勃起的功能都没有了。”

夏尔不相信地凝视他。

“如果我让你震惊，那我感到很遗憾，夏尔，但是到陌生的大洲去旅行可以帮助你认识到你迄今为止的世界观有着局限性。你要是看到过暹罗王国，你会用另外一双眼睛看待一切。”

“我何时可以和丹曼莉说话？”夏尔依然坚持道。他此刻对热比云神甫的唠叨不感兴趣。

“这个会有难度。她的法语知识还很有限，而且她将随下一批的考察团回暹罗去。但她还会回来。她喜欢巴黎，我也很喜欢这个姑娘。我真想把她留在我们修道院里。她做的饭菜味道好极了。我们保持联系吧，夏尔。将来有一天，你会再见到丹曼莉。”

“我还以为能够马上见到她呢。”

“这不是一个好主意。”热比云神甫说。

这件事对夏尔来说已经彻底了结了。事后他觉得很为难，或许对这个年轻姑娘而言他什么都不是，一切都是他自以为是的想象罢了。愿望、希望、梦想，他为自己的幼稚可笑感到羞愧。为了忘却，从此以后他要把目光转向那些向他鼓掌的人。这段时间并没有轰动性的行刑安排，而且行刑的时间向来不会很长，因为夏尔总能够精确地核算出绳子的长度。鸡毛蒜皮的刑事罪犯——比如小偷，因为饥饿和绝望而行窃，在市场上偷几只鸡蛋、一只面包或者一只苹果——对这些人，那就要用灼热的铁块在他们的额头上或者胳膊上打上火印。每次执行完刑罚，巴黎刽子手夏尔-亨利·桑松都要向他的观众鞠躬致意。他越来越赢得人们的钦佩。在他眼里，这些人根本算不了什么。人一生中可以抵御很多东西，但很少能挡得住赞美的诱惑。几乎谁也不会对赞美具有免疫力。而且夏尔固执地享受这样的钦佩。如果丹曼莉因为他的职业而拒绝他，那么他更想要做一个伟大的刽子手了。他不希望长久地隐藏自己，否认自己的职业。不错，他是刽子手，巴黎刽子手。而且薪酬相当丰厚。要是有人在清贫的经济环境下长大，一辈子生活得非常俭朴，那他就会有一种特别的感觉。他知道像安托万这样的人永远不会明白这一点。有些人居然声称金钱不会让人幸福，他无法证实这一点。它肯定不会让人不幸，金钱意味着自由和独立。一旦有人找上门来请他看病，难道这不是一种引以为豪的伟大幸福吗？夏尔赢得了某种安宁。难道这就是纵情吗？他在王后街的裁缝店里定做了一套很有风度的浅色料子西装。从此以后他就可以像骄傲的孔雀那样在巴黎的公园里闲逛，享受着年轻妇女含情脉脉的目光和普通人钦羡的神情。有时，当独自一人坐在家里的药房，他为自己的转变感到羞愧。他感到很难理解自己的行为，更遑论去接受它。可他遭受痛苦折磨最深的却是，人们一直以来对他和他的家庭不理不睬。他想穿着精致的服装行使刽子手的职权，这是一种报复行为。他是巴黎先生，穿着和蔑视他的人一样的昂贵衣服。他不准备像父亲那样悄无声息地行使职权，使自己消隐在默默的人海中。巴黎城应该认识他。他是她的刽子手，他为她杀人。而在家里等着他的是一部新鲜出炉的《百科全书》。在巴黎，有谁能买得起狄德罗的《百科全书》？

夏尔常常到皇宫花园散步，渐渐学会了女人们的神秘语言。一天，一名来自贵族家庭的女士引起了他的注意。那名贵妇人玩弄她的扇子，目光一直盯着他那边看。她已是徐娘半老。他完全懂得扇子发出的卖弄风情的语言，于是接受邀约坐到了她的桌旁。他们兴致勃勃地聊起了狄德罗的《百科全书》。人们想以此表明自己的身份，他们不仅会看书，而且很有钱，还有着某种修养。大家在交流时，会悄悄地引出一些语言和提示语，从中可以更多地泄露自己的社会阶层，比如顺便提及到郊外打过猎，到戏院看过戏，或者和具有影响力的名流一起参加宴席等。夏尔很快就知道，这位女士是一位侯爵夫人。他只是回应说，他是司法机构的公职人员，然后她马上切入正题，问他是否愿意和一个女人共进晚餐。当他做出否定答复后，她显得很轻松，请他陪她回家。她说是咖啡馆的椅子引起了她的背疼。她又微笑着补充道，她必须躺下休息。他们乘坐马车，前往她的城市宫殿。她告诉仆人，她不想被打搅。之后他们穿过装潢奢华的会客厅，踏进了卧室。

“您懂得按摩吗？”

“是的，”夏尔回答，“我熟悉人体的肌肉组织。我应该给您按摩吗，夫人？”

“您想做吗？”她问道，她的脸因为疼痛而变了形。

“当然，”夏尔笑眯眯地说道，“我无法忍受漂亮女人受苦。”

侯爵夫人也不由得莞尔而笑。“您从哪儿开始呢，先生？”她呻吟了一声，躺在床上，“我脱下衣服更好吗？”

“好得多。”夏尔说，朝她弯下腰去。

她吻了他，只是非常短促，用她的舌头润湿了他的嘴唇。她用手抚摸自己的大腿，然后低语道：“您折磨到我了，先生。我原以为您要减轻我的痛苦。”说完她抓住夏尔的裤裆，以有力的声音说道，“您就脱下裤子吧，先生。这样下去可不行。”

夏尔脱下衣服，她在全程观察他。“我喜欢像您这样的男人。每一个雕塑家都喜欢有您这种模特。亲爱的上帝创造您的时候，不知道他究竟想到了些什么？”

“他想到了您，夫人。”夏尔开玩笑道。

“您以为他想要让我们女人变得疯狂吗？难道您就是伊甸园里的那只苹果吗？我让您难堪了吗？”她突然翻了个身，趴下躺着。夏尔开始按摩她的脖颈和肩胛骨。

“我喜欢后入式，先生，像我们一万年前的祖先那样。您就猛烈一点儿吧，就像是犯罪或与一个小荡妇那样。如果您还能扯开嗓子骂我，您将有可能成为我未来的情人。”

夏尔迈开大步走下弓形楼梯时，遇见了一名年轻男子。看到夏尔，他显然吓了一跳。无疑他认识这个年轻的刽子手。夏尔在楼梯口站住，抬头朝楼上张望。侯爵夫人穿着粉红色睡衣微笑着站在那里。

“我的姐姐，侯爵夫人，你是在和巴黎刽子手喝茶吗？”

侯爵夫人骤然恼火起来，以怀疑的眼光看着夏尔。他的沉默被她视为对他的身份的肯定。年轻男子旁若无人地从夏尔身边走过，兴高采烈地爬上最后几级台阶，直至来到姐姐跟前。

“你骗了我！”侯爵夫人禁不住发出压抑的尖叫声，她的声音很刺耳：“早知道你是刽子手就好了，我的天哪！”

“您因此遭受损失了吗，夫人？”夏尔彬彬有礼地问道，即便他的声音里带着明显自负的口吻，然后继续他的步伐。

“我的律师会通知你，可以肯定，巴黎先生。”她高傲地甩给他这句话，从栏杆那里消失了。

回到家里，夏尔感到自己好可怜，心里空荡荡的。他觉得好像自己仅仅是出于固执才做这事，是为了报复那些蔑视他的贵族人士。和侯爵夫人的风流韵事让他事后很失望，他本来期望更多的满足、快乐和愉悦。

夏尔习惯躲到药房里，阅读从巴黎印刷厂买来的书籍。有机会买到知识，这是一种庄严的感觉。他一再埋头于狄德罗的《百科全书》之中。他沉浸在植物和药物的世界，忘记了之前遭受的折磨。可他的梦想让他想起自己在大白天还在用一些事情愚弄自己。夜里，他还一直梦见丹曼莉，甚至到了第二天还能想起他俩说了些什么话。这可真稀奇，因为他完全清楚地知道，他梦里的那些话源于他的幻想。

时间悄然流走，夏尔渐渐忘记了和侯爵夫人的那件事，越来越熟练地行使他在绞刑架上的工作。看到夏尔已经胜任了自己的崭新角色，让－巴蒂斯特决定带上使女和几个年幼的孩子搬到布里－孔特－罗贝尔去住，他在那边的乡下置有一座小庄园。他觉得死亡日益临近。他有着可怕的幻想症，日复一日地迷失在杂乱无序的想象中。他说，一旦命运加害于某个人，那么仅仅让他瘫痪是不够的，还得让他尽可能活得长久，好让他学会怨天尤人，学会悲痛欲绝。

多米尼克也从家里搬走了。她嫁了人，住在博讷的铁制品贸易商丈夫家里。夏尔独自和刽子手助手巴雷、菲尔曼、德马雷和格罗留在家里。这四个人负责关心马匹、工具以及修理等一应事项。格罗也负责做饭，他做的饭菜虽然不好吃，可他是唯一适合此岗位的人选，因为他之前在一家面包房干过活。他是一个和气的人，个子矮小，脸胖嘟嘟的，是一个好心肠的家伙，他在家里总能为大家找到鼓舞人心的话。

巴雷和菲尔曼是年轻的屠夫，曾经在一家屠宰场干过。两个人总是一起度过他们全部的闲暇日子。巴雷同样个子矮小，但身体往横的方向长，上臂像水手那样有力。他常常看起来愤世嫉俗，给人一种好像对某些事情很恼火的印象。在酒馆里，他简直是在暗中观察是否有人拒绝对他表示尊重。一旦得到证实，他就突然关上门，对他一通拳打脚踢。相反，菲尔曼瘦得只剩皮包骨头，一张脸瘦削得出奇，额头向后倾斜，人长得有点傻乎乎的。巴雷和菲尔曼经常发生口角，但两人始终形影不离。他们有时让人想起金婚夫妇。

最后一位是德马雷，他是波尔多刽子手的孙子，是这几个人中最年轻的。因为他擅长计算和写作，夏尔便将家里所有收入和支出的财务记账事务托付给了他。德马雷也开具有人买下被绞死者或被斩首者的衣服清单，和司法机构一起处理来往信函。

夏尔曾经有幸聘用过很多助手，但在这些日子里却很难找得到值得信赖的正派人。可或许除了德马雷之外，他和他们也不可能进行高品位的对话，在夏尔看来，他们常常太粗暴了。因此他又开始将他的所思所想交给日记。他写了很多，不作任何修改。他不会第二次去看写过的记录。他发自肺腑地写出自己内心的声音。写作变成了夏尔净化灵魂的神圣东西。等到写完日记，他会格外小心翼翼地将日记本夹到那两本厚厚的医学入门书籍中间，然后，总是在上床之前，喝上一杯葡萄酒。之后他虽然可以很快入睡，但他睡得既不长久，也不能恢复自己的体能。

每天上午，他将时间和精力集中到病人身上，病人们冀望经他疗治后减轻自己的病痛。令他吃惊的是，他的医术水平要比他父亲高的说法传开了。就连科班出身的大夫们有时也会将一些毫无指望的病人送到他那里去。不久他就被视为治疗关节痛和肩膀僵硬的权威。下午他会在研读狄德罗的《百科全书》中，在他种植药草的院子里度过，或者骑马到附近的森林里待上一段时间。自从杜布奶奶去世和让-巴蒂斯特搬出去之后，家里变得寂寥起来。他突然想念起叽叽喳喳闹腾个没完的弟弟妹妹们来了。那些熟悉的声音早已久违。

有一个星期五，夏尔要绞死一名来自凡尔赛的宫廷侍从。夏尔割下死刑犯的头发时，犯人承认曾经和国王的一名情妇有染。“如果我不能使用它的话，为何上帝又要给我配备如此好的玩意呢？”他问夏尔。

“我请你安安静静地坐着别动，否则我还要给你吃刀子。”

宫廷侍从哈哈大笑。“就用这把小剪刀吗？”他从口袋里掏出一本小册子。“这书是我写的，巴黎先生，受国王的委托。”那本小册子被保管得很细心，用红色封皮装订好。这是整个巴黎的妓院指南。“恐怕我现在用不到它了，”犯人用怀着忧伤的语调说，“可是您，谁知道呢，或许您会感兴趣。我听说刽子手在每次残忍的行刑后都要去逛妓院，以摆脱自己的紧张情绪。不过要小心了，您如果太过频繁地去那里，那些刺激感就会逐渐消失！到最后非得动用整个歌剧院里的裸体女人，那小家伙才能活跃起来。而如果将来有一天需要律师,您也可以在那个地方找到。有头衔有声望的人都会在那里聚会。遗憾的是，谁也不愿意为我辩护。”

夏尔将指南塞进紧身上衣里，点点头表示感谢。

“这样我的人生还不至于毫无意义。”宫廷侍从苦笑道。

“你以为人生有时还有意义？请站起来，我要把你的双手捆住。”

两小时后，夏尔在绞刑架上把绳索套在宫廷侍从的脖子上时，后者还轻声道:“我的装备就像一头种马。”他刚说完，脚下的陷落活门打开了。

晚上回到家，夏尔将那册赠书和父亲收集的珍品搁到一起。他很少有兴趣翻阅那里面的东西。

隔了些时日，夏尔收到了法庭的传讯。侯爵夫人果真起诉他了。她要求法庭判处夏尔－亨利·桑松在脖子上套上一根绞刑架的绳子，以示向她道歉，另外她还要求，为了更好地保护公共社会，他今后必须通过衣服和胸章的标志表明自己的刽子手身份。

现在，夏尔真的需要一位律师，他想起了凡尔赛的宫廷侍从送给他的那本妓院指南。他也在里面作过标记，巴黎最好的律师经常在哪些妓院露面。可夏尔心里一直反对这个想法，因此从来没有拿出这本小册子看过。他想找一个可靠的律师，而不是在那种地方厮混的律师。晚上吃饭时，他在情急之下说起了这件事。德马雷说，有一名律师经常出没在金色酒桶小酒店里。他每天早上坐在最后面的桌子旁喝咖啡。夏尔可以直接到那里去找他，提出自己的要求。

第二天上午，夏尔走进那家小酒店。

"你请坐，年轻人，我能帮你什么忙？"坐在最后面桌子旁的那名男子，是一个中年人。想必他已经好久没有洗过澡了吧。他在吧唧吧唧地喝着黑咖啡，眼睛却始终没离开过夏尔。他面颊凹陷很深，皮肤布满皱褶而苍白。从他嘴里散发出来的臭味很恶心，让人猜想他的整个肠胃功能出现了紊乱。

"我要找一位律师。"夏尔开口道，然后坐在那张破旧的长凳上。

"好好，我可以接受。不过你听好了，我每半小时收费四十苏。喝咖啡的钱要算在你的头上。你付得起吗？你有工作吗？"

夏尔点点头。

"什么样的工作？"

"我是巴黎刽子手。"夏尔直截了当地回答。

"别再说下去了，"律师说，"我们的谈话到这里是免费的。你现在站起来，给我立马走人。如果我要为巴黎刽子手辩护的事到处传开了，我的客户就要全部跑光了。"

"那您可以给我推荐一个人吗？"

"即便是推荐，也可以毁掉我。如果我把他们推荐给刽子手，我的同事会怎么看我，你究竟想过没有？滚吧，刽子手！"

夏尔站起来，走到门口。

"你到古尔丹太太府邸试试吧。"律师在他身后喊道。

古尔丹太太府邸坐落在双门街。有钱的企业主和有影响力的政治家在此相聚，律师、新闻记者、贵族、艺术家以及神职人员是这里的常客，而且在这里没有任何一点征兆可以表明民众被划分为保皇派和共和派。所有的人都喜欢同样的东西，也就是说同一种东西。古尔丹太太的妓院有好几栋楼。世上没有一家妓院比这家更庞大、更奢华。夏尔去了妓院的主楼，门厅里展示着精雕细刻的性玩具，可谓琳琅满目。古尔丹太太经销所谓的色情用品，是全世界最大的供货商。欧洲各大修道院的修女和女院长是最忠实的客户。宗教首饰是这种成人用品的暗号。

玛丽－吕斯，一个穿着单薄的小姐，带着夏尔来到一间小会客室，房间的墙上挂着色情图案的织花壁毯。地毯很厚，可以压低任何一种声响。那位法国最有影响力的妓院老鸨就端坐在这里。"先生，"她说，"我很高兴您能光临舍间。我们会竭尽全力满足您的需求。玛丽－吕斯马上会给您介绍小姐，以及我们的价格。我们也提供一些特别的东西，比如魔鬼似的小房间。”她嫣然一笑，“本店有一些规矩：尤其是机密也包括在内。您会在沙龙里遇到一些名流，您必须保持沉默，正如其他客人也同样必须保持沉默一样。您不能伤害到我们的小姐。肛交和鞭子只能在征得她们的同意，并且在您支付附加费后才被允许。”

玛丽－吕斯领着夏尔踏进一间圆形大厅，大厅被高耸的玻璃拱顶遮盖，可以透过拱顶看到星空。大厅里以圆形的排列方式摆放着小桌子和舒适的红沙发。桌子之间保留着恰当的空间，以便大家可以互不打扰地进行私密性交谈。客人们到了这里有一种宾至如归的感觉。有一些人穿着丝绸睡衣，还有一些人穿着不加大衣的家居服，看样子只是出来抽根烟、聊个天或者看一看半裸的小姐。年轻的女人们沿着一张铺上了黑色桌布的吧台引诱性地站着，用明确无误的目光寻找和客人的交流。夏尔指了指一位女人，她穿着蓝色内衣，披着同样颜色的透明披肩。

“祝您在这里过得愉快，先生。”玛丽－吕斯说，把他交给了那名蓝衣女子。蓝衣女子领他走过吧台后面，那里沿墙有许多厚实的红色门帘遮住了雅座入口。蓝衣女子选了最后那个房间。墙上和天花板上均配上了漂亮的镜子。夏尔在一面镜子前站住，看起来仿佛他成了油画的一部分，因为所有的镜子都配置了带有花纹装饰的金黄色镜框。此外，房间里陈设不多：一只盥洗盆、一条毛巾、一张床，一切都是金黄色的。一盏油灯将光线映射到镜子墙上。

“我要找一位律师。”夏尔说。

“玛丽－让娜，你就叫我让娜吧。”

“这是你的真名吗？”

玛丽－让娜朗声笑起来，笑声很迷人。“玛丽－让娜·贝库，不过在这里我是玛丽－让娜。”

她年方十八，有着高耸的乳房，长着一张胖乎乎的热情的脸蛋。相对于圆润的面孔而言，她的嘴巴略小，嘴唇又太窄，可她却是古尔丹太太最喜欢的高级妓女之一。

“您是做什么工作的，先生？您很有钱吗？”玛丽－让娜哈哈大笑地问，“我希望有朝一日能在这里遇见我的白马王子。如果他娶了我，他就可以省下本来要在我们妓院花的一大笔钱了。再说我还烧得一手好菜。”她脱下蓝色披风从她的肩飘落到地上。

“我在找一位律师，小姐。没有别的。”

“您不是害怕吧？”

“不，”夏尔不耐烦地说，“可我需要一个律师，让他到法庭上为我辩护。”

“拱顶大厅那里坐着几个律师。我带您过去。”玛丽－让娜重新将披风披在肩上，重新陪着夏尔回到大厅。“那我们俩今天晚上就没事了吗？”她失望地问。

夏尔和气地摇摇头。“没事了，小姐，我很抱歉。”

“不过您别忘记我的名字呀。玛丽－让娜！”

“夏尔！”他突然听到一个声音叫道。一名男子从大厅后面的一张沙发上站起来。夏尔没认出他来。那名男子走到他跟前，手里举着一杯香槟酒。“原来是你，我的孩子。”

“安托万吗？”夏尔怀疑地问道。他依然矮小瘦弱。他的连鬓胡子很长，使他的脸显得更窄小，他那引人注目的鹰钩鼻更显特色。“安托万·昆廷·富吉埃·德·坦维尔。”夏尔轻轻地说。

“你怎么会到我们这里来的？难道是到了我要给你提供一碗热汤的时候了吗？”安托万哈哈大笑，随后从上到下地打量了夏尔一番。“你又长高了。那么除此之外呢？你做大夫了吗？”

“没有，”夏尔说，“那你呢？”

“正如你给我预言的那样，我成了律师。”然后他充满蔑视地补充道，“我不喜欢血淋淋的双手，巴黎先生。”

“我在找一名律师，让他到法庭上为我辩护。”

“是什么事？”安托万问，装作很有兴趣的样子，他把夏尔带到一张空桌旁坐了下来。夏尔谈起了和这位侯爵夫人的故事。“你们究竟干了没有？”安托万坏笑地问。

“这个不重要。”夏尔严肃地回答。

“我认识这个侯爵夫人，每一个人都认识她，那么说你们肯定干过好事了。”安托万噗嗤一笑，“侯爵夫人和刽子手在床上，这可真是咄咄怪事！”

“你能为我在法庭上辩护吗？”

“那当然。下周五开庭。”

夏尔很诧异。“你怎么知道？”

“如果你生在一个高贵的家庭，那么对你来说巴黎没有任何秘密。这不用在鲁昂学，只需要一个家谱，夏尔，古老的贵族血统。”

夏尔点点头。至少他找到了一个律师，尽管他比先前更加不喜欢安托万。

“这已经很悲剧了,”安托万假惺惺地说,“一名风流倜傥的小伙子想成为大夫,他有才华,有雄心壮志,却终老在绞刑架上。”

“你结婚了吗?”夏尔问,想以此转移话题。

“还没有,不过快了。我想娶我的表妹为妻。她很有钱。财富吸引财富。而且她拥有巴黎最美的脚。我特别喜欢脚,夏尔,这让我有种说不出的激动。那你呢?结婚了吗?”

“我没有结婚。”

“恐怕对刽子手来说结婚也比较困难。但或许你会在这里找到一个。对这些女人而言,刽子手也还是一个过得去的对象,你说是吗?”

安托万·昆廷·富吉埃·德·坦维尔准时出现在法庭大厅。夏尔立即走上前去。“情况怎么样?”他悄声说。

安托万整个脸上洋溢着春风。“你会输掉官司,夏尔。”正在这时,侯爵夫人和她的随行人员进入法庭大厅。“因为我代表侯爵夫人,”安托万补充道,“你承认自己有罪,那只是稍稍受点损失而已。如果你要违抗,我就把你像一只虱子那样捏死。我可以因此拿到报酬,夏尔,并不是代表我个人。我和侯爵夫人还有一些事要处理。像这种喜欢惹是生非的蠢婆娘不是每天都能遇上的。”

夏尔难以理解这一切。他惊愕地盯着安托万看。

“这世界很糟糕,夏尔。那天我们见面后,我马上拜访了侯爵夫人,愿意为她提供服务。我是说,”他低语道,“提供法律方面的服务。”他走到侯爵夫人那里,向她彬彬有礼地鞠躬以示问候。他们一起坐在最前排。

夏尔还一直惊讶得说不出话来。他曾完全信赖安托万。他坐下来，烦躁地等待开庭。

爬上去两个台阶，有一张长桌，长桌摆在一张木制平台上。平台后面坐着几名法官和一名书记员，他们显得很无聊。片刻之后，庭长用锤子敲击桌面，示意站在入口旁的两名士兵关上门，确保没人再进入法庭。长凳上坐着控辩双方和观众，就像被安置在教堂中殿。左首，在最前面一排，坐着原告方，骄傲的侯爵夫人、她的弟弟以及安托万。右首坐着夏尔，独自一人。坐在他们后面的则是数十名爱看热闹的观众，他们要么是认识侯爵夫人，要么是想近距离瞧一瞧刽子手本人。对于案情事实，侯爵夫人只是说，他们一起喝过茶。观众们轻声地呵呵一笑。

夏尔并没有否认这一事实，却只字不提这起风流艳遇的真相，完全一副绅士的做派。他重新镇定下来。他坚持陈述有关他的职位的原则性问题，然后走到法官跟前。夏尔果真是一表人才，身材魁梧，骄傲而自信，不畏恐惧，泰然自若，沉着冷静。“为什么我要杀人？”他以洪亮的嗓音问道，“是出于个人的动机吗？是为了消遣吗？不，法官大人，你们按照我们的法律作出判决，而我只是在执行这一判决。那么，法官大人，假如我不执行你们的刑罚，那将会怎样呢？因为没有人愿意遵守法律，法律必将成为社会的笑柄。请允许我对这件事说句话，而且对于此事，我是出于敬畏对你们负有义务，也就是说，你们判处的那些犯罪分子，他们并不是害怕你们的判决书，也不是害怕你们以书面形式把判决记录下来的墨水，他们害怕的是我的手，刽子手的手。那么，是谁，我的先生们，给了我行使这一职位的权力？是国王，是陛下大人。在他的王国内赎罪并且保护无辜者，这是任何一个国王的历史使命。我受国王委托执行你们的判决。我因此也是王国的一名公职人员。不错，我杀人，但和士兵不同的是，我不杀穿着陌生制服的士兵，我杀的是你们定罪并且根据我们的法律被判处死刑的罪犯。士兵保卫外部的和平，而我是保卫内部的和平。为了保卫外来的和平，我们的国王需要动用数十万的士兵，而他只需要动用唯一的一个人，就可以保卫内部的和平：刽子手。士兵杀人受到嘉奖，可我杀人却遭受唾弃。我到这里来，并不是为了侯爵夫人荒唐透顶的诋毁而辩护。我到这里来，是为了要让人们向我证实：我是司法官，而且位居军官之列。”

法官们开始窃窃私语，他们万分诧异地交换彼此含义丰富的目光。观众席上已经骚动起来。安托万显得很恼火。无论如何，他不再发出嘲弄的讪笑。

“我要在此申请，基于我父亲——桑松·德·隆瓦勒骑士的贵族出身，我可以从今以后在我的名字里拥有德·隆瓦勒的贵族称号，而且我的后代也可以拥有这个称号。”

法庭感到惊愕万分。他们本以为来到法庭上的是一个怯懦的刽子手，他会为自己的生死问题辩护，可是站在他们面前的却是一个自信十足的小伙子，他并不是过来祈求，而是提出自己的合理诉求。假如命运迫使他成为刽子手，那么他想要成为世人还没见识过的与众不同的刽子手。最后，他对着法官喊道：“如果你们判定我有罪，那么你们就是判定你们自己的行为有罪。”

“夏尔－亨利·桑松先生，”庭长说，“法庭大厅只能使用一个小时。您的陈述结束了吗？”他看起来神情紧张。

夏尔恭敬地点点头。

“您的陈述，”法官继续说，“并不是诉状的对象，因此没有重要意义。”

“如果我有反驳您的地方，那我请求原谅，但假如我是皇家卫队的长官，那么侯爵夫人今天就不会坐在这里。正因为如此，我的陈述完全是有意义的。”

法官毫无表情地回答道：“法庭休庭进行合议。半小时后宣布判决。判决的法律依据将以书面形式下达。”法官们纷纷站起来，离开了法庭。

法庭驳回对夏尔的所有指控，宣告他无罪。侯爵夫人无法相信这一事实，她在法庭里大发雷霆，呵斥安托万不能对这件事置之不理。夏尔离开法庭，走到外面的入口大厅，多米尼克突然站在他面前，热烈地拥抱他。她不知道自己该哭，还是该因为高兴而欢呼。她的眼里充满自豪。

“你在巴黎吗？”夏尔吃惊地问。

“当然，夏尔，我陪我丈夫，他正好在这里有公务。夏尔，法庭里的所有人都对你留下了难忘的印象，”她轻声道，“他们充满钦佩地谈论你，说你用词多么聪明而优雅，你出现在法庭上时多么自信而沉着，而且阐明你的立场时有多么客观，却又不带任何的羞怯。你使所有的人都信服了，夏尔。”

夏尔将妹妹紧紧地搂在怀里。这时，侯爵夫人和他的律师一起走出大厅。她想找话说，可安托万抓住她的胳膊，把她拉到出口方向去了，动作尽管很轻柔，却很坚定。他们从夏尔身旁坐过去时，安托万悄悄说："这只是开始，不是结束。"

此刻，一名矮个子男子离开了法庭。此人穿着淡褐色燕尾服、价值连城的凸纹马甲以及深黄色鹿皮裤。夏尔一下认出了这身怪异的打扮。他叫高萨，报社记者。

"太棒了！"高萨赞许道，从口袋里掏出烟斗，往一根柱子上敲了敲。

"可您的要求提早了一百年。时代没有成熟，我们宁可废除死刑，也不愿意接受您这要求。她是您太太吗？"

"不，"夏尔回答，"是我妹妹多米尼克。"

多米尼克马上鞠了个躬，客气地行了屈膝礼。

"您是一个有趣的人，我已经喜欢上您了。"高萨说完，稍稍点点头告辞了。

几天后，夏尔到他的裁缝那里定制了一套新的西服，这次挑选的是浅蓝色。他第一次穿上衣服走上街头，心满意足地在皇宫花园溜达，恰恰碰上了侯爵夫人，她刚好在和一名年轻男子调情。她站住了，嚷道："先生，蓝色是贵族色，演员、犹太人、刽子手以及不入流的流氓无赖是无权穿上这种颜色的衣服的。"

"谢谢，"夏尔含笑道，"我应该聘请你做女仆，这样你就可以每天早上帮我挑选衣服了。"

"您的刀剑功夫和您的伶牙俐齿一样干脆利落吗？"

"我原以为你会对我在法庭上保守秘密向我表示感谢，侯爵夫人。

我们毕竟当时在你家里不只是喝过茶呀。”

她气得涨红了脸，挽起男伴的胳膊，对他使劲一推，让他明白得继续往前走。“我要跟他决斗吗？”年轻人用发颤的声音问道。

“在床上您更有用，先生！”她小声道，但说话的声音故意让夏尔听得到。

夏尔又有时间思考自己的未来了。他决定最后再去一次耶稣会修道院。他必须做这件事，那是内心的驱使。热比云神甫和蔼可亲、热情友好地接待他，马上领他到药房去。药房里有几个暹罗女子忙着在研钵中捣碎干药草。夏尔立即发现了丹曼莉，简直喜形于色。热比云看到此情此景，笑嘻嘻地说道，他马上回来。夏尔鼓起勇气，走到丹曼莉跟前。她微笑着，双手合十，恭恭敬敬地低下头以示欢迎。然后，他们就这么面对面站着，注视着对方。尽管互相不说一句话，但夏尔感觉好像彼此在滔滔不绝地交谈。

过了一会儿，她说从暹罗回来以后自己能说流利法语了。他愉快地回答道，很乐意在语言方面给她提供帮助，如果有个说话的伙伴，她学起来会更容易。她不停地点头，显然他的话她都能听懂了。然后，她越过他的肩膀望过去，她的微笑瞬间凝固了。热比云神甫已经回来了。他向夏尔展示从暹罗带来的新的调味品，可夏尔的眼睛一直没从丹曼莉那里离开过。

“热比云神甫，如果我每周一次和丹曼莉一起练习法语，这个主意不错吧，您觉得可以吗？”

热比云迟疑不决起来。“让我再想想吧。”他最后说道。

数日后,夏尔收到了法院的一封信。他原以为是一份判决执行书,不料却是法院重新受理的一份新的传讯,是由侯爵夫人提出的起诉。安托万说得对。这个百无聊赖的女士,她每天在游乐场所消磨时光,真想把官司永远打下去。她有的是闲暇时间和花不完的金钱。

这一次,夏尔及时请裁缝做了另一套绿色料子的西装,穿着这身打扮出现在法庭前。安托万马上向他走来。“只是出于朋友交情,”他诙谐地说,“你倒是说一下,夏尔,侯爵夫人说你穿蓝色衣服。她难道分辨不出颜色吗?”

“有些人红绿不分,他们是色盲。但蓝绿不分,我还是头一回听说。”

“这个你当然知道了,”安托万表情严肃地说,“因为你比我更聪明。”说完他以一副施主的模样敲了敲夏尔的肩膀。“我不生你的气,夏尔,我因为你有了这一个新的当事人。她有钱却不怀好意,她每天需要法律咨询。你知道,随着时间的流逝,男律师和女当事人之间就会形成这样一种关系。侯爵夫人埋头于一件事情,然后开始给她的女友们出主意,她因此总是需要我。这一点我要归功于你,夏尔。哦,顺便说一句,让我今天赢吧,否则今天审理完案子我不能上她的床了。”他仰天大笑。与其说是自发的笑声,不如说是一种尴尬勉强和卑鄙无耻的笑声。

侯爵夫人走进法庭,马上走到安托万身边,没正眼瞧一下夏尔。

还没开庭,庭长就已经打起了哈欠。他用单调的声音宣读侯爵夫人的控诉,接着请夏尔做出简短的陈述。夏尔向法庭解释说,他出身贵族,父亲是桑松·德·隆瓦勒骑士,死刑执行官的职位大概不至于使他失去贵族头衔。也就是说，他是可以穿蓝色衣服的。此外，他还解释说，他之所以不受判决影响不想再穿蓝色衣服，是因为这种颜色和他的脸色不般配。他这么一说，听众中马上爆发出骚动似的哄堂大笑。许多贵族都在场，其中包括雷托里尔侯爵，他似乎特别开心。夏尔微笑着转向听众，可当他发现第三排的座位上坐着热比云神甫时，他顿时神色慌张起来。现在毫无疑问，这位耶稣会神甫知道夏尔是巴黎先生。而假如他知道了这一点，那么整个修道院就会知道他的事。如果是那样，热比云神甫这辈子就绝不会向夏尔透露药物学的秘密，他这辈子也就绝不允许巴黎刽子手给丹曼莉上法语课。法庭以案件无效宣布诉讼被驳回。对夏尔来说，这是一次以付出昂贵的代价赢来的胜利。

热比云神甫在出口处等夏尔。“我原以为你会讨厌你父亲的职业，会想做个大夫。”他说道，显然感到很失望。

“我一直想做大夫，”夏尔倔强地回答，“可我不得不做这个工作。我是被迫的，我并不想做。”

神甫若有所思地点点头。最后，他搭住他的两肩。“你处在远离社会的地方，夏尔，这种生活不会容易。”

“我不会再打搅您了。”夏尔说。

热比云神甫和解地微笑道：“我也处在远离社会的地方。我又如何能对你横加指责呢？”

“耶稣会神甫可不是处在远离社会的地方。”

“有时候却是一样。”

“我还可以看望您吗？”

“你是说是否可以看望丹曼莉吧？”

夏尔窘迫地用手指抚摸头发，仿佛撒谎恰好被逮了个正着一样。

“或许这一段时间你不过来会更好些，”神甫说，“你现在已经闻名遐迩。我们马上就要回暹罗去了，恐怕没有必要发生第二次争执了，夏尔，你最近确实更喜欢穿绿色衣服。一个人要知道适可而止。”

没过多久，雷托里尔侯爵穿着同样绿色的服装出现在公共场合，人们很快就将这种时装式样称为“桑松时装”，数以百计乃至数以千计的巴黎男子都定做了这种绿色服装，好像他们想表明：我们都和夏尔－亨利·桑松一样，我们和他一起行刑，他是我们中的一员，我们都是夏尔－亨利·桑松。可实际上，这完全是另外一码事。它只不过是上流社会一种时髦的怪癖，他们百无聊赖而又容易满足，或许有些贵族后代是想让他们的亲人愤怒，可谁也不是真的想做桑松这样的人。

夏尔想验证热比云神甫的说法，站在路易大帝中学的马路边耐心地等待着。当塔楼大钟敲了五下时，学生们从大楼里鱼贯而出。暹罗姑娘们是逃不出人们的视线的。她们要比其他女同学矮小得多，而且她们总是同进同出。丹曼莉走在这个小组的最前面，一看到夏尔，她马上走到他跟前。可突然之间，她又对自己如此公开地显露情感而感到尴尬，于是不得不放慢脚步。她的女伙伴们静静地等着。

“我想再见到你！”夏尔说。

丹曼莉笑容满面。

“自从当年第一次遇见你……”夏尔在搜肠刮肚地寻找词句，“我很想经常见到你，每一天。”

丹曼莉点点头，怯怯地摸了摸他的手臂。“我要回到国王那里去。回暹罗去。”

“你说我们的语言已经非常好了。”

“语言就像音乐。只要认识声音，你就可以说话。”

“你可以待在我家里，住在我家里。”

“或许在另外一种生活里。”

夏尔苦苦思量自己该如何表达。在那里等着的暹罗姑娘都在咯咯地笑。

丹曼莉摇摇头。“我属于热比云神甫。我答应过妈妈。神甫在帮助我的暹罗家人，我很感激。只要热比云神甫需要，我就要到他那里去。没有我，我的家人就会挨饿，我的家人需要我。佛看得到一切。佛知道一切。”

“佛是一个善神吗？”夏尔问。

丹曼莉将手臂交叉在胸前，敬畏地低下头，“佛长着很多脸。”

“他有时会诅咒人吗？”

“佛会惩罚你，如果你做了坏事的话。”

“他会诅咒你吗？他会诅咒一个人一辈子吗？”

“佛可以惩罚一个人一辈子。”丹曼莉准备回到她的女同学那里去。

“等下，”夏尔嚷道，“我们何时再见呢？”

“在另外一种生活里。我要去暹罗。”

“那我们永远无法再见面了吗？”

丹曼莉使劲摇头，似乎很绝望。她沿着耶稣会修道院方向跑去。她的女同学迎上前去，开始安慰她。她没有再回头。

夏尔不需要任何人安慰他。他已经多次不得不体会到，生活很艰难，命运毫无怜悯之心。生活和磨难比邻而居，他不知道在哪儿看到过这句话。可此时此刻，他想起它来了。很有可能有人在巴黎过着无忧无虑的生活，但这不是普通人的生活。凡人的生活充满缺衣少食、失败的梦想以及流血的心灵。

夏尔花了好几个月，才将这件事慢慢放下来。他越想勉强接受无法和她在一起生活的事实，他就越想念她。他感到痛苦。可不知什么时候，在经历了无数个不眠之夜之后，难以和她在一起生活的认识占了上风。他以他们之间的文化差距太大安慰自己。与此同时，他知道他爱她，他还从没有如此爱过其他人。在母亲早逝后，她是他愿意无条件地为她献出自己一切的第一个人。为了丹曼莉，他甘愿奉献自己的生命。

第 7 章

夏尔总是独自一人骑着马到蒙马特高地附近的森林里去。谁也不愿意和刽子手一起打猎。森林后面，肉眼所及，有一大片菜园，而在南边，如果往巴黎方向走，就可以看到蒙马特圣皮埃尔修道院租用的简陋房子。园丁朱杰尔家的房子就坐落在一座小山丘上。他的家同时也是一个小客栈，夏尔有时会在那里休息。朱杰尔有两个女儿，玛丽－安娜和玛丽－吕斯，约莫三十岁。父亲天天坐在屋子前的一只摇椅里，或是睡觉，或是观察在他们家菜园里做工的园丁们。他的右首摆着一瓶土豆白酒，他准会在夜晚来临之前把它喝完。有时他会突然一跃而起，大步流星地走到某一个打工仔那里，给他示范该如何干活:“我给你一个建议，你要好好努力，用心干你的活，这样时间才过得更快。”那些打工仔每次只是点点头，他们了解这个人的暴躁脾气。有时，如果酒喝得太多，他会直挺挺地摔倒在地，打工仔们设法把他抬出菜园。每次他都会非常生气，因为像他这样的人不需要任何帮助。他的妻子个子矮小，喋喋不休地希望徒步旅行者到这里歇歇脚，简直让他们感到心烦，而绝大多数人只是满足于给他们的狗要点儿水喝。一旦这对老夫妻单独在一起时，他们不管为了什么事总能吵个不休。男人实在不是好斗的人，可女人却像只毒蜘蛛那样在他的摇椅周围偷偷摸摸地走来走去，企图唆使他反对某事或者某人。“让我太平一会儿吧！”他之后习惯这么说，然后到菜园里去了。“总有一天我会给你太平！”她在他身后嚷道，再一次将桌子收拾干净。在此期间，她会不经意地左右张望，往一只挡她道的狗的肋骨上使劲踩上一脚。狗吓了一大跳，汪汪叫着走开了。她讨厌狗，“它们只会拉屎撒尿。”她说。可要是没有了狗，她就无法醉心于她的宗教：打扫，再一次打扫。

那天看到夏尔时，她手里正拿着一壶水和一只杯子，然后将这两样物品摆在最外面的桌子上。这是夏尔特意挑选的桌子。他坐下来，陷入沉思地打量着一帮打猎者的到来。他甚至在这里也被排除在外，这一点深深地伤害了他。他愿意放弃戏剧和歌剧，尽管他觉得要做到这点不容易，可是马呀，狗呀，骑马到大自然中去呀，他不想放弃。可在这里，偏偏在这里，他依然是一个被社会唾弃的人。尽管女人们喜欢夏尔，可他几乎没有机会找到一个女人。因为只要他提及自己的职业，她们立马转身走人。他的职业令她们反感。虽然他已经找到了真正的女人丹曼莉，可她已向他说得明明白白，他们之间不可能发生那层关系。他还一直想着她。即便他坐在这儿外面，从他的桌旁观察园丁之家的大门时。姐妹俩大多一起走出屋子。玛丽－吕斯很热情，脾气也好。她蓬乱的火红色长发和她坚强有力的步伐尤其引人注目。她和一个比她年长很多的工头结了婚，他的后背被沉重的田间劳作留下了痕迹。因为在野外劳动，他的皮肤被晒得黝黑。他也是一个整天笑呵呵的人，乐于助人，喜欢唱歌，喜欢和打工仔闲聊。玛丽－安娜却是个完全不同的人。她沉静，也和她的父亲一样具有天生的威严。和她亲近很难，因为她几乎不开口说话。谁也无法猜出她的心思。她虽然很苗条，但身材高大，目光异常敏锐。人们总是有一种印象，她想要说什么，可是无法说出来。她很愤怒吗？她会马上失去自制吗？她看起来大多时候很紧张。她提着一壶水过来时，脸上温情脉脉，充满妩媚，可当她一转身，以为没人看得到时，目光却立刻暗淡下来。她的眼睛重新变得咄咄逼人，满含威胁，似乎准备施暴，似乎她可以讨厌你，可以永远对你耿耿于怀。她好像因为有人把她生下来而感到伤心和愤怒。就是这么回事。因为有人把她生下来而感到伤心和愤怒，夏尔想。可她身上有某种东西在吸引着他，那是一种神秘的魔力。他在她身上感觉到的不是那种通常在女人身上感觉到的性的吸引，她并没有在他身上唤起猎艳的激情。夏尔并没有渴望看到她裸露的身体，并且亲吻她。不，所有这一切都不是。那是一种莫名的魔力，这种魔力在困扰夏尔。有时他觉得好像他在她那里寻找慰藉，因为他已经失去了丹曼莉。可她真的几乎一句话都不说。她似乎只对生意感兴趣。于是，夏尔在她那里买了水果和蔬菜，尽管他的助手格罗一看到食物几乎没有了任何招架能力。

“您想要把这全部东西都吃掉吗？”她微笑着问。她似乎早就看透了他的心思。不错，如果事关生意，她甚至能够微笑。

“这是这一带最好的水果。”

她抬起下巴，有点大大咧咧，自高自大，然后低声说：“我不相信您的话。”

“我很少看到你爸爸醒着。”夏尔突然说。他想转移话题。

“他睡得多，”她说，“要吃饭了我就叫醒他，等吃完饭他大多又睡去了。老人就是这样，他已经八十多岁，这是两种人生。总有一天他不会再醒来，永远地睡去。”

狗们狂吠不停。它们都是些耳朵很长的白色猎狗。那六个猎人正向园丁之家骑来，狗们急匆匆地跑在他们前面。玛丽－安娜暂且不理会夏尔，等着狗们过来。它们兴高采烈地在她身旁蹦跳着。她跪下来，以便更好地和狗们亲热一番。一只狗开始舔她的耳朵，让她觉得好玩极了。她似乎认识这些狗，也很喜欢它们。夏尔还从未碰见过这样的人。一个人怎么只是对着狗们充满朝气，却对人类那么冷若冰霜？或许问题出在他身上吧。或许她知道他是刽子手。是啊，估计就是这个原因。

夏尔骑上马，慢慢出发了。他从那些打猎者身边走过。男人们默默地打量他，谁也没有和他打招呼。他们目不转睛地盯着他，仿佛想要用他们的目光驱逐他似的。夏尔明白自己以后不用再在这里出现了。他们肯定向玛丽－安娜透露了他的职业，胡扯各种各样令人讨厌的故事。倘若自己不希望单身、没有孩子，那么对他来说唯一可能的就是娶一个刽子手的女儿，或者是来自双门街的玛丽－让娜·贝库。夏尔决意再也不会到这里来了，他想另找一个骑马散步的地方。

夏尔回到家，便将蔬菜和水果交给助手格罗。格罗问夏尔那位女店员是否很漂亮，说是每次出门打完猎，他都会把那么多的商品带回家，可以马上自己摆个货摊了。

“她很漂亮。”他稍后说道。他站在厨房里，看着格罗将蔬菜在木盆里洗净，“可她沉默寡言，你摸不清她的态度。”

“要是想懂得姑娘们的心思，你得仔细瞧瞧她们的爹妈。”格罗大笑。

“她父亲是一个好心肠的家伙，在家里他说了算，有点好酒，但所有的老年人大概都喜欢这个。可她母亲是个泼妇，总是唠叨个没完没了。”

“那么，”格罗问，“她像谁？”

“从体格上看，很像她爸。”

“您别搞错了，先生，因为有些人常常会发生意想不到的事。也许她有父亲的体格，却有母亲的泼妇脑子。而且您想想吧，等到姑娘变老，年轻时任何细微的性格特点都将会放大。您现在得到的并非是您在二十年以后会拥有的东西。”

夏尔把肩上扛着的两只兔子放下摆到桌上。“给我们做兔子肉吃，格罗。我又需要好好吃顿肉了。”

“时间太晚了，先生，今天我们有鸡肉。”

巴雷、菲尔曼和德马雷进入厨房，坐到桌旁。他们已经饥肠辘辘了。几个男人默默无言地吃着晚餐，喝着掺过水的红酒。那天晚上，每个人都感觉到家里空荡荡的。家里缺少一个女人。夏尔的沉思让所有人不再吱声。谁也不想用任何一句愚蠢的废话引发巴黎先生将不满情绪发泄到自己身上。夏尔下定决心寻找一个女人。他想要一个女人，想要好几个儿子，也想要女儿，为何就不能有女儿呢？

夜里睡不着觉时，夏尔总是弹琴，而且是在午夜时分，他的助手们知道刽子手在饱受煎熬。可不久，钢琴和他一样发出不和谐音。但因为他肯定还想继续弹琴，于是叫来了德国管风琴制造商托比亚斯·施密特。他家的钢琴就是他制作的。

托比亚斯·施密特性格沉静而谨慎，整天生活在自己的世界里。那个世界由音乐和他发明并设计的奇特机器组成。和所有真正具有独创性的人一样，他不仅仅拥有才华。夏尔对此人早有耳闻，这个将来某一天有望成功地保存食品的人想要的是征服世界。他研究蒸馏法和含树脂的胶水，人们可以用这种胶水密封玻璃容器。他约莫四十岁，独自一人生活在圣母大教堂后面的一个老厂房里。他骨瘦如柴，几乎已经谢顶。他的脸始终苍白而毫无血色，因为他营养不良，几乎从不离开那个黑漆漆的厂房。他是夜猫子，是一个喜欢刻苦钻研的人，自从发明液压机以来，他声名鹊起。他唯有一次对刽子手职业表达了自己的看法："总得有人做这事，先生。"音乐将这两个男人紧密相连，他们之间也形成了一种默契。他们不需要很多的言语沟通。施密特调好音，他俩并排坐在琴凳上弹琴。弹完琴，两个人还不忘在厨房里喝上一杯葡萄酒。共同弹奏的音乐犹如一顿丰盛的晚餐，让他们感到过瘾极了。

"您应该结婚，我的朋友。"施密特突然说。

"那您先结吧。"夏尔哈哈大笑道。

"我和我的机器结婚，和液压机、钢琴、管风琴以及谁也没见过的机器结婚。问题是，我不知道机器究竟好不好，因为我往往在人家还没需要用上的时候就把它们发明了出来。唯有对长期储存食品的问题，我倒是信心百倍。有些航海家把玻璃瓶带到船上，可遗憾的是，瓶子常常在大海上碎裂。不过要是我能将蔬菜和水果储放在铁皮罐头里，那将不仅帮助人类安然度过歉收之年，而且还能根本性地改变战争。哪怕直至世界的尽头，人们都可以计划好各种战役。因为时至今日，战事中断，更多的是被腐烂的食品而不是被敌方士兵牵制。只要行李箱里放上罐装食品，任何军队都可以漂洋过海到世界的每一个角落。”

“将来还会有世界性大战。”夏尔说。

“如果一种思想一开始很特别，它是得不到支持的。可您真的应该找一个女人。您并不适合单身。您的职业够艰难的了，您需要一个在家里等着您的女人。”

“我知道，”夏尔回答，“但对一个刽子手来说，要找到一个女人并不容易。”

“它未必是爱情，”施密特说，“它也可能是理智。我知道您喜欢孩子，需要有后代。因此您需要一个女人。”

夏尔想好好考虑一下。

数日后，他收到记者高萨的邀请，相约在双门街的那家妓院见面。蓝衣女子玛丽－让娜在入口处恭候他，陪他踏进玻璃穹顶的大厅里。

“您找到您的白马王子了吗？”夏尔好奇地问道。玛丽－让娜挽着他的胳臂，脸上焕发出梦幻般的光芒。“是的，他是杜巴丽伯爵。他给我制订了伟大的计划——他要把我介绍给国王做情妇，他希望藉此可以改善他在凡尔赛的地位。国王已经年迈，可如果我这么做，下半辈子就可以高枕无忧，再也不需要丈夫了。为何我就不能每天早上给这个老人口交呢？我觉得这比大白天想要多次和我交尾的年轻公羊们更好。另外，您的职位，先生，请允许我这么说，也真不是好受的。”

夏尔禁不住朗声大笑。从某个方面看，这种注重实际的头脑给他留下了深刻印象。可他还是警告她："没有贵族头衔，凡尔赛的大门不会为您打开，小姐！”

“伯爵希望我嫁给他的弟弟，那样我就成了杜巴丽伯爵夫人。”

“哦，听起来不错，杜巴丽伯爵夫人。”

“您有什么心愿，先生？这是我在这里的最后一个夜晚。”

“我和记者高萨有约，”夏尔轻声道，“他在吗？”

“他就在您身后。贝库女士，他现在归我了。”高萨哈哈大笑，玛丽－让娜行了个干脆利落的屈膝礼离开了。“您过来。”高萨低语道，领着夏尔走到一个有着石门拱的木门前。夏尔心存怀疑。“您相信我。”高萨咯咯笑着。

他们一起爬下旋转楼梯。呻吟声和淫笑声从楼下传至楼上。

“他喜欢有人围观。”高萨耳语道，然后眨眨眼。他小心地将沉甸甸的黑色门帘拉到一边。出现在他们面前的是一间拱顶地下室，没有任何装饰，就像一间地牢，或者更像一间刑讯室。这不禁让夏尔想起了达米安。有一只大十字架固定在墙上。一名年轻男子被绑在十字架上，全身赤裸。这人年龄和夏尔相仿，身材苗条，相貌堂堂，头发呈深黄色，从那闪闪发光的蓝眼睛里看出他是一个十足的恶棍。此人脸形瘦削，面色苍白，嘴角流露出冷嘲热讽之意。他看起来轻松愉快，无拘无束，当女人的鞭子抽打他时，他笑起来很享受。

“那个被绑在十字架上的人，是多纳西安·阿尔方斯·弗朗索瓦·德·萨德侯爵，他在为他的色情小说汲取新思想。另外一个人，是弗龙萨克先生，红衣主教黎塞留的儿子。”夏尔又要想走，可高萨把他拉住了。“我们这里是一个隐蔽的大家庭，您可以参与进来。谁也不会出卖您。”

两个戴着黑色面具的裸体姑娘松开十字架上的萨德，强迫他跪下。

“您邀请过我了吗？”夏尔问道，然后转过身来。他爬上螺旋楼梯，想找到出口，可高萨追上了他，说：“我有话跟您说。我们找个安静的小角落喝杯香槟吧。您是我的客人。”他向一个姑娘示意，伸出两只手指。很显然，他是这里的常客，大家都认识他。他俩坐在两张厚实的皮沙发椅上。在他们之间摆着一张小桌子。高萨密谋似的向前弯下身子。“先生，我们的社会需要一种理性的文化。去基督化必须走在它的前面，因为一个理性的人不需要上帝，他相信自己看到的一切。神圣的太阳可以取代上帝，太阳是一切宗教的源泉，因为太阳是光，上帝之光，它是最高的本质。您对用最高的本质的祭礼取代我们的神像和守护圣徒有何看法？我们从此以后要崇拜大自然，我们赞美大自然。可是我们为此必须毁灭僧侣，否则他们就会企图驯养最高的本质以达到自己的目的。”

“这是一种密谋吗？”夏尔怀疑地问道。他心里明显感到不舒服，他不想把自己卷进去。

“有一些来自社会各阶层的人，他们在考虑这个问题。他们建立了法国共济会，暗中举行会议。他们头上戴着红帽子，太阳神密特拉的帽子。密特拉是史前时代的猎人之神，也是所有宗教的起源，他代表着神圣的大自然。法国共济会的成员们相信所有的人生来平等。我们相信自由、博爱和平等。”

“您希望来一场革命吗？”夏尔问，“或者您只是想检验一下我的立场？”

“不，不，”高萨拒绝道，“我当时在法庭上观察过您。有人委托我和您取得联系。您是刽子手，这个不关我们的事。您有勇气、毅力以及透彻的分析问题的理解力，我们需要这样的人。女子也可以加入法国共济会，因为在将来的世界里，男人和女人应该拥有同样的权利。”

“我会好好考虑，高萨先生。”夏尔说，以便结束他们之间的对话，好迅速离开这个地方。

“不过别考虑太久。您必须做出一个决定。有些东西正在巴黎酝酿。任何暴风雨都有它的预兆，巴黎先生。我已经看到了最初的预兆，它已经出现在空中。”

夏尔决心再也不踏进这家妓院一步。他曾经也下定决心再也不会骑马远足到那家园丁之家，可现在他又来了。他说服自己，是因为他喜欢这个地区。骑马到蒙马特附近取得了丰硕成果，他射死了一只狍子。回家途中，他在园丁之家停下来。他的狗需要喝水。没有人在。可有一些人聚集在漫无边际的菜园里。他认出玛丽－安娜·朱杰尔，她显然在忙着给大量的季节工人进行指导。他将自己的马拴上，并且确定那只死狍子已被固定住。他在屋子前的一张桌子旁坐下来。

没过多久，玛丽－安娜来了。她走到夏尔跟前，问他是想喝杯水还是喝杯酒。夏尔请她来杯酒。喝杯酒不会损害到他的计划。

玛丽－安娜拿着一瓶酒回来，在夏尔对面坐下，说道："我父亲上周去世了。"

"上周？"夏尔重复道，"太遗憾了。"他们开始无声地喝酒。

玛丽－安娜沉思地望向远方。她似乎喜欢这种甜蜜的忧伤之痛。夏尔放下杯子，她匆匆地对他看了一眼。她想把目光重新伸向远方，却是在夏尔身上停住了。"人不可能永远活着，"她像是在自言自语，"现在我们喝着他最喜欢的红酒，他一直把这红酒小心珍藏，只在特别的日子里才拿出来喝。这大概是所有好酒的命运吧。它们总是太宝贵、太昂贵，人们不会出于毫无意义的理由去喝它们。正因为如此，它们最后由它们的继承人喝了，出于毫无意义的理由。"

"这个理由或许不是那么毫无意义，"夏尔说，稍后又问道，"你还从未考虑过结婚吗？"他睁大眼睛和颜悦色地注视着玛丽－安娜。

她尴尬地笑笑。"有时会想，"她说，"如果上帝愿意，他会派一个人给我。现在他夺走了我的父亲，或许会派某个人到我这里来。"

"假如上帝派某个人给你，你会认出他来吗？"

"我不知道。上帝一定还会给我一个信号，否则他派某个人到我这里来真的就毫无意义了。"

夏尔若有所思地点点头。

"他一定会向我求婚。我从未注意到有人喜欢我。如果是喜欢过我的人结了婚，有了孩子，我总是要多年以后才知道。而且我一直待在我的菜园中间。"

“那你从不渴望爱情吗？”

“可是先生，您上这儿来，可不是为了和我进行这种离谱的对话吧？”

“本来就是。我想问你是否可以设想和这样一个人结婚：这个人和你的身份不般配，他老实本分地做着自己的工作，可他也同样不符合任何一个人的身份。”

“这一定是一种很奇特的职业，如果这个人真的爱我……”

“那就是我，小姐。”

此刻，两个人脸上红彤彤的，不知道该如何继续了。

“我打中了一只狍子，”夏尔没有任何拐弯抹角地说，“我这就回家去，我的助手巴雷会取出狍子的内脏。如果你愿意，我很乐意在明天早上把最好的狍子肉捎给你。里脊肉。我相信你会把它做得很好吃。”

“只有您随后跟我和我母亲共进晚餐，我才会答应。”

“好，”他说，“然后我就可以马上跟你母亲提向你求婚的事了。”

“您还有什么要跟我说的吗？”她问。

“嗯，我是巴黎刽子手。”

“我知道，我早就知道。”

1765 年 1 月 20 日，夏尔－亨利·桑松在蒙马特圣皮埃尔教堂迎娶比他大六岁的玛丽－安娜·朱杰尔。他快到二十六岁了。外面正是冰天雪地的景象。夏尔不知道自己结婚，是出于爱情，还是出于理智。他喜欢亲近玛丽－安娜，喜欢她沉静而温柔的举止，这种举止总是充满迷人的忧伤，可以唤起怜悯之心。他渴望她的拥抱，他也不知道自己是应该保护她，还是要从她的怀抱里寻找安宁。她话不多。有时他觉得好像她更想和养在院子里的狗说话。看起来好像她和那些猎狗达成了默契，它们使她显得非常快乐。她另外一个爱好就是药草和菜园，她照料它们很有耐心和爱心。她也喜欢夏尔，全身心地喜欢，但用的是她自己的方式。她做他喜欢吃的饭菜，哪怕他回家再晚也总是等着他。一旦对他有渴念时，她就把房间里的窗户遮蔽起来，径自躺在床上。他黑灯瞎火地摸索着扑到她的身体上，热烈地亲吻她。她似乎很喜欢这个，可他不敢亲吻她的下体。她将下体视为不洁之物。总之她给他一种印象，似乎她为自己的裸体感到羞耻。她达到高潮时，只是发出低沉的呻吟声，而她的指甲却深深地掐进夏尔的肩膀。有一回，他早上站在院子里的水槽前，她一脸惊讶、完全蒙在鼓里地问他的肩膀究竟怎么回事，是不是老鹰突袭了他。夏尔先是以为她在开玩笑，可玛丽－安娜并不懂得幽默，不喜欢谈论她的情感。可他们常常做爱。夏尔学会了对此一声不吭。这简直是黑暗中的一种神圣的性行为。

他们有了爱情的结晶，两个人兴高采烈。整个生产过程却非常艰难。是一对双胞胎，哥哥亨利，大个儿，差不多有五公斤重，弟弟加布里埃尔，却是一个瘦弱的婴儿，体重过轻，两只脚奇怪地弯曲着。助产士说这个会慢慢好转，可是一切没有任何好转。他的脚始终像不成形的镰刀那样，当亨利早就迈开两腿摇摇摆摆地走来走去时，加布里埃尔只能用四肢爬行。这对玛丽－安娜打击很大。她以为是自己不中用。她感觉自己丢了脸。夏尔永远无法理解这一点，他爱他的两个儿子甚于一切。可玛丽－安娜和加布里埃尔的关系却是莫名地疏远了。她不愿意接受残疾的事实。

“你没有责任，”夏尔反复地说，“并不是每棵树都像蜡烛那样生长，这是天性使然，玛丽－安娜。我们有了两个儿子。你应该感到高兴才是。”

可玛丽－安娜高兴不起来，而且她悄悄地指责这个无辜的孩子长着一双畸形的脚。她没有把它表达出来，可谁也无法对此视而不见。

两个孩子渐渐长大，玛丽－安娜继续力图成为完美的家庭主妇和妻子，用她的厨艺宠爱夏尔。可她不愿再和他同房。一开始她总是寻找各种各样的借口，到最后他才明白是她不想再和他上床了。她太担心自己再次怀孕了。

“或许这就是诅咒。”一天晚上，等到孩子睡觉了，和夏尔一起喝红酒时，她喃喃道。他起先不知道她说的是什么意思，后来才恍然大悟。很显然，她无法摆脱这个念头。“因为你是刽子手。这不会带来好运。我母亲警告过我。她说上帝会惩罚我们。”

“我不再那么确信，是否上帝可以计划一切。一旦碰到所有的人，一个人很快就会失去概括能力。”

“别再说讽刺挖苦的话了！”她嚷道，重新给自己的杯子倒上酒。

夏尔从她手中拿走杯子。“这是葡萄酒，玛丽－安娜，你现在别再喝下去了，赶紧上床睡觉吧。”

“我爱喝多少就喝多少。”她怒骂道，从他手里夺回酒杯。

只要晚上一喝酒，她到第二天早上都提不起精神，直叫人受不了。她四处乱吼，几乎不再关心自己的孩子。亨利和加布里埃尔大多躲在药房里。夏尔结束了研究工作之后，便带两个孩子到客厅。那里摆着钢琴。他让他们坐到凳子上，教他们弹琴。亨利学琴的兴趣不大，可加布里埃尔却被这架乐器发出的旋律迷住了。于是，他们俩晚上开始合奏，而玛丽－安娜则坐在黑魆魆的厨房里喝酒。她不需要光，她像种植植物一样种植她的忧伤。

夏尔感到万分诧异。他拿孤独换来了地狱。他越来越频繁地睡在药房里，因为一大清早就被卷入某些好斗的对话中，他会感到厌烦。每一次和解的尝试结束于反反复复的责备中，而她最精彩的论断就是，夏尔对加布里埃尔畸形的脚是负有责任的。夏尔可以忍受妻子各种各样的责骂，日复一日的喧嚷，不要命的酗酒，可他无法忍受加布里埃尔和亨利在家里听到他们母亲的话。他知道动物有时会把它们的孩子赶出家门，而这种事发生在人类中间，他觉得很新鲜。他越发投入更多的精力关心他的两个儿子，开始在药房里为加布里埃尔的脚设计滑轨。他做了一个皮制支架，可以让他的双脚摆正位置，并且提供足够多的支撑。亨利为此很兴奋，帮弟弟扶起来。他一连几小时和他待在院子里，努力教他学会走路。渐渐地，他们敢走到外面的马路上去了，可石子路高低不平，而有的路上缺了好多石子，害得加布里埃尔在马路上难以走动。他觉得坐在琴旁最安全，更何况还有哥哥的鼎力相助。

这种处境对亨利而言绝非易事。他母亲反反复复地想使他相信，他对弟弟的残疾负有责任，因为他在母亲的子宫里占据了太多的空间。随着时间的推移，他不再把母亲的话当真，而一旦生气，他就会说，无论是加布里埃尔，还是他，都没有表达过生下来的愿望。这句话更加刺激了玛丽－安娜，她气呼呼地说道，是他们的父亲要对这一切承担责任。他使她怀的孕，不，是强奸了她。因为他从来没有问过她是否想要孩子，所以这就是强奸行为。亨利从此以后远远地躲避她。加布里埃尔没机会回避，他索性逃避到音乐中，对音乐产生了敏锐的感觉。他隔三差五地请托比亚斯·施密特上家里来，让他给钢琴重新校音。玛丽－安娜不喜欢这个德国人。她认为他的工作和音乐本身一样毫无用处。可夏尔在这方面不肯迁就。他几乎放弃了他在药房的研究，腾出自由时间关心加布里埃尔。一旦加布里埃尔有需要，他马上会叫来托比亚斯·施密特。

一天晚上，跟往常一样做完工作，施密特又和夏尔一起喝上一杯酒，他说道："巴黎先生，我看到加布里埃尔的滑轨了。我们可以把滑轨做得更好些。请让我试试吧。这不会花费您一分钱。我们必须加重皮鞋的分量，让脚后跟拥有更多的支撑。我父亲做过鞋匠，他曾教过我一些手艺，可我对发明新生事物有着更浓厚的兴趣。但我会看脚。我没有把这个活荒废掉。加布里埃尔有一只弯曲的平足、弓形足，此外还有一只扇形脚。我们应该给他定做一双特别的鞋子，可以从鞋子里面把他脚的位置抬高。只有这样，他才能站得更稳。"

夏尔点点头。

"可这样我就得求助一名鞋匠，"施密特说，"这就要花点儿钱了。"

"这个没关系。"夏尔回应道。加布里埃尔的脚可以恢复正常，这个念头让他激动不已，以至于夜里辗转难眠。

那天晚上之后，玛丽－安娜尽可能过起了隐居的生活，而格罗开始重操旧业，干起了厨师的行当。她的大部分时间是和患病的母亲在菜园里度过。一天早上，她从娘家回来，夏尔知道她母亲去世了，尽管玛丽－安娜一句话都没说起过。她退回至卧室，关上窗户，在黑暗里出神。他只是偶尔在夜里听到她的脚步声，那是她到厨房拿酒的时候。她在自己阴森森的世界里徘徊。夏尔认为这一切很快会平息。可情况并非如此。情况变得越来越糟。数日之后，她离开了昏暗的房间，关心起她家的狗来。她觉得夏尔没有能力给他们的狗喂食。她大多坐在院子里，和她的四条腿动物呢喃细语。然后，她在药草和菜畦之间巡逻，拔掉这边的一株坏死的叶子，或者给那边的植物浇点水。若是夏尔踏进院子，她就会摆出一副充满不屑的愤怒的面孔。如果哪一只狗想要迎候他，她就会发出制止它的某个命令。然后她会暗自窃笑，因为狗听了她的话而没有向夏尔问候致意。可尽管如此，狗们还是对他不停地摇头摆尾。夏尔有几次试图跟她说话。可她不愿意。他问自己，是否她有病。脑子有病。

几个月之后，她突然又开始大发脾气起来，为了鸡毛蒜皮的小事越来越频繁地和邻居吵闹不休。之后她又指责夏尔爱她太少，可当他想要柔情似水地抚摸她时，她又畏畏缩缩起来，好像他得了瘟疫似的。玛丽－安娜这种可怕的转变让夏尔感到很伤心。他没有料到情况会是这样。他无法理解的是，他竟然要用自己的独身来换取这样的东西。玛丽－安娜越来越需要她的妹妹，尽管她经常和她吵架，因为遗产。夏尔觉得在他们的婚姻中唯一可能真正引起争执的问题却并没有成为问题:刽子手的职业。她对他的工作给予全力支持。拥有良好的薪金就已足够。她永远挣不够的就是金钱。她把金钱慢慢积聚起来。她并没有享受到金钱的快乐。就连那两个茁壮成长的孩子，她也没有享受到。夏尔爱这两个孩子甚于一切。他愿意为了他们把这个工作再好好做一段时间，让他们将来能够接受到良好的教育。对他来说，两个儿子的幸福要比实现他自己的梦想更为重要。不久,亨利要比他的同龄小伙伴明显高出许多。他喜欢到塞纳河游泳，喜欢和夏尔一起骑马远行和打猎。他真的为父亲感到自豪，感觉越来越依赖父亲，因为母亲的冷淡很伤他的心。她从来没有像对待自己的狗那样拥抱或者亲吻自己的儿子。随着时间的流逝，她完完全全从夏尔手里失去了她的两个儿子。

亨利对父亲的职业越来越饶有兴趣。他看到鲜血未曾感到过烦躁不安。血不会比一摊酒更令人可怕。要是巴雷在院子里取出一只猎获的狍子的内脏，他会在一旁津津有味地看个究竟，而他的同学则害怕地用双手挡住脸。姑娘们对亨利痴情，因为他长得英俊，有男人味，肩膀很宽，因为日复一日的游泳使他的臂膀坚实有力。

加布里埃尔没有宽大的肩膀。托比亚斯·施密特花了数月精心制作专用鞋、鞋垫以及护腿支架，使他外出自由活动成为可能。但他几乎不利用这种新的自由。他已习惯和一名同龄的邻家姑娘一起坐在钢琴旁弹琴。多年的残疾使他变成了谨小慎微的宅男。尽管他的身体不便已被部分排除，但他的恐惧依然存在。他害怕大的动物。他大概从未碰过马的鼻孔。他也害怕水，回避江河和其他湖海。他觉得只有在家里的钢琴旁才安全。

亨利第一次提出将来也想做一名刽子手时，夏尔几次从夜里惊醒，全身大汗淋漓。他想到那重诅咒又回来了。玛丽－安娜支持亨利的打算。夏尔不是完全能肯定，她说这话是出于信念，还是仅仅为了让他恼火。因为和她去世的母亲一样，玛丽－安娜最近已习惯于始终代表对立的观点。她好斗成性，对她而言让她吵上几天架或者干脆一声不吭，没有任何理由是站不住脚的。她似乎并不觉得受苦。因为她的内心没有任何愤怒。如果有什么事情不合她的心意，这个从前如此忧愁伤感的女人现在可以马上咆哮如雷，如果觉得吃得不对胃口，她就可以摔盘子或者将饭菜扔到院子里去。有了玛丽－安娜，他们家里仿佛有了一座活火山。她恐怕从没有说过自己过得不好。不，她没有任何经济上的担忧，不必饱受饥饿之苦，她有四条狗，她喜欢它们胜过一切。这些日子里，巴黎在忍饥挨饿，一个人还能想要更多吗？

玛丽－安娜不需要任何人。如果一家人和助手们一起在大客厅里用餐，她几乎不说一句话。有时，她用咄咄逼人的目光盯着夏尔看，他感觉看到了杜布奶奶的目光，他感到毛骨悚然。可是夏尔退缩得越多，玛丽－安娜就越是蛮横地揽下已经空出的领地，实施一种不逊色于杜布奶奶的暴政。夏尔安慰自己，总有一天他的儿子亨利将承担起家庭的重任。

夏尔重新将更多的精力投入到药房和他的病人身上。他的助手们承担起了家里越来越多的工作。玛丽－安娜对此很反感。她重新开口说话了，提到钱的事。夏尔乘机改善了家庭的气氛，使他们的关系正常化了。玛丽－安娜似乎需要孤立的时间，才能重新找到自己。这段时间显然也有助于她接受加布里埃尔残脚的既成事实。她又开始做饭了，为夏尔、亨利、加布里埃尔和助手们赞美她的厨艺而高兴。

可是，夏尔结束工作，晚上很晚回到家，搂住她的腰身，想亲吻她时，她却把头别转过去。她禁止任何身体上的亲近。夏尔感到很伤心。他不明白玛丽－安娜究竟怎么了，有什么恶魔闯入了她的灵魂，一个人永远无法知道第二天早上会遇到哪一个恶魔。夏尔无奈之下只能接受既成事实，回到了自己的世界。

一天晚上，他在药房的沙发上发现了他的枕头和被子。从现在开始，他们开始分房睡了。两个人的疏远迅速加剧。夏尔沉浸在自己的研究中，而玛丽－安娜在完善她的纪律意识，若是有人哪怕仅仅在萌芽状态搞乱了这种纪律，她就会大发雷霆。夏尔好说话，不喜争吵，他都统统接受了。他的好说话成了她的优势，谁也不能反对她。她剥夺了所有人发表言论的权利。

然而，夏尔离开她并没有令人信服的理由，因为他并不渴望其他女人，他在药房里的日子过得逍遥自在，因为玛丽－安娜从不踏进这个房间一步。她坚定不移地避开他所能逗留的任何地方。倘若有什么话要告诉他，她就请德马雷转告。有一次，那是在一个复活节星期一，在喝了两杯红酒后，她有了一丝多愁善感的举动，用食指碰了碰夏尔的肩膀。这已经是她表现出来的最大程度的激情和好感了。

曾经有过那样的日子，遇到这种处境使他苦恼。在执行完艰难的行刑之后，回到家里，还要感受这种冷漠，真是不容易。在那些万分沮丧的时刻，夏尔怀念起自己的父亲来。可父亲已经去世多年，于是他到父亲的长眠之处圣罗兰教堂寻找他。最后一排的椅子后面是墓穴。石板上面没写上任何字。可夏尔知道父亲的残骸在其中一块石板下面，他可以在这里清醒地了解自己的想法。他想，每一个人都需要一个可以帮助他保持平衡的朋友。这个人可以是一个一语不发的朋友，甚至是一个已经去世的朋友。他不必回答什么，只要在那里就好，有了这样一个人，你就可以想象着和他说话，倾听他的劝告，即便这些劝告也是由那个人自己杜撰出来的。但一个人必须能够用言语理解自己的痛苦，可以因此向一条河、一匹马、一只木制十字架、一本日记本或者一棵花椰菜诉说自己的痛苦。唯有你能够用言语理解自己的痛苦时，这种痛苦才会保持一种外形，你就像对待一块黏土那样对它进行加工。因为答案也隐含在每一个痛苦里。夏尔深以为然。

一个无家可归者，在一块石板上打盹。看到夏尔时，他吓了一跳。

“你知道，谁埋葬在你下面吗？”夏尔问他。

“一个虔诚的人，先生，他从来不会不给任何施舍就从我身边走开。”

“他究竟给你多少？”

“一镑。”那名乞丐说。

“那我同样也乐意为之，”夏尔说，随后给了他几枚硬币，“先父一定愿意这么做。”

年迈的乞丐这才意识到，站在他面前的原来正是乐善好施的刽子手让－巴蒂斯特的儿子。“先生，”他埋怨道，“普罗大众死于饥饿，谁也不去关心他们。难道上帝仅仅是国王和贵族们的上帝吗？”

“无可奉告，”夏尔说，“或许上帝已经匆匆离去，不知道去了哪儿。”

夏尔卖掉了地狱街的房子。他现在快五十岁了，想为自己重新准备一个单独的住房。另外一个原因却是：他想卖掉房子赚点钱留给加布里埃尔。他们搬进了新圣让街。新房子没有旧房子大，但也有一个院子，和古罗马的前院类似，从右首可以到达大厨房和客厅。而在左首，有一个独立的入口通往接待室，夏尔就是在那里给他的病人治疗。接待室后面是药房，再后面就是实验室，基本上不允许任何人进入。院子入口的对面依次有地下清洗室、仆役室、家禽棚、工具棚以及木材间。二楼，无论是左侧还是右侧，为夏尔、亨利和加布里埃尔以及助手们的卧室。玛丽－安娜则拥有自己的房间。

夏尔对自己的决定感到满意，在新的地方感觉挺不错。可巴黎的经济境况日益萧条。最近几年的冬天过得非常艰难，收获的庄稼大多腐烂了，面包又贵又紧俏。非常紧俏。巴黎人食不果腹，群情激愤。路易十六国王和挥霍成性的王后——可憎的奥地利女人玛丽·安托瓦内特，贵族和僧侣：谁也没注意到民众的愤怒。直至那一天的到来，让－路易·卢沙尔本该在那一天痛苦地死去。

第8章

让－路易·卢沙尔的愤怒事出有因。他的父亲酗酒成性、残暴凶狠，他出于正当防卫杀死了他。父子俩有次为本杰明·富兰克林越吵越凶。富兰克林是避雷针的发明者，也是美国独立宣言起草者之一。独立宣言上写着，人人生来自由平等。所有的大街小巷里都能买到富兰克林的画像。巴黎人喜欢这位从前的外交官，也喜欢他的同胞——他的继任者托马斯·杰斐逊，杰斐逊目前作为公使居住在塞纳河畔。他俩聪明谦逊，穿着寻常朴素的黑西装出现在大庭广众之中，因此被视为普通民众的一部分。没有任何奢华装点他们的衣服，没有扑过粉的假发，也没有镀过金的纽扣。

在激烈的争执中，父亲抡起锤子威胁儿子，儿子因此离开了谷仓，大吼道，他要到城里找份工作，再也不回来了。话音刚落，父亲将锤子扔了出去，嗖的一声从儿子的头旁飞过。让－路易捡起锤子扔了回去，满腔怒火。不幸的是，他砸中了父亲的鼻根，砸破了脑袋。凡尔赛宫因此想要公开地处死他，因为老卢沙尔曾经是凡尔赛赛马饲养场管理员。那些人享有特别的保护，对他们的每一次袭击均被视为对宫廷的袭击。

夏尔对这次的死刑判决深表厌恶。他知道，作为一个特别残忍暴躁的人，老卢沙尔很可怕，既不宽恕动物，也不宽恕人类。可他也觉得，卢沙尔事件更多地是一起家庭悲剧。它是狂风骤雨来临前的预兆。人们愈发公开地谴责各种不良现象，他们就愈多失去对君主制度及其维护力量的尊重。大家不再对教会寄予希望。人们已经没有什么东西好失去的了。

行刑日那天清晨，两辆马车离开了凡尔赛小城的监狱。一大群人早就盼望他们的到来了。可是当大门打开，夏尔－亨利·桑松的马车出现时，既没有听到讥讽的笑声，也没有听到大喊大叫声。人群在沉默。这是一种危险的沉默。那些人目光阴沉地凝视着夏尔，他像统帅那样笔挺地站在第一辆马车里。头发他已经小心翼翼地梳理过了，也扑过粉了。他穿一件扣上纽扣的深绿色小礼服。他也参照英国的时尚戴了一顶黑色大礼帽。法国的其他刽子手还在穿着战靴和血红大衣出场，而夏尔却试图以他的服装赋予这份职业额外的尊严。这种尊严应该表明，他并不是一个手拿斧子的屠夫，而是一名司法官。在他后面坐着德马雷、巴雷、菲尔曼和他的儿子亨利。亨利也来到了现场，这是他的心愿。

骑兵给他们辟出了一条路。车队缓缓而行，穿越凡尔赛来到圣母教堂。人群依然在沉默着，可夏尔感觉到空气中弥漫着一种预示着不祥的奇特氛围。他简直可以感觉到那种群情激愤即将引发的爆炸性威力。他帮卢沙尔下车，从口袋里掏出那份书面判决。这个死囚犯赤着脚，穿着一件血红衬衫。他的头上套着一根绳索，双手紧握一支蜡烛，低着头跪在教堂门前。“……对让－路易·卢沙尔的判决是，胳膊、小腿、大腿以及脊柱断裂，再在绞刑架上处以车裂之刑。在圣路易广场执行。”人山人海的观众群中顿时窃窃私语起来。他们之中的某种情绪开始流露出来。夏尔从人们的脸上明显地看出了这一点。他匆匆瞅了瞅亨利，可亨利却是不露神色。尽管出于安全原因行刑被指定在早晨五点进行，可成千上万人仍然准时赶赴现场。他们满腔愤怒，因为他们所有的人都可以证明，作案人这么做是出于正当防卫。而每一个人都知道这个被儿子砸死的粗暴父亲的故事。当助手巴雷重新请卢沙尔上车时，观众中的窃窃私语声越来越大。它类似于一头猛兽发出马上出击的危险叫声。通常情况下，人群鼓掌欢迎，然后讥讽作案者，可这一次巨大的人群似乎怒不可遏。人们明显感受到了怜悯之类的东西。这倒是鲜有所闻。恐怕可以认为，他们一定是看过卢梭的书籍。这样的一群人中还从未对一个被判处死刑的犯人产生过怜悯之心，或许民众对国王越来越不满的情绪起到了一定作用。可怜的卢沙尔误以为群众的愤怒是针对他的。他显得烦躁不安，愈发感到恐惧。这时已经站在车里的神甫搂抱他，赦免他的罪。“您告诉他，法官已授权可以补充采用减刑方式行刑。”夏尔低语道。

马车在萨托里街的出口处停了下来，车辆再也无法通行。卫兵们试图留出一条路，可是无济于事。突然，一个温柔的声音从观众的耳语和怒吼中传出来。“再见，让－路易，我的爱人。”原来是埃莱娜姑娘，死囚犯的恋人。她的声音听起来那么纯洁而绝望，实在叫人心碎。她穿过人群艰难地向那辆车挤去。谁也不想挡住这个柔弱女性的道。她终于到了车那里，紧抓住木栅栏。她的脚被绊了一下，可手并没有松开，随后被车一起拖着走。突然，一个高个子男人又出现了。只见他迈开大步围着车辆跑，腾空一跃跳上车辕，撕开喉咙吼道:“让－路易，谁也没有权力杀死像你这样老实本分的人。”一名骑兵把巨人挤到一边。巨人是凡尔赛宫里的一名锻工，认识老酒鬼卢沙尔。吵吵闹闹的场面一直持续至车辆抵达圣路易广场，而在广场上举办活动开始变得愈来愈危险。人群围住绞刑架，拆除栅栏上的木板。夏尔和亨利以及助手们一起揪住卢沙尔，急忙爬上台阶来到绞刑架那里。可那个巨人早已站在上面等候他们，他手拿战斧将用于车裂的刑车砍成碎片。夏尔把儿子拉到身边，尽管亨利的身材比父亲更高大结实，而且没有表露出丝毫的恐惧。大家向巨人鼓掌喝彩，并开始拆除绞刑架。“太太平平待着，刽子手，你就不会有事。”巨人解开卢沙尔的枷锁，把他抬到自己的肩上。他仿佛走在凯旋的队伍里那样爬下台阶，人们为他筑起了一条小巷。“让刽子手和他的助手们走过去吧。谁要是弄弯了他们的一根头发，那就要遭殃了。”

夏尔和亨利还没来得及离开圣路易广场，绞刑架的残余部分已经在他们身后熊熊燃烧起来。他俩心急如焚地等待着助手们，他们拼着命使尽浑身解数才从人群中脱身。他们脸色苍白，双手握住两匹马的缰绳。有一辆车也已经在燃烧，只能留在那里了。

“究竟出什么事了，爸爸？”亨利问。

“古老的秩序摇摇欲坠，你是见证人。这还只是刚刚开始。谁也无法阻挡它。”

他们一个个爬上这辆仍然完好无损的马车，回巴黎去了。

“他们点燃了正义的宝座，”德马雷过了片刻说道，“他们很快会把国王的宝座交给火焰。我不明白为何国王不作为，他有的是士兵。”

“他应该让整个巴黎血流成河吗？”菲尔曼问。

巴雷点点头，表情阴郁。

“他必须防微杜渐，”德马雷坚持道，“他一旦显示自己的软弱，巴黎将失去尊严。”

“当一种思想来临，你无法阻止它的蔓延，”夏尔说，“巴黎在挨饿，而王后却在她的衣服上面几乎耗资二十万，这可不行。”

“国王难道对粮食歉收承担责任吗？”德马雷问。

“不是对粮食歉收，”菲尔曼忿忿不平地答道，“而是对面包价格承担责任。”

城市淹没在黑暗中。人们没钱购买蜡烛和柴火，靠栗子面包充饥。面包价格重新暴涨，国王并没有为减轻百姓痛苦做过任何事，却用关税制度将面包价格的一半流入自己的腰包。起义和抢劫越来越频繁地在农村爆发。歹徒们到偏僻的乡村作案，甚至还袭击小宫殿。有些人胆敢闯到巴黎，偷袭面粉市场和面包市场。他们要求采用国王价格，也就是采用给国王的扣去捐税之后的面包价格。他们攻占和抢劫巴黎市区的一千多家面包店。可绝大多数人，只要头上还有屋顶，依然会待在自己家里。随着最后的蜡烛燃烧的烟雾消失，他们的希望也随之烟消云散。就好像魔鬼亲自来到了都城，吹灭了人们的生命之光。巴黎陷入黑暗之中。

1789 年 5 月，对所有的人来说，王国的崩溃已是众所周知的秘密。最近数十年的海外战争耗尽了国王的金库。无独有偶，王后以每次连续数夜的庆典活动肆意挥霍，每夜耗资竟达四十多万镑。更为昂贵的是她为了维系友谊而必须支付的那些养老金。她送给波里纳公爵夫人一百多万镑，送给她的情人三万镑的退休年金，只是为了让他参加她的庆典活动。国王在一旁无所事事地观望，不，他掉转目光，仍和从前一样犹豫、等待和懒散，唯一专注于自己的业余爱好狩猎以及作为锁匠的古怪激情上，他还设计出了漂亮的门锁。而在这段时间里，法兰西王国政府接受了十亿多镑的贷款，并且考虑再次提高税收，然而只是考虑对农民、手工业者以及临时工提高税收。僧侣和贵族几乎不支付任何税费。赤贫者要为富豪们负担生活费用。形势急转直下，似乎已处在走投无路的境地，在一百七十多年之后，要求重新召开三级会议的呼吁越来越强烈，因为唯有整个国家的代表，也就是说贵族、僧侣和市民才可以做出提高税费的决定。

在大街上，当愤怒的人们在抑扬顿挫地发出“绞死富人”的口号并且闯入宫殿的时候，他们却又喜欢散布恐惧和恐怖的气氛，可是向前推进改革的恰恰是那些贵族，因为贵族们心知肚明的是：一旦不稍稍做出让步，他们失去的将是一切。于是，他们和犹豫不定的僧侣们一起加入市民队伍里，要求取消三大等级制度，宣布他们自己才是国家、也是国民议会的唯一代表。

夏尔像平时一样沉浸在工作中。他听从安排，对判处死刑的人进行绞刑或斩首，在小窃贼们的额头上打上烙印，他还要履行所有其他托付给他的义务，以完全取悦他的上司。他早就听不到人群的喝彩声了。假若一个人仅仅偷了一只发霉的面包，而你却要往这样一个体弱多病的家伙的额头上打上烙印，你为何还要感到自豪呢？

搬入新居后，夏尔又开始思念起丹曼莉来了。他的欲望重新苏醒了。他常常问自己，她现在大概会长成什么模样，她在祖国的生活会是怎样。尽管和她没说上几次话，但在他的记忆里，他赞美过她。他心里突然只有一个念头，想马上再见到她。

几日后，快要走到耶稣会修道院时，他远远地听到叫喊声。辛辣的烟雾向他迎面而来。他看到一群衣衫褴褛的人手拿石子和燃烧的干草球向修道院扔去。愤怒的群众辱骂神职人员，要求他们交出储藏的粮食。当骑警从大街的另外一头出现时，这些攻击者立即如鸟兽散。一名神甫被激怒了，冲出修道院，抓住一名骑警的缰绳。“法兰西王国必须保护我们和我们的财产！”他嚷道。

“为什么？你们难道交过税吗？”骑警大笑，将他的马拉到边上。

夏尔对着神甫嚷道：“暹罗的姑娘在哪儿？”神甫一脸惊诧地转过身来。夏尔向他冲去时，他举起手以示拒绝，然后飞奔回去。夏尔追上他，抓住他的袈裟。“丹曼莉在哪儿？”他吼道。神甫伸出双臂反击。“她早就不住在这里了。”夏尔惊愕地放开他。神甫跨上最后几级台阶，随即消失在修道院围墙后面。夏尔这才意识到，自从最后一次见到丹曼莉至今，几乎已经过去三十年了。他扪心自问，难道不是他彻底疯了吗？

夏尔迷迷糊糊地回到家，坐在加布里埃尔旁边弹琴。可任何旋律都无法减少他的愤怒。最后，他退回至药房，拿出日记本。他没有记述丹曼莉。那么多年过去，他觉得要写她太难了。他写的是那些起义，它们渐渐达到了革命的规模。民众宣布富人是他们的敌人。“谁不愿给予，就从他手里夺走，”夏尔写道，“可现在人人都成了偷盗者。”

偷袭修道院和富人的事件愈演愈烈。早上有一百个人走在街头，晚上就已经聚集起好几百号人在义正词严地高呼“绞死富人”。奇怪的是，在那些日子里，他们偏偏盯上了造纸厂老板让－巴蒂斯特·雷威永。之所以说奇怪，是因为曾经做过工人的雷威永，给他的员工支付了社会福利费用，而巴黎的其他企业主并没有做到这一点。数十名卫兵守卫着他的宅院，起义暴动人员只好冲进隔壁的那栋城市别墅，将那里的全部家具砸了个稀巴烂，然后扔到马路上烧了个精光。令人惊讶的是，谁也没有想到将家具攫为己有或者变卖给他人。不，这里充斥的是盲目的摧毁癖，纯粹的憎恨。谁叫嚷得最响，人群就跟在谁后面。一周之后，一万名示威者重新冲入雷威永的别墅。当警方增加警力并投掷火炮时，三百具尸体留在了别墅花园里。损失惨重。可那些人意识到了自己的力量。他们一起齐步前进时，任何部队都无法阻挡住他们。星星之火，可以燎原，于是他们上路了。

1789 年 7 月 14 日，夏尔邀请亨利一起参观皇宫。玛丽－安娜几天前到她妹妹家去了，她常常会在那里待上好久。甚至连两个儿子二十二岁生日也错过了。亨利已经是一名身材魁梧的男子，他的身高超出了父亲，同样是一个真正的桑松。女人们见到亨利，总要转过身来忍不住对他咯咯笑，这种事情以前在夏尔身上也发生过。

只要人家愿意听，他都会对每一个人说，他是刽子手的儿子，不久将成为巴黎先生。他充满着自信。皇宫离巴黎大堂中央市场只有一小段路。在中央市场上，数以千计的一袋袋面粉倚墙堆放着，被附近居民从窗口倾倒下来的夜壶里的粪便溅得肮脏不堪。袋子里的面粉就这样在这里慢慢变味变烂，而在其他地方，人们却快要活活饿死了。

皇宫曾经归奥尔良公爵所有，“太阳王”路易十四于1715年去世后，奥尔良公爵临时担任摄政王，因推行毫无节制的纸币试验，使法国濒临破产。和太阳王一样，他喜欢女人、美酒和赌博，习惯过着奢靡堕落的生活。他向公众开放皇宫，皇宫自此以后被誉为欧洲最大的公共游乐场。只要花上几个苏，就可以怀着惊奇注视世上所谓最肥胖的女人或者长着巨大阳具的外国男子，在一个帷幕后面凝视色情的图画，欣赏讽刺歌曲，观看戏剧表演，瞅一眼简易幻灯机，或者赞赏一下伯尔尼医生兼蜡像制作师菲利普·科特斯的蜡像陈列室。应孔蒂王子的邀请，科特斯医生定居在巴黎。科特斯让他所谓的外甥女玛丽·格劳舒兹从瑞士搬到了巴黎，教会了她制作蜡像的技术。至于这个玛丽姑娘是他的情妇、他的私生女，或者真是他的外甥女，却始终是个秘密。皇宫里是没有等级制度的。拾荒者、妓女、有钱的女公民以及贵族们都是这里的常客。任何警察都不允许踏进这座庄园，这也使它成了最受民众喜爱的地方。在巴黎哪儿都找不到这样一个地方，可以销售如此数量众多的反对国王的非法诽谤性小册子。哪儿都找不到这样一个地方，可以如此迅速地获悉巴黎和凡尔赛发生的一切。

那天，夏尔想和亨利讨论继任问题。他准备交出自己的职位，从此以后将精力全部投身于医学。他想给这次谈话赋予一个庄严的环境。因此他们选择一起坐在巴黎的一座咖啡馆里。咖啡馆里人声鼎沸，夏尔问自己是否选错了地方。邻桌的一名男子突然开始激动起来。他说瑞士出身的财政大臣雅克·内克尔遭路易十六国王即刻解职。好像所有的客人突然一起商讨起来，越来越多的人抑扬顿挫地呼喊着内克尔的大名。他们希望他留任，他可是从私人腰包里掏出两百万镑购买面包，然后免费分发给挨饿的百姓。就连教会也没有做过这样的善举。

“因为他的慷慨大度，内克尔在宫廷里极不受欢迎，”夏尔对亨利说，“他要强迫一部分的贵族和教会长老们做出解释。假如一个人凭一己之力可以奉送两百万镑的面包，那么贵族和教会为何就不可以效仿呢？”

有人嚷道，国王之所以把解除内克尔的职务故意安排在一个星期日，是因为国民议会不会在星期日开会。

“这个结局真是不幸，”夏尔说，“没有内克尔法国又要破产了，法国的公债将因此一文不值，而且有些贵族将失去全部的财产。”他站起来。“来，亨利，我们到别的地方去吧。”他们正要离开皇宫，可好几百人却突然挡住了他们的路，纹丝不动地站在蜡像陈列室前面。那里的人也在声势浩大地呼喊“内克尔”的名字，要求提供这个财政大臣的半身蜡像，他们好在盛大的游行队伍里带上它穿越巴黎的大街小巷。一个娇小的年轻女子出现在门口。她手里端着内克尔的蜡制半身塑像。她把塑像交给了他们。可现在这群人又想要奥尔良公爵的头像。年轻女子声音尖锐地吼道，这不行，因为头部和躯干无法分开。群众意外地接受了这个回答，继续向前迈进。陈列室里还有一个干劲十足的年轻姑娘，她才十七岁，名叫玛丽·格劳舒兹。在她后面的一名男子踉踉跄跄地走到了室外。他就是工程师弗朗索瓦·杜莎。“你赶紧给我回来。”她呵斥他。可他失去了平衡，屈膝跪倒在地。他本想抓住她的手臂，可玛丽躲开了他，回到了陈列室里。“我该如何向你求婚呢？”杜莎悲叹道，“难道你不想做杜莎夫人吗？”

外面，各种各样匪夷所思的谣言传得沸沸扬扬。数千人聚集在香榭丽舍大街，共同庆祝一个新时代的开始。几乎有一百名炮兵投奔到他们的阵营里，他们从那家残疾军人旅馆临阵脱逃，没有人制止他们的行为。这座城市似乎没有了领导人，任凭混乱无序的局面肆意发展。

这时，二十九岁的年轻律师卡米耶·德穆兰爬上桌子，发表了热情激昂的演说。和他的表兄安托万·昆廷·富吉埃·德·坦维尔一样，德穆兰也普遍被视为一个饭桶。他之前处理的所有事，都没有成功。“公民们，”他吼道，“你们知道，这个国家需要内克尔留下来。可现在他被解职了，就像狗被轰走一样。难道有人可以更无耻地向你们发起挑战吗？”趁他的煽动性讲话还没被淹没在听众的吵闹声中，他接着又嚷道：“拿起武器，准备战斗！”

这句大胆的口号像野火一般，经迷宫似的小巷和臭气熏天的阴沟，迅速地蔓延开了。那些巷子里和阴沟里塞满了牲畜、手推车和贵族的马车。乞丐们把新闻带到下一个住所，那些新闻又被小摊贩听到，再传至他们的顾客那里。没过不久，全巴黎五十四个海关城门中，有四十个已经烧起来了。有一个失去控制的团伙偷窃了海关商品，一把火烧毁了保存在办公室里的征税单和税务登记资料。圣拉扎尔和其他修道院的僧侣们也碰上了擅自闯入的不速之客。他们的储藏室里堆满了小麦、葡萄酒桶、黄油桶以及乳酪。修道院图书室被清空，图书在大街上堆积成山，然后一把火烧没了。最后，马上又放上一把火，把整个大厅烧没了。夕阳西下时，起义变得越来越残暴。在火炬的护卫下，愤怒的群众犹如正在喷发的火山一样，辗转在一个个面包房和一个个武器锻造工场之间，偷窃面包、滑膛枪、手枪、长矛以及刀剑。巴黎的那一半人准备把那另一半人洗劫一空。新的谣言甚嚣尘上：国王的部队正在路上。鼓手们行进在大街上，要求大家加入国民自卫军。他们所有的人都应该佩戴上紫红色帽徽作为识别记号，那是巴黎的颜色。警钟敲响了。

夏尔和亨利跟在愤怒的人们后面，他们向圣奥诺雷街涌去。在旺多姆广场附近，朗贝斯克亲王所属的德意志王家军向他们迎面而来。人群立即冲向那些士兵，而开小差的宪兵也赶来帮助民众。枪炮声突然响起，可并没有吓跑群众。相反，他们因此更加恼火了。夏尔和亨利跟随起义人员一直走到残疾军人旅馆。他们想到那里偷走武器。他们打破大门，守卫并没有反抗。他们就像老鼠一样冲进地下武器库，完全没有料到他们已经难以回去了，因为其他的人正从大街上挤进来。抢劫者们陷入了慌手慌脚之中。为了打通去楼上的路，刺刀朝自己人刺去。在拥挤的旋转楼梯里，不管撞见什么，他们不管三七二十一地一刀刺过去。好几十名男子，有些带着被刀割或者被刀刺的重伤，不断哭喊着和呻吟着，重新拖着脚步从兵营里逃窜出去，好像他们直接来自地狱一样。武器被分发出去了。有一些人硬是把大炮从院子里扛出来，其中就有一门特别珍贵的大炮，大炮上面银光闪闪。愤怒的人群叫喊得越发愤怒，变成了复仇者，变成了没有头脑、没有领导的复仇者。

夏尔和亨利正怀着好奇的目光，观察十几个男子将银色大炮拖到大街上，却突然发现有一名女子站在这个银色武器面前。她的肤色比法国女人的肤色要黑，她的乌发一直飘落至腰身。她呼喊着，疯狂地打着手势，夏尔即刻想到了丹曼莉。她越来越靠近夏尔时，他发现果然是丹曼莉。他简直不敢相信。她依然还是那副清秀的面容，有着代表着谦卑和坚强的神秘莫测的身体语言。一名起义人员抓住她的头发，把她往身边拉。夏尔立即冲向那名男子，一使劲把他打倒在地。那家伙想重新站起时,夏尔的拳头垂直地落到他的头上。他屈膝地站着，恍恍惚惚地趔趄着行走。丹曼莉用怀疑的目光凝视着帮她的这个身材高大的人。她冲向夏尔，抱住他痛哭。“我知道总有一天我们会再次相逢。昆底。”

“丹曼莉。”夏尔轻声道。

“小心，父亲！”亨利一边叫道，一边勇敢地挡住那些人的去路，这些人正想赶过来帮助他们那个跌倒的朋友。亨利保护性地站在父亲面前，调皮地冷笑着。他的脸上洋溢着那么多的自信，倒让进攻者搞糊涂了。

“你们想要对一个手无寸铁的妇女动手吗？”夏尔吼道，抡起拳头对准一个人的脸砸去。那个人应声倒下了，躺在地上。他的鼻子被打断了，鲜血从他的下巴流出。他的战友们此刻围住了丹曼莉、夏尔和亨利。

“你是谁？”一个人装腔作势地嚷道，其他的起义人员站住了。

“巴士底狱就在那里，”夏尔对着他们喊道，“如果你们想冲进去，那就冲进去吧。”他保护性地拥抱丹曼莉。她颤抖着身子紧抓住他。

桑松父子俩让起义人员感到迷惑不解了。人如何能具有此等勇气，竟然不支持这整群暴徒？一个人高马大的人挤到了前面。“别打搅他，我认识这个人。惹他麻烦不会带来好运。”此人是来自凡尔赛的那位锻工。人群渐渐地散去，那些人举着被缴获的闪闪发光的火炮继续行进。

丹曼莉又想阻挡他们，可夏尔不让她靠近。“大炮是我们暹罗国王送给你们国王的礼物。谁都不允许窃取它，否则恐怕是对暹罗的巨大耻辱。”丹曼莉说。她腼腆地抬起头来看他，直至她的唇边掠过一丝尴尬的微笑。“昆底！”她重复道。

“昆底？”夏尔微笑着问。

她擦掉眼里的泪水。

“你学过我们的语言。”他赞许地说。

“因为我知道总有一天我们会再次相逢。”

亨利跟在愤怒的人群后面走着。夏尔不想和他分开，于是对丹曼莉说：“来，我们到巴士底狱去。”他将胳膊搭在她肩上，把她紧紧地搂在怀里。一种迄今为止陌生的暖意向他袭来。他又找到了她。

巴士底狱原本是巴黎东部一座建有城门的堡垒。在这段日子里，它用作巨大的监禁堡垒。它共有八个塔楼，犹如石制巨兽高耸云天。

巴士底狱是国王令人可憎的权力的象征。它的指挥官是贝尔纳－勒内·洛内侯爵。在他手下做事的大约有八十名残疾军人和整整三十名瑞士卫兵。夏尔指着那些售货摊的屋顶，它们沿着宏伟的外墙搭设起来。商贩们似乎并没有因为几百号起义人员踩踏他们的桌子和商品而受到打搅。不，他们甚至还帮助其中的一些人爬上围墙。那些人就是通过这种方式进入了第一个前院，然后放下吊桥。洛内很快失去了镇静，叫人用大炮向人群开火，而那群人此刻正满怀必胜的信念冲向院子，准备放下第二座吊桥。他酿成了一场可怕的血腥屠杀。夏尔、丹曼莉和亨利正想往后退，可为时已晚。两支开了小差的卫兵连向他们迎面而来，封锁了大街。这些逃兵将大炮瞄准巴士底狱。突然，洛内出现在一座塔楼上，挥动白手绢。不一会儿，一名瑞士卫兵将一支长矛和指挥官的一封信塞进一个炮眼。洛内愿意投降，请求以能够顺利撤退作为对策。起义人员同意了他的请求。可他还没有走过巴士底狱的最后一座吊桥，就遭遇来自四面八方的刺刀的围剿。尽管浑身的伤口都在流血，可洛内仍然坚强地继续缓缓而行。突然，他发出鬼哭狼嚎，对着四周挥拳踢腿。他踩到了一个厨师的下身。厨师枪杀了洛内，拔出军刀，开始切割洛内的头颅。可他的军刀太钝，最后他掏出小刀，切下了他的脑袋，仿佛它是一块香肠一样。鲜血就像哗哗流淌的喷泉喷向空中。厨师拿出长矛，刺入洛内的头颅。起义人员继续行进。大街重新畅通无阻了。

丹曼莉闭上了眼睛。这样倒好，因为一路上他们还碰见了其他被刺穿的头颅和残缺不全的尸体。夏尔朝亨利瞥了一眼。亨利似乎无动于衷。这些恐怖的行为虽然可能令他感到震惊，但它们既没有让他悲天悯人，也没有败坏他的兴致。他说：“你说得对，爸爸，这不是起义，这是一场革命。”

起义人员想到了数以百计的囚犯，想把他们从巴士底狱地窖那些黑乎乎的土牢里解救出来。可牢房里几乎全都空荡荡的。他们只是在舒适亮堂的楼上牢房里发现了几个囚徒：七个小偷小摸的犯人。多纳西安·阿尔方斯·弗朗索瓦·德·萨德已不在那里。他长达好几周地请求民众帮助他。“帮帮我们吧，他们在屠杀囚犯！”他经常如此吼道。这一切纯属杜撰。他因此在几天前从巴士底狱被移送至沙朗通－圣莫里斯疯人院。他只留下了一部以极小的字体写下的稿子，书名为《索多玛的一百二十天》。

夏尔忽然看到左手上的血迹，是从丹曼莉身上流出来的。有人用长矛刺中了她。“跟我来，我给你看下伤口情况。”他说。

丹曼莉抬头望着他，不相信地问道：“你能减轻我的疼痛吗？”

夏尔感到很惊讶。难道她不知道他是巴黎刽子手吗？处决达米安时他以为观众中有她，难道有可能是他当时搞错了吗？

他带着丹曼莉回家。亨利还想待在那里不走。他们穿过院子来到药房。丹曼莉躺在床上，她显得疲惫不堪。

“你得脱下衬衫。”他说。

她毫无羞怯地脱下衣服。长矛从她左乳下面轻轻穿过。伤口不深，夏尔给她的伤口消毒，包扎上一块干净的纱布。“我早就盼着我们重逢了。”他低声说，坐在她身旁。

丹曼莉点点头，似乎想说她也在盼望着。

“我们俩都变老了，我有了一个妻子，两个儿子，可没有一天我不是在想你中度过的。有时我在你学校门口等着。”

“我知道，我当时必须回暹罗去。可我又回来了。我想见你。这是我们的宿命。”

“你说我们的语言真的很流利，你有语言天赋。”夏尔微笑着。

“我可以记住一切。一个单词只要听过一遍，我就永远不会忘记。”

“你是想在这里待上一段时间，还是马上回暹罗？”

“我或许再也不回暹罗了。我的家人希望我留在巴黎，我可以多为家人考虑。我的家庭穷困潦倒，没有热比云神甫定期偿还费用的话……”丹曼莉欲言又止，眼泪顺着面颊流下来。“这对我来说很难。我想重新见到我的家人，可我必须待在这里。我到巴黎来是为了学习，而我现在却是热比云神甫的使女。他喜欢暹罗的饭菜。”

“我要和他说说吗？”夏尔问，“你也可以到我这里干活。我们要把植物和药草弄干，从中制作出药物来。”

她摇摇头。“别跟热比云神甫说，他会生气的。不能让他知道我们见过面。”

夏尔感觉有什么不对劲，可他不想使丹曼莉陷入困境。“我再也不想和你失去联系了。”他最后说。

丹曼莉点点头。“我现在得走了。热比云神甫不喜欢我离开太久。”

她站起来，目光里含着遗憾，低着头，双手托住下巴。她好想再待上一会儿。即便她早就离开了院子，夏尔依然目送她好久。

从现在开始，夏尔成了一个着了魔似的人。他的思绪一刻不停地围绕着丹曼莉转动。他看到她的微笑、她的眼睛，他神思恍惚地暗自微笑。他希望天天看到丹曼莉，他希望她能住在他家里。他的愿望太过强烈，他完全没有想到究竟如何才能做到这一点。

在巴黎，一场大地震即将来临。在唯一的一次夜间会议上，国民议会取消了贵族的税收特权、狩猎权、捕鱼权以及贵族原本拥有的司法权。一切都被取消了，甚至包括教会什一税。整个欧洲惶惶不可终日，因为只要法兰西国王的地位开始摇摇欲坠，那么所有其他国王也将面临同样的厄运。

拉法耶特侯爵是国民议会副议长，同时领导着国民军。组建国民军的目的就是要控制住巴黎的起义人员，并设法保护好国王。拉法耶特时年三十一岁，是一位久经考验的统帅，曾站在乔治·华盛顿一边为美国独立战争而战，并且成了大西洋两岸的英雄。他提交了根据美国《独立宣言》范本起草的《人权和公民权宣言》初稿。当年曾经提携过他的并不是小人物，而是美国的开国元勋托马斯·杰斐逊。所有报纸热情洋溢地刊登宣言的全文。夏尔将宣言逐字逐句写入日记中。人人拥有自由、平等和博爱的权利，这真是妙不可言的思想。

可是仅仅剥夺贵族和僧侣的权力，远没有达到人们的目的。他们认为给一棵树装饰上蓝白红的法兰西国旗色，并给它命名为自由树还不够。他们想要更多。他们反感的是，现在所有权力掌握在国民议会而绝不是在起义人员手里，而这些起义人员总是一而再再而三地对着商店和宫殿犯下烧杀抢掠的勾当，还散布谣言说，外国军队为了要救出法国国王，已经向法兰西方向进军了。不久，一支群龙无首的队伍形成了，他们向凡尔赛方向进发，对卫兵采取突袭，直至闯入国王的寝宫。他们强迫正在和其家人用膳的路易十六将三色旗贴在他的帽子上，然后跟他们一起到巴黎去。他们想将国王带在自己身边。谁也不去关心躺在宫廷花园里的士兵尸体。仿佛现在每一个人都有权刺杀国王卫队而不会受到任何惩罚。有一部分起义暴动人员一如既往地希望处决所有富人，收缴他们的财产。有一些人则更为激进，他们要求取消私有制，并要求对任何他们认为不爱国的人判处死刑。

在一次由三万多人参加的凯旋队伍里，巴黎的公民们带着他们的国王走进首都街头。路易十六变成了臣民，因为他总是犹豫不决，不作出任何决定。可就在国王失去尊严和权力的同时，他恰恰也赢得了民众的好感。失败使他有了人性，夏尔在日记里如此写道。心里萌生的一个想法，让他难以入眠。他在半夜里起床，给总检察长罗德雷写了一封信。人权宣言的通过使他有了勇气。有了改变的勇气。

只要时间允许，夏尔就会拜访耶稣会修道院。可是修道院的人总是让他等在入口处，回复他说，热比云神甫正在祷告。一个真正虔诚的人。那么丹曼莉人呢？据说她工作期间不能接待私客。那么她何时结束工作呢？答曰每天都不一样。他得问热比云神甫，可是刚才已经提到，他总是在祷告。

一个细雨蒙蒙的星期五下午，有人敲响了桑松家的大门。夏尔本能地以为是丹曼莉，急奔到门口。令他大失所望的是，站在他面前的是国民议会的一名议员，腼腆的约瑟夫－伊尼亚斯·吉约坦医生。

他的来访让夏尔感到荣幸，因为吉约坦医生和御医安托万·路易医生可是一对好朋友。作为皇家委员会成员，吉约坦正在研究根据弗朗茨·安东·梅斯默尔的学说发展起来的动物催眠术。作为法国共济会会员分会的创始会员，他始终是谣言四起的对象。

夏尔请他进药房，给他提供喝的东西，可客人烦躁地拒绝了他的好意。吉约坦坐在夏尔对面，等着他将注意力完全集中起来。“我看了您写给总检察长罗德雷的信件。您要是把这封信同时寄给昆廷就好了，他因为这个感到非常气愤。”

“昆廷？”夏尔问，“安托万·昆廷·富吉埃·德·坦维尔？”

“对，”吉约坦回答，“他也申请了检察官的职位。他是继承到了这个职位。不过天哪，请您别再称他为富吉埃·德·坦维尔。他自称安托万·昆廷，以掩盖他的贵族出身。巴黎的民众是难以估量的。时代就这样变了。我们这就谈谈您的信件吧，先生。这封信引起了我们的兴趣，因为我们也在研究解决处决的人道主义问题，不论被处决者是怎样的身份。”

“这是难以实现的，”夏尔回答道，“因为即便所有的罪犯都是被刀剑处死，这种处决和其他处决永远不会有任何迥异之处。绝大多数人都会颤抖，他们嘴巴干燥，无法说话，突然坐立不安，导致行刑人员难以完成干净利落的刀口，尸首无法分离。为了遵守法律，行刑官必须完美地掌握自己的手艺，而被处决者务必保持安静。”

“这个要求有点过了。”吉约坦彬彬有礼地喃喃道。

“另外一点是费用。每次行刑完，刀没法再使用了。把满是缺口的刀磨快和打磨是不能接受的。有时刀还会断裂，如果把断裂的刀刃投向公众或者击中站在身边的助手，就有可能出现恶性事故。这是一种非常残暴的处决方式。您得好好想想，一旦第一刀刺过去没打中，头部的一个个肌腱组织还和躯干黏附在一起，一名助手必须用刀将它切开，直至头颅最终脱身。这是可怕的屠杀。我头一年当刽子手，一次需要四次尝试。我在想，如果还要做第五次尝试，民众一定会用私刑处死我。”

“究竟哪种处决方式最人道？哪种处决方式符合我们的革命理想？哪种处决方式可以缩短被处决者的痛苦？”

“最好应该是那种可以操纵断头铡的机器。每一个罪犯将忍受一模一样的处决方式。死刑执刑官只需解开卡住斩首刑具的销子。”

吉约坦微微一笑，随即露出一口褐色牙齿，它们不由得让人想起那腐烂的园圃篱笆来。

“我可以设计这样一个模型，”夏尔说，“托比亚斯·施密特会帮我。”

“拜托您了，”吉约坦说，“两周后我再到您府上来看看。”

次日，夏尔长时间站在耶稣会修道院门口似乎有了回报。一辆马车缓缓而来，热比云神甫从车上下来。他已经年迈。夏尔立马冲到他跟前，叫他的名字。

“巴黎先生！”热比云神甫会心一笑，指了指楼梯口的那棵自由树。树上装饰着蓝白红的彩带，还戴了一顶红色自由帽。“您知道那上面是什么吗？”

“不，”夏尔不耐烦地说，“我得跟您说话。”

“这是一只象征自由的红色圆锥形帽。革命者们误以为这只红帽子在古希腊罗马时期是由获得自由的奴隶戴的。但不是这么回事。”热比云一边说，一边和夏尔一起进入修道院的入口大厅。“那些人没受过教育，煽动革命。这是太阳神密特拉的帽子！这是吉约坦大夫给我们捣的鬼。共济会成员不相信上帝，他们相信神圣的力量，相信太阳是我们这座星球上一切生命的源泉。实际上，他们这样的信仰并非全错。因为所有的宗教都有光明之神。就连佛陀头上也戴着一顶光环，太阳花冠。可是光有太阳你没法挣到钱。宗教需要一张脸。而一张脸需要一份光彩照人的生平业绩。萨德侯爵可以向您证实这一点。您知道他的书吗？”

“我想跟您谈谈丹曼莉。”

热比云神甫请夏尔到他的办公室去。“那好吧，我让您感到无聊了。我能为您做什么，巴黎先生？”他有趣地问道。

“我要找个人帮我照应我的药房，”夏尔直截了当地说，“我就想到了丹曼莉。”

“哦，”热比云神甫自负地答道，“刽子手恋爱了吗？是我搞错了，难道您结婚了吗？”

“丹曼莉上我那里干活究竟可不可以？”

“很遗憾不可以，”热比云神甫说道，“暹罗国王亲自把她送给了我。为了偿还国债，国民议会决定将教会的所有财产充公，自此以后，我唯一剩下的就是她了。现在，我们的革命者要发行有利息的公债，他们将它称作有价证券，并且用掠夺来的教会财产作担保。可谁还敢相信这种纸头？难道真如伏尔泰所说的那样，‘任何纸币总有一天会拥有它真正的价值：零。’您瞧，我正在看伏尔泰的书。”

“我会付钱给您，”夏尔以庄重的声音说道，“这样您可以另请一位使女。”

“您究竟用什么付我钱？用那个有价证券吗？它们已经贬值三分之一了。这种刚出炉的纸币一开始可以刺激经济，可现在他们又抹去了这种有价证券的利息。您想用什么付我钱？用黄金吗？个人拥有黄金最近又被禁止了。谁也无法防止通货膨胀。”

“拥有奴隶也是禁止的，热比云神甫！”

热比云哈哈大笑。“什么时候开始禁止为教会服务了？顺便说一句，我们的革命者不关心女性。平等、自由、博爱，女人被排除在外。必须承认，这里稍稍缺少一点逻辑，但我们的革命者现在就是这样。您究竟对革命持什么态度？”

“我希望我们的国王能够认清时代发出的信号，按照英国榜样知足于君主立宪制。唯有如此，他才能安然度过这次革命，作为我们这艘神奇船只的船头雕塑。”

“您知道我在做什么吗，巴黎先生？我在畅饮最好的葡萄酒。法国修道院里的所有神甫们都在做同一件事。我们不再祈祷，我们酗酒。”他在桌子上敲了敲钟。不一会儿，门打开了，丹曼莉进来了。“给我来一杯加桂皮的咖啡，”他说，没有抬头朝她望一眼，他的目光始终落在夏尔身上，“不过稍等，你待在这里，直至巴黎先生离开我们修道院，否则他还会想引诱你。”

丹曼莉寻找夏尔的目光。

“巴黎先生，”热比云说，指了指门口，“很高兴再次见到您。但我更高兴的是以后不再在这种茅屋里见到刽子手。”

夏尔又一次抬头看着丹曼莉，和气地微笑着。他没有理会热比云的咯咯笑声。他离开了修道院，一头扎入他的药房里。稍后，有人敲了敲房门。玛丽－安娜探头进来。“明天我和狗们一起看妹妹去。她需要帮助。或许我会待上几个星期。”

夏尔点点头。玛丽－安娜又在门口站了会儿，可他还是沉默着。当外面过道里不再听到她的脚步声，夏尔找出日记。“巴黎在纸币中窒息而死”，他写道。“他们付给我纸币。可我的助手们不想再要纸币了。然而，革命者印刷越来越多的纸币，好为新的债务筹措资金。因此，那些所谓的有价证券还会失去更多的价值，而人们开始储藏食品。价格疯涨，任何法律都无法阻止它。人们无法凭空创造出钱币来。纸只是纸而已。”

听到琴声飘入耳朵，夏尔的嘴角掠过一丝微笑。他把日记搁到一边，坐到客厅里加布里埃尔身旁的凳子上。他们一起弹琴，不需要任何其他语言。

第二天，夏尔到托比亚斯·施密特的工场去。他敲了敲门，可没有人回应，尽管他可以听到里面清晰的锤击声。夏尔径自走进工厂的老车间，站在原地不动。他大着嗓门向施密特问好，后者被吓了一跳。他还穿着睡衣。车间的墙上塞满了已成为废料的木材件、金属件、皮带、腰带、铸铁制成的蒸汽锅炉以及各种尺码的细齿边木轮。墙上还挂着稀奇古怪的机器草图，尺码超大，机器的用途只能猜测。

托比亚斯·施密特马上带夏尔到了车间的后面部分。“我不是跟您说起过我在研究如何长期储存食品吗，如何不失去美味或者营养价值，而又能阻止变质变味？谁要是找到解决方案的话……”

“……就可以征服世界，我知道。”夏尔会意地笑笑。

“所言极是，”施密特坚定地说，“我在尝试煮熟蔬菜和水果，然后把它们储存到铁皮罐头里。可我还没有找到焊接罐头使之密封的解决办法。为具体的食品找到最佳的沸点也并不容易。这需要好多年时间。好多年！”施密特在一个大锅里搅拌，那里面的苹果飘浮在沸水中。“我的实验需要成千上万只罐头。目前尚不清楚，蔬菜最好应该储存在油里还是醋里，是酒精里还是糖汁里。而结果最早要在两年后才能看得到。”

“我想和您讨论一个更小的项目。”夏尔说。

“难道我让你感到厌烦了吗？我很抱歉，可我已经好几周见不到一个活人了。”施密特迷惑地摇摇头，佝偻着身子拖着脚步走过车间。他在一张沙发上坐下。沙发罩子已经裂开。白花花的鸡毛露了出来。

夏尔走到他跟前。“吉约坦大夫找过我了。”

“这个共济会成员。我跟您说，他们想要指挥革命。这个还会发生的。他们首先要废除僧侣，然后再废除上帝。因为现在一切必须得到合理解释。这将是我们革命的成果。罗伯斯庇尔要求一种平民宗教的理性礼拜，他计划举办一个最高的本质节日庆典。那么这个最高的本质是什么？大自然！罗伯斯庇尔声称。我们应该像六千年前我们的祖先那样崇拜大自然。不久之后我们会在日出时跪下，感谢太阳给了我们光明。”

“施密特先生，”夏尔坚持要把话题转过去，“我必须跟您谈谈吉约坦机器的事。”

“好好，我在报纸上看过他提出的想法。人道的杀人机器。我本来对此也有想法。人人愿意支持我的想法，可谁也不愿意掏钱。像我这样的艺术家总是一无所有，唯有依靠我的钢琴的收入才够购买新的铁皮罐头。”

“如果您发明出一种以同样的手段杀死任何人的机器，那么您将会成为富翁。你有没有兴趣，出份能让外行也能看得懂的草图？”

“好好，”施密特激动地说，“我有很好的想法，如果能让我拜访宫廷的话，那就太好不过了，我就可以向国王说明如何保存食品。他可以带着军队远征俄罗斯，到非洲或者印度，军队还能总是粮食充足。他是那么喜欢发动战争。”

“施密特先生，现在只谈杀人机器的事。假如您的设计方案被采纳，那么您也许可以为每个省建造这样一台机器。”

“哦，那就是我毕生的生意！我对新机器有那么多的想法，可没有买材料所需的资金。我会永远感激您的，先生，还有，我会给您分红。”

夏尔微微一笑。“您的友谊是对我的最好回报。”

“加布里埃尔的情况怎样？”施密特问。

“他没有取得很大的进步，但也没有变得更糟糕。因为走得多，肌肉更有力了，走起路来也更稳了。”

施密特拉动一根从天花板向下吊着的绳子。可以听到远方一只闹钟铃声响起。绳子沿着天花板通往墙边，接着从墙上的一只孔眼通往另一个房间。稍后，一名约莫六十岁的胖女人出现了。她走路时不停地来回摇晃。夏尔马上注意到，她的胯部有过损伤。

“给我们拿红酒来。”施密特说。

“可您从昨天早上到现在还一直没吃过东西。”

“你是我的大夫吗？”施密特呵斥她，“我雇的是一名使女。然后我还需要一只面包，而且要快。我把胃吃坏了。”

“又吃坏了吗？”女人叹息道。

夏尔给自己买了一本新日记本。自从写完了那些练习本之后，他一直把日记记在书上。他记下了许许多多的犯罪者：一名制作纽扣的人，一名马贩子，一名宫廷仆人，一名锁匠……他写满了两页的名字。那是星期一。到了星期二，写上了三页。许多死刑判决看起来非常可怕。可这些判决并没有引起任何反应。巴黎街头和农村的不幸太多。贫穷创造了一大批犯罪分子。被处决人数急剧上升。夏尔执行判决时表情淡然，可他对这些即将被处决的人绝不是无动于衷的。相反，他对他们寄予同情。他不明白为何挤在绞刑架四周围观的公众们很少表现出怜悯之心，他们所有的人不是都在分担同样的痛苦吗？假如没有亨利，夏尔恐怕早就丢下一切不管了。可他想到，如果儿子真的想要接任这一职位，那么他应该按照规矩移交给他，而且在总检察长同意更换之前，还得一直站在绞刑架上。

一天，他们下班回家，托比亚斯·施密特和加布里埃尔坐在客厅里弹琴。“他是一个伟大的天才，我把他称作有天赋之人。”施密特赞许地说。

欣闻此消息，夏尔向加布里埃尔致意，在他的额头上慈爱地吻了一下，然后请施密特进了药房。施密特从口袋里摸出一本书翻开。“您瞧，巴黎先生，这是阿希尔·博基作于1555年的一张图。它显示的是一根木头框架，它由两根平行的垂直木柱组成。在有凹痕的柱子之间挂着一把尖刀，它用一根绳子固定住，可以阻止其落下来。只要绳子自由的一端松开，断头台就会呼啸着在两根柱子之间落下，将不幸者斩首，他的颈项恰好处在断头铡瞄准的地方。”

夏尔仔细看着那张图，稍后说道：“这个还不够。问题在于，死囚犯临死前无法保持平静，他们一跪下，马上失去支撑。正因为如此，必须强制性地固定住他们的身体，这样一刀切下去才会干脆利落，否则必将以一次大屠杀告终，而围观者看到这种场景也不会感到高兴。”施密特点点头。夏尔从他眼里看出他已经想好了一个新方案，于是补充说道：“快点了！如果我们不干，路易和吉约坦这两个大夫就要设计机器了，可我是站在平台上面的人，一旦机器无法运转，我是要承担责任的。施密特先生，我相信您。”

施密特微笑着。“没问题。这事我会去研究。而且就在今天晚上。不过我们可不能完全没有音乐就度过今晚的时光。”他和加布里埃尔一起坐到钢琴旁。弹到第三首曲子时，施密特突然停下了。“我有解决方案了！您让我回家吧。我必须画个草图出来。”说完急匆匆地走了，消失在大街上。

夏尔和亨利一起到了药房。他们喝着酒，谈起了那台新机器。夏尔解释了具体细节。

“它可以减轻我们的工作，”亨利说，“但它始终还需要一个人，他凭借自己的到场证明其合法性，还要操作机器。”

“是的，但它不再带来正义。你虽然可以用同样的方法处死所有的人，但或许被你处决的那个人是受了冤枉。也许他是无辜的，也许这个判决是被收买的。如果你杀死了某个人，那就是不可逆转的了。”

“对此我们没有责任，爸爸。”

“有可能是，亨利，也有可能不是。任何判决受到时代精神的制约，而且任何一个国家都有自己的法律。我们运用法律，但不主持公道。”他很突然地问道，“你还记得来自暹罗王国的那个女人吗？”

“那个扛着银色大炮的姑娘？”

“她不是姑娘，亨利。暹罗人不像我们长得那么老。他们吃的东西和我们不一样，他们不会那么胖，他们的皮肤可以保持较长时间的弹性，显得青春永驻。她叫丹曼莉，我想再见到她。”

亨利注视了父亲良久，然后说道：“你爱上她了吗？”

“亨利，”夏尔几近起誓般地说，“爱情不分年龄。在此之前我只是从道听途说中认识到什么是爱情。我的整个一生都在做别人要我做的事，家庭要我做的事，社会要我做的事，而现在，因为爆发了革命，自由的渴望已经在我的心里点燃。我也想要一种全新的生活。”

“妈妈知道这事吗？”

“不，亨利，和她说这个毫无意义。”

玛丽－安娜在妹妹家里待了好几周，一起帮着照顾病危的妹夫。谁也不知道他究竟得了什么病。他难以呼吸。渐渐地，只要在床上坐起来，他就会吓得说不出话来。结果他悲惨地窒息而亡。任何一只幼犬，如果有人要把它淹死在马槽里，它会死得更快也更容易。

玛丽－安娜回巴黎取衣服准备参加葬礼，夏尔便问葬礼安排在何时举行。

“他们没邀请你，夏尔。他们不希望有刽子手出席葬礼。”

他无言以对。他帮她把几件东西装进马车，她只是勉强同意了。当她消失在大街的尽头时，夏尔终于舒了口气。生活本来可以如此平和，他想到，然后走进药房把月桂叶捣碎。他突然发觉有个念头萦绕在脑海里：他悄悄地希望丹曼莉下次去集市时能够顺便到他那里去。可或许她在担心暹罗的家人失去热比云神甫的定期资助吧。夏尔好想承担这个角色，可他该如何向她倾诉衷肠呢？他日思夜想的就是她。即便只是在白日梦里让她的形象出现在他眼前，可他感到自己平静而安全，那是一种从孩提时代至今从未有过的感觉。尽管丹曼莉无法为他做任何事，可她给予他所渴望的一切。她只是必须待在那里。没有别的。

有一天，夏尔刚从院子的水井边洗完澡回来，看见她站在药房里。她好奇地打量着那些装着软膏的小容器。

“你怎么进来的？”夏尔吃惊地问。

“从门口。”她调皮地微笑着。

他慢慢向她走去。他用闪闪发光的眼睛看着她，可突然又羞怯地垂下目光。他不想让她有任何难堪，于是指给她看那些小陶罐。“那是紫杉根。我们这里有百里香、蜜蜂花、莳萝。这是烧成炭的芦苇杆，用于治疗坏死的身体细胞组织。这些植物和药草生长在我的花园里。我把它们捣碎，然后用油或油脂搅拌，就可以做成软膏或者浸剂。你可以帮我忙。”

突然，她拥抱夏尔，紧紧地拥抱他。“昆底，”她说，“我很痛。”她的眼里噙满泪水。

夏尔请她躺在床上，给她检查。她脱下衬衫时闭上了眼睛。伤口已经有了轻微的炎症。夏尔给她消毒，抹上可以治疗伤口的软膏。他闻到她擦遍全身的一种微甜的油味。她坐到床沿，将他拉到身边。她希望他坐到她旁边，她抓住他的手放到她怀里。她微笑地注视他。“这样挺好。”两个人朝外面的院子里张望。

“昆底是什么意思？”夏尔问。

“好男人。”稍后她说，“热比云神甫又要到暹罗去了。他得给我们国王带去天文仪器。他被任命为你们国王的御用数学家，将在暹罗观察星空，以便编制新的航海图。将来有一天，你们国家会用到这些航海图，派去许多船只登陆暹罗，好征服我们的王国。我们的国王以为你们的御用数学家都是他的朋友。可是热比云神甫对星空并不感兴趣。他喜欢年轻的男孩女孩，所以他要到暹罗去。他又想带我一起去。可我不想。我讨厌他。”说完她投入他的怀里，像个孩子似的嚎啕大哭。

夏尔亲吻她的额头。“你在这个世界上并不孤独，丹曼莉……”

她不让他继续说下去。“我不久会回来。”说完她突然站起来，奔了出去。

第9章

清晨，夏尔走进巴黎裁判所附属监狱，查看下午是否有行刑任务。他从庭院的左边爬上螺旋楼梯，敲了敲那位新任检察官的房门。他对再次见到安托万感到好奇。

“还得等些时候，”有人在他后面说到。夏尔转过身去。记者高萨从一个没有窗户的墙边凹角处走出来。“里面没人，但他喜欢有人等他。”

“您怎么会在这里？”夏尔问，怀疑地打量高萨。

“他让我心神不宁。可能他不喜欢我的文章。他要告诉我今后我该写些什么，以满足新闻自由的要求。我会写他继承了一笔小遗产，以此买下了一个检察官的职位，又把剩下的钱花到了美酒和女人身上。等到他重新清醒了，又把他富有的表妹搞大了肚子，一共五次，而自从他个人破产之后，他开始极端讨厌富人。”

“那您想把它写下来吗？”夏尔怀疑地问道。

“认真对待新闻自由的人，将会躺在您的绞刑架下，巴黎先生。您知道吗，很多革命者是因为自身的失败才形成了他的思想。可像安托万·富吉埃这种人，您完全可以送给他一个养鸡场，却没有一只母鸡可以生出一只鸡蛋来。您可知道，那个坚定不移的卡米耶·德穆兰是他的表弟吗？德穆兰为他谋得了检察长的职位。”

夏尔重新敲门。

“谁？”安托万·富吉埃叫道。夏尔踏进他的办公室。富吉埃马上向他伸出手掌，好让他明白得再等会儿。他正在和总检察长罗德雷为一个问题争论不休。富吉埃变化很大。他的脸上写着失败的愤怒。这不是一张英俊潇洒的脸。他长得就像是一只老鹰，形容枯槁，鼻子尖尖长长又弯弯曲曲。他的嘴唇不会比一笔画出的线条更宽，仿佛从他的嘴唇上可以看出他的吝啬似的。他蓄着连鬓胡子，而这连鬓胡子修剪得太狭窄，反倒使他的脸形显得很长。安托万·富吉埃很可怕。因为当人们赋予那些饭桶权力的时候，他们大多毫无仁慈之心，冷酷无情。他当着罗德雷的面大吼道：“如果不想彻底消灭这种无赖，您究竟想要拿这种社会渣滓干什么？难道您还想浪费国家钱财供养他们在我们的监狱里吃上五十年吗？巴黎有些正人君子过得可没那么舒心，能吃上面包，喝上菜汤就很知足了。”

“我们派他们到我们的海外殖民地去。您为何要杀死一个还能在我们的矿井里干上四十年活的人呢？”罗德雷朝夏尔看去，向富吉埃暗示，有这个人在场，他不想再讨论下去了。

和罗德雷和富吉埃一样，国民议会里的绝大多数议员也是法律行家。难以相信的是，究竟有多少在外省混不出人样的律师来到了巴黎，千方百计地利用机会去巴结革命者中的领袖人物。当然，他们所有的人都想成为领袖，谁也不想做个普通公民，而且所有的人都将政治视同为权力和金钱的跳板。绝大多数人对革命理想完全无所谓。他们沾沾自喜于成为大人物的感觉，享受着花天酒地的生活。这完全是他们个人的革命。

“他是刽子手吗？”罗德雷轻蔑地问道。富吉埃点点头，然后冷笑着朝夏尔看去，他显然在享受这样的场景。相反，罗德雷是属于这种人：从不微笑、不会白白浪费善意，不会把任何表情带到生活中。他的脸上始终不动声色，不管他听到的消息是快乐还是悲伤。可他的目光似乎在说：你想干嘛，你这个混蛋？他可以把这种表情演绎得惟妙惟肖。他总是咬紧嘴唇，好像刚好有人侮辱过他或者有人在狠狠地反驳他。他看起来很紧张，心里很郁闷。

富吉埃转身面对夏尔。“我们没有你的工作，桑松公民。顺便说一句，下次你要给我写信的话，拜托把我的名字写对了。若是下一回再发生这种事，恐怕我可以理解为这是一种辱骂。不，下一回我甚至肯定理解这是一种辱骂。”他严肃地注视着夏尔，又补充道：“将来我们要支付给你有价证券。这种有价证券我们有那么多。”他哈哈大笑起来，手指向门口，“你可以走了。我们毕竟不会把整座城市的人统统处死。”

夏尔本想说点什么，扯扯他们曾经在一起度过的旧时光，可他发现富吉埃想和罗德雷单独待在一起，而且明明他们一起上过鲁昂的同一所学校，可富吉埃并没有重视和夏尔之间的同窗情谊。出门时，他听到罗德雷说，大概过不了多久法国的刽子手都要失业了。

高萨还一直等在外面。

“您喜欢就可以写上，今天没有行刑。”夏尔说。

高萨呵呵笑了。“因为您去过那里，或许可以回答我几个问题。您是赞成还是反对死刑？”

“拥有看法没人付钱给我。”

“我的读者会对此感兴趣，”高萨装作发出很痛苦的声音，“巴黎先生是怎么想的？他们想知道这个问题。没有一个刽子手像您那样令人毛骨悚然地登场。您是一个机构，嗯，让我们合作吧。也许您需要我的帮助。”

“很遗憾，”夏尔说，“我按照规定行使我的职责，但在其他方面，我不会对公众感兴趣。我不喜欢成为公众兴趣的焦点。”

“那么说您拒绝接受我的美意了。”高萨拿腔拿调地说。

“不，先生，我不想当众冒犯您。”

“哦是的，哦是的，您拒绝了我的美意。”夏尔爬下旋转楼梯时，高萨从后面叫道，“也许不久之后您将会更多地成为焦点人物，您都受不了的那种。”

夏尔并没有直接骑马回家。他绕了个大弯，去了蒙马特高地森林。然后，他寻找塞纳河的河岸，坐在堤坡上。他五十二岁了，有了两个儿子，和一个女人结了婚，可最近一段时间，她在他眼里已然陌生。他为自己的未来感到担心，可首先为他的两个儿子的未来感到担心。他努力为自己鼓起勇气。假如死刑真的被取消，他肯定不会马上失业，他想到。总是需要刽子手和助手给刑事犯罪分子打上火印，或者将偷窃者绑到耻辱柱上。有人还得一大清早赶到巴黎裁判所附属监狱拿判决书，然后在当天晚上对他们行刑。也就是说，他不会失业，但他会比之前挣得少，此外国家支付给他的是有价证券。日子将会过得越来越艰难。夏尔决定把他从不使用的那间小工具棚出租给年轻人。他们前段时间还问过他，是否可以把他们的印刷机安装在那儿，然后印刷传单。传单已经成为很时尚的东西。他们可以借此赚点小钱。

托比亚斯·施密特画了一张新草图，很自豪地展示给夏尔看。“我尝试过制造一台非常简便的机器，”他解释道，“连任何傻瓜都能操作的机器。因为总有一天会有一个傻瓜操作它。您，巴黎先生，您是最后一位伟大的刽子手。”

“我们必须尝试一下，”夏尔不为所动地说，“有一些人，他们手脚笨拙，哪怕有了斩首的刑具也干不出漂亮的活儿。”

“这是重量和下落高度的问题。如果呼啸着下落的斩首刑具足够沉，那它会成功的。我们可以用尸体作下试验吗？”

第二天，夏尔将此消息告知了吉约坦博士，吉约坦立即赶过来了，请他们解释这张草图。他几乎怀着孩童般的兴奋，仔细察看这个设计。“您怎么想，桑松公民，被切下的头颅还有意识吗？一个被斩首的头颅还能感觉到痛苦吗？”

“那种痛苦在一刹那间很巨大，死囚因此会失去知觉。失血过多也会带来一点不良影响。”

“那这个机器能够运转吗？”吉约坦不想让自己出丑。

“可以。它在两百年前就已经运转，现在也可以运转。我看到有文献记载，甚至恺撒大帝时代也使用过类似的机器。”

“它真的可以运转吗？”

“我们首先用绵羊试试。”

没隔多久，吉约坦博士向国民议会介绍了这台机器。他对机器的优点大加赞赏，并且强调说，藉此可以非常接近于平等和博爱的要求了。这台机器体现了仁爱的行为。它满足了革命的需要，承认了每个人生来平等的主张。每个人以同样的方式死亡，谁也不会受折磨很久。“受刑者只觉得脖子周围被轻轻地碰了一下，他的人头就从肩膀那里掉落了，”他说，“这种机械装置看起来就像闪电一样迅疾，人头落下，血流如注，人就一命归西了。”由于他用词精妙，话音刚落，国民议会里爆发出响亮的笑声。会议宣布，外科教授兼国王御医路易大夫将撰写一份专家鉴定。一位年轻律师随后的否决发言几乎谁也没注意倾听。他名叫罗伯斯庇尔，他反对死刑，因为这是不公正的惩罚，是残暴的封建制度的残余。

加布里埃尔在弹琴，夏尔和德马雷在编制前夜被绞刑者的一份家当清单。引人注目的是，近来被判决者的头发和胡子变长了。巴雷每次在巴黎裁判所附属监狱剪下他们的头发和胡子，然后把它们放进家里的一只大箱子里，再到月末交给假发制作者。所得收益将转交贫民院、养老院以及其他贫困者。

“头发变长了，可尽管如此，到手的钱还是不如以往多。”德马雷强调说。

“假发已经落伍了。”夏尔沉思道。

“宫廷失去了影响力。从真正的革命者那里看出，宫廷已经放弃了任何排场。就像那两位美国外交官穿着俭朴的黑色西装一样。”

突然，有人敲窗户。德马雷走出门外。不久，他带着丹曼莉回来了。

“我一个人继续。”他说，重新坐回他的凳子上。

夏尔带丹曼莉到药房。“伤口现在结疤了吗？”他问。

“我不是为了这个到这里来的。”丹曼莉说。她看起来非常严肃，“我想见到你。我可以躺下来吗？”

没等他回答，她就已经躺在书架下面的床上。她躺下来时动作有点烦琐，好像移动身子就会引发她疼痛似的。她示意夏尔同样躺下来，她握住他的手，闭上了眼睛。“别出声。”她低语道。于是，他们俩手拉着手在床上躺了很久。

忽然，一辆车停在他家门前。夏尔立即想到是玛丽－安娜回来了，可他觉得石子路上的响声很陌生。他站起来探出窗外。那是一辆带有国王标志的马车。巴雷敲了敲门，然后叫道：“外面有人在马车里恭候您，巴黎先生。”

“叫他进来！”夏尔对着门嚷道。

“他不想进来，”巴雷回答，“他说是过来接您。路易大夫请您过去。”

夏尔走出门去。坐在马车里的是吉约坦。他显得出奇地烦躁不安。“您上车吧，”他说，“我们接到了路易大夫的邀请，准备前往杜伊勒里宫他的办公室去。他想要鉴定我们的新设计。”

丹曼莉跟在夏尔后面走到了大街上。“我会回来的。”她低声说，疾步离开了。

这段期间，杜伊勒里宫成了被关押在那里的皇室家庭的居住场所。一名穿着蓝色制服的仆人陪同客人穿过巨大的大厅和前厅。昔日的辉煌早已失去了光泽。宫殿里看起来冷冷清清。夏尔从没有比在这些空无一人的大厅里更能强烈地感觉到君主政体即将成为明日黄花。相反，路易大夫的那间办公室却是装饰得很奢华，布置着贵重木材的家具，这里的家具和地毯还在清洗和保养。路易和吉约坦彼此彬彬有礼地招呼致意。

“那我希望现在看到那张设计图。”路易说。

吉约坦将图纸放到桌子上。

路易向前弯下身子。“谁加的注释？”

“桑松公民，巴黎刑事判决执行人。”

路易朝夏尔匆匆瞥了一眼，重新专心致志地研究那张图。他需要时间，需要很多时间。突然，夏尔听到一阵细微的声响传来。他转过身来，看到墙上有一道不易察觉的门打开了。一名男子走向那道裱糊门时，路易立即站起身。他的形象威风凛凛。他缓慢而自信地走到桌子跟前，拿起那张图。他将头稍稍搁到一边，撅起嘴唇，可无论对夏尔还是对吉约坦都不屑一顾。

“嗯，路易大夫，你对这张设计图持何意见？”他问。

“它完全符合我们的想法。”

“我很怀疑，”那名男子说，“一个圆形的断头铡是否适合于每一种脖颈。每个人的脖子都有不同的尺寸。”

夏尔本能地瞧了瞧那名男子肥胖的脖子，心想圆形的断头铡真的不合适。

“他就是这个人吗？”他问，头指着夏尔的方向，却并没有朝他那里看。

“是的。”路易答道，然后毕恭毕敬地低下头。

“你问问他，他如何把最好的断头铡设想得最好？”

路易转身对着夏尔说：“您听到了问题。请您回答。”

“他说得对，”夏尔说，“半月形的形状有时候会制造意想不到的困难。”

尽管他的淡蓝色马甲上并没有戴上任何勋章或者其他奖章，但这名男子无疑就是路易十六国王。他满意地微笑着，在这张图纸上添加上有力的线条。他修改了半月形刀刃，直至断头铡显示一把斜口坠下的刀，它在掉落时将会实施一次切割运动。“我可能会搞错，”国王微微一笑道，“你可以试试。”他彬彬有礼地和夏尔握手，随后无声无息地穿过裱糊门消失了，正如他来时无声无息一样。

国王提出的修改倡议，让夏尔豁然开朗。他想，现在哪怕放进去一只牛脖子也够了。

路易大夫受到来自方方面面的催逼，要求加速制造机器，有一部分人希望尽快采用人道主义的处决方式，其他人则要求提供更多的机器，以便可以处决更多的死囚犯。

1791 年 9 月，几个年轻人搬进了桑松家那间空荡荡的工具棚。夏尔对租金感到很满意，尽管这笔租金也还很微薄。他们带来了一台印刷机、印刷油墨盒子以及许多印刷纸。夏尔看着他们搬进来，问其中一个人:“你们想要印刷什么?有价证券吗?”

那名年轻人哈哈大笑，打开一张传单。“那是革命歌曲歌词。我们拿到皇宫去卖。它们很好销。”

“那好吧，”夏尔说，“还是一样的老规矩:租金要准时在每月的第一天支付。”

加布里埃尔被这台印刷机迷住了，只要刚好不在看书、弹琴或者在药房里帮夏尔的忙，他就会穿过院子到年轻人那里去。他们喜欢他，自从有一次他直挺挺地摔倒在地之后，他们也会帮助他。几十年下来那个木地板已经变形很厉害了。因此，年轻人中只要有哪位看到他走过院子，都会迎上前去，扶住他的手。

夏尔非常看重这一点，他把它记入日记。他希望有朝一日自己不在人世以后，儿子能够和朋友们建立一种牢固的关系网。他在日记中还记下了,路易十六现在叫卡佩公民,他已经对新宪法作出宣誓。他失去了权力。虽然他现在还可扮演国王和代表国王，可已经没有任何发言权了。现在是议员说了算，他们想趁权力真空的时候扎下根来。他们试图展示独具风格的一面，有一部分人提出的发言要求荒唐可笑，竭力为自己推荐更高的职位。他们做出谁也无法遵守的毫无意义的承诺。一切只是为了获得重新当选的目的。新的规章制度和法律法规陆续颁布，但马路上的那些人可不希望和他人分享权力。千千万万人依然醉心于谋财害命。法制已经崩溃。只有极少数人才敢反抗这些愤怒的群众。国民议会里高雅的议员们采用各种巴结手段，只是为了自己不被怀疑为保皇派成员，然后更多地投奔到极端的阵营，投奔到控制马路的无套裤汉阵营中。无套裤汉是激进的工人和伙计，和贵族们不同的是，他们不穿灯笼裤，而是穿着很实用的长裤。正因为如此,他们才给自己取了个“无套裤汉”的名字。

谁也不会更持久地保护人们通过浴血奋战而取得的自由权。和君主制度期间一样，人们重新听命于同样的专制统治。街道的无政府状态取代了古老的秩序。谁也不会再喜欢伏尔泰、卢梭和孟德斯鸠的学说。突然之间，任何一个不在大街上扯开嗓子表达思想的人都会遭致怀疑。举报告密业欣欣向荣，有些告状可以清偿早就该支付给邻居的一份账款。奥地利和普鲁士军队快接近法国边境了。国王企图逃跑,穿过封锁奔向正在蜂拥而入的军队。可是国王铩羽而归。他重新遭到拘押，作为惩罚，他几个代表性的职务被临时解除。

“你把什么写进这本书里了？”丹曼莉一边问，一边心不在焉地在一个研钵里将干树皮捣碎。

“我无法向任何人透露的事。”

“你在里面也写到我，写到我们了吗？”

“没有，”夏尔说，“这我不会在这本书里透露。”

“我可以在这里睡上一个小时吗？”

夏尔点点头。“你在耶稣会修道院里没法睡觉吗？”

丹曼莉无精打采地微笑着，坐到了床上。夏尔又一次注意到，她避免移动某些部位。

“你哪儿有痛？”他问。

丹曼莉看起来很惊讶。她摇摇头躺了下来。夏尔在他的日记本上继续写着。那么多东西必须记录下来。“巴黎在挨饿，”夏尔说，“我现在要把它写下来。”

“修道院里没人挨饿，”丹曼莉说，“神甫们的储藏室里有的是充足的粮食，可他们不会和穷人分享一粒粮食。他们布道时喝水，之后再喝酒。现在我总算弄明白这句格言了[①]。神甫们晚上喝很多酒，常常酩酊大醉。有时他们甚至争吵不休，而且声音很大。他们害怕未来，他们害怕革命，害怕马路上那些饥饿的人们，害怕驻扎在边境线上的外国军队，害怕货币失效，他们害怕一切，除了上帝。因为他们不相信他了。我有时对着他们的上帝祷告。佛不会有妒忌心。”她微笑着，“躺在我身边，然后闭上眼睛，我马上得走了。”夏尔于是躺在她旁边，紧握她的手。伏案写作太久，把他累坏了。

他重新醒来时，丹曼莉已经走了。他很认真地想了想，是否这一切都是他做的梦。

加布里埃尔站在药房里。“妈妈回来了，”他不安地说，“她在外面的院子里。”

“丹曼莉在哪儿？”

“她听到院子里的马叫声，迅速离开了家。”

夏尔走到外面的院子里，洗了洗头。玛丽－安娜正在给她的马刷洗。她并没有和夏尔打招呼，只是朝他匆匆望了一眼。“睡得好吗？”她带着责备的语调问道。因为她本人只需要很少的睡眠时间，她讨厌所有需要更多睡眠的人。夏尔未予回答。他知道这种小把戏。

玛丽－安娜怀疑地打量他。“刚才是你的那个暹罗女人吗？”

---

① 格言“布道时公开喝水，之后悄悄地喝酒”，出自德国作家海涅的作品《德国，一个冬天的童话》。

夏尔点点头，走进厨房。玛丽－安娜跟在他后面。助手们在场不会打搅到他们。

“她多大了？”此刻她的脸上写着痛苦。

夏尔坐到桌旁。格罗已把所有人的汤分好了。

“我没有问过她。”夏尔说。他拿起一把勺子，可马上又放下了。汤太烫了。

“她年轻吗？”

“你不是看到她了吗？”夏尔喃喃道，此刻舀了一口汤放进嘴里，“刨根问底干什么？”汤的味道棒极了。他本想夸奖格罗两句，可还是没说。“她叫丹曼莉。”

“丹曼莉？怎么会叫这样的名字？”

“我们的名字在暹罗听起来或许也不是非常亲切。”

玛丽－安娜坐到桌旁，气氛马上变得如弓上弦。助手们对他们夫妇之间的讨论渐渐感到尴尬起来。他们彼此交换着眼色。

“我们很久没有夫妻生活了，”夏尔说，“你从来不关心这个。我有了人，你为何现在变得有所谓了？你不是有你的狗吗？”

“你跟我在一起不快乐，是吗？”她窝火地问道。

“我不认识在这样的情况下还能感到快乐的男人。一句善意的话有时要比一碗热菜汤更重要。”

玛丽－安娜忽地从凳子上跳起，怒气十足地离开了餐厅。巴雷不禁咧嘴笑了，看了眼正埋头喝汤的菲尔曼，想把自己的笑声压下去。德马雷把自己的盘子推到一边，把那份《凡尔赛邮报》拿起来看。他的脸色显得很忧悒。

“有新闻吗？”夏尔问。

“您认识那个高萨记者吗？”

夏尔点点头。

玛丽－安娜重新走进餐厅。

“哦，你又回来了。”夏尔说。

玛丽－安娜从木炉上拿走一只圆面包。“如果我不关心，你们就让它烧成炭了。”

那只面包香气扑鼻，散发出舒适温馨的感觉。可气氛依然寒光逼人。

“你给她多少钱？”玛丽－安娜问。看到夏尔不言语，她又继续问道：“难道你根本不付钱给她？”

“你骑马赶远路过来，就是要问我这些问题吗？”

“不，我给你送这份报纸过来。否则你是巴黎唯一蒙在鼓里的人。”

德马雷用一种意味深长的目光将那份报纸推到夏尔身边。“您看一下那篇社论，”他语气坚决，意在让夏尔听他说下去，“高萨文章里写到，保皇派准备策划一次旨在取消革命的颠覆活动。”

“所有的人全都这么写，”夏尔说，“好让我们忙个不停。”

“可是他写到，恰恰是法国的刽子手们准备策划那场颠覆活动。那么谁是这个国家的刽子手首领呢？”

夏尔抬头望着妻子。她目光锐利地盯着他看，仿佛他犯下了某种过错似的。

“他写到，反革命传单是在您的工具棚里被印刷出来的。”德马雷说。

夏尔这才拿起报纸看起来。果然如此，高萨在怀疑他，并宣布将告发这个巴黎刽子手。玛丽－安娜无言地给他们倒上咖啡。看起来她好像马上就要喘不过气来了。

亨利和加布里埃尔走进餐厅。站在身强力壮的兄弟旁边，加布里埃尔显得娇小柔弱，他还没坐到夏尔旁边就停下脚步。亨利箭一般飞快地站到他身后，因为他知道，有时候只要加布里埃尔太过激动，就会出现抽搐的症状，很有可能会无法控制自己的大腿，导致摔倒在地。

“假如我有个三长两短，”夏尔说，“亨利将负责绞刑架的工作。你们，”他看着助手们，又补充道，“要像平时一样做你们的活儿。你们就像听我的话那样听他的话。”他握住亨利的手。“当心别让任何人拿走被处死者的衣服，否则我们会丢掉饭碗。”

德马雷严肃地点点头。“我们会像以往一样将清单登记在册，然后把所有的一切交给当局。您可以相信我们。”

“你干吗这么说？”玛丽－安娜满怀怨恨地问，“难道你做过什么违法乱纪的事了吗？”她责备地注视他。

几乎就在同一时刻，有人有力地敲响大门。巴雷站起来开门。

国民军的卫兵们冲进餐厅，将夏尔团团围住。“你被逮捕了，”为首分子说，“根据检察官富吉埃的命令。有人指控你从事保皇派的阴谋活动。”

“我至少还能把咖啡喝完吧？”

“不行，”那名官员回答，“那台印刷机在哪儿？”

“德马雷会带您过去。”夏尔暗示他的这位助手，示威性地将他的咖啡喝完，为此烫伤了自己的嘴巴。德马雷带几个士兵到院子里，而其他人则把夏尔带走了。

他们把夏尔投入巴黎裁判所附属监狱。他远远地看到了黑乎乎的巨大围墙和装有栅栏的窗户，它们就像史前时代的怪物耸立在塞纳河北岸。他从未想到它们看起来有多么危险。可现在，他的双手被反绑着，这种危险就是显而易见的了。人一旦有了恐惧，一切都很危险。他们顺着铁门走到院子，士兵们一把揪住他的胳膊。

“这个没必要，”夏尔说，“我没有理由逃跑。”

他们就像对待一个重罪犯那样将他带到安托万·富吉埃的办公室里。这位共和国的首席公诉人只是匆匆抬了一下头，然后做了个轻蔑的动作，示意这些士兵可以走了。安托万向后靠在椅子上，毫无感情地打量夏尔。他并没有给他凳子坐下。

“作为犯罪嫌疑分子的刽子手就在我的办公室里，谁会想到竟有这种事。”富吉埃喃喃道。

“我究竟出了什么问题，安托万？”夏尔问。

“安托万？你又忘记正确的称呼了吗？”富吉埃很失望，夏尔居然没有表现出恐惧。富吉埃眼神呆滞。他的脸比之前更瘦削了，尽管众所周知的是，和所有的革命者一样，他也从来不会对美酒和美食不感兴趣。“桑松公民，在你家的工具棚里我们确证有一台印刷机，那些反革命的诽谤性小册子就是用这台机器印刷出来的。”

“我不用这间工具棚，我把它出租出去了。”

“桑松公民，国家受到了来自四面八方的威胁。外国军队驻扎在我们的边境上，担心我们的革命会波及他们的国家。他们的担心是有道理的。我们的革命将征服全世界。一旦思想的时代来临，那么这种思想是阻止不了的。那么内心呢？贵族们在策划阴谋诡计，他们想要回归君主政体。可是这个君主政体，它是永远不会回来了。那为什么，桑松公民，你要帮助那些想要毁灭革命成果的人呢？高萨在报纸上指称的，法国所有的刽子手已经联合起来反对革命，这是真的吗？”

“不，法国的刽子手不会有同样的目标。”

富吉埃哈哈大笑。“千真万确，每一个刽子手都有自己的目标。”

“我不知道那些年轻人在我的工具棚里印刷什么。他们说是革命歌曲，想拿到皇宫里出售。我也不对这事感兴趣。我是巴黎先生，不是某一个当局的密探。”

“你搞错了。警觉是永恒的信条。而且谁不为我们服务，谁就是在反对我们。不过请告诉我，桑松公民，你的工资难道还不够，你非得出租你的工具棚吗？”

“他们支付给我的是有价证券。等我回到家里，这种纸币已经毫无价值了。我的工资反正算得很紧。因为上绞刑架的死囚犯越来越多，我的支出增加了，但我的收入并没有增加。我目前有十六个人需要供养，我的家人，四个助手，仆人，车夫，马掌匠每匹马也得花上五十镑。其他的额外津贴和膳宿都要从我的工资中支出。另外，多年来我一直受到众多穷人的纠缠，救济穷人是我们家族的传统，而且在这段时间里他们急迫地依赖我们的救助。因此对每一次额外增加的收入来源，我都会感到高兴。”

“我怎么听着你是在旁敲侧击地批评判决的数量越来越多呢？桑松公民，革命一发威，那将是万人人头落地。我们必须清洗巴黎，消灭贵族阶级。一场革命就像婴儿在鲜血中诞生一样，而它的孩子必将接受血的洗礼，直至革命结束。”

“我希望还能剩下一个人来执行那些刑事判决。”夏尔说。

富吉埃不动声色。“万不得已时我来做这事。别把嘴巴张得那么大，桑松公民。你的职位保护不了你。”

“我要起诉高萨和《凡尔赛邮报》。”

富吉埃耸耸肩。“随你的便。但别忘记你的机器，我们需要它。我们远没有走到路的尽头。这段时间你将在圣拉扎尔监狱里度过几个夜晚。或许你还会想到一些想对我坦白的事。地下土牢里老鼠很多，你在夜里是没法睡着的。你好好想想吧。”

“想什么？”夏尔问道，不让他察觉自己的怒火。

“我们对所有反革命的阴谋活动感兴趣。你认识保皇派吗？肯定认识。你把他们的名字报给我！”

“你不是知道得很清楚……”

“你？按照我的职位你应该称我为‘您’，难道是因为我们曾经是同班同学吗？”

“您知道刽子手没有朋友。他把他那简单的饭菜和狗和马一起分享。待在刽子手的那个社会里是不值得人们去追求的。”

“有可能，”富吉埃回应道，“但你不是一般的刽子手，你是巴黎先生，而许多人对你的医术评价很高。顺便说一句，我的左胸有时有痛感，就像被针短促地刺了一下，是心脏吗？”富吉埃原本冷漠的语调消失了，真的在为自己的健康状况担忧起来。

“神经过敏，绝对没有危险。”

“那好吧，”富吉埃如释重负地呼出一口气，“我相信，你到了圣拉扎尔之后会想起那些名字。”说完他抓起放在他书桌上的一捆有价证券。“法国革命的纸币。”说完他用那捆纸币当扇子。“只是很遗憾，全是假币。那么这些假币是在哪儿被印刷出来的呢？”他咧嘴笑着。此刻，夏尔的脸色真的煞白起来。“很有可能是你的租客印刷了那些革命歌曲。但不仅仅如此。这是烟幕弹。”富吉埃哈哈大笑。“你瞧，夏尔，我一直在警告你。你是鲁昂的模范学生，可我知道，我们总有一天还会见面，而你将在百般痛苦之中明白，一个来自阴沟洞里的人闻到的永远是粪便味，而一个血脉里流着贵族血统的人永远占有优势。能把你亲自扔进地牢，我感到万分荣幸。”

“我惹你什么了，安托万？”

“安托万？又来了？我是富吉埃，共和国的最高公诉人。我起诉，而你是执行判决。你是屠夫。”

圣拉扎尔监狱：在这家昔日的麻风病医院里，有人被拘捕、遭拷打以及在没有法庭判决的情况下被处死。这里没有单独的牢房。好几百号犯人穿着他们遭逮捕时穿的衣服，硬挤在监狱那些漫无尽头、暗无天日的地下过道里。尽管情况恶劣、前景暗淡，但仍有为数众多的犯人，在玩牌中消磨时光。一些人在唱歌，另一些人试图引诱异性，尤其是年轻女性，她们绝望地盼望有一个能使她怀孕的男子。一旦怀孕，她就可以安然逃脱死亡之路。

过了些时日，夏尔听到有人传唤他的名字。他走到栅栏口，在栏杆之间寻找熟悉的面孔。玛丽－安娜突然站在他面前。她给他带来了一根香肠、一只圆面包以及一罐子啤酒。

“他们什么时候放你出去？”她问。

“不知道。”夏尔回答，接住她从栏杆之间塞过去的食物。

“我按照我母亲的做法做了这个香肠。”

“我一直厌恶她做的香肠。”夏尔低声道。

“这你从没和我说过。”

“你是不会听的，不过你给我带来吃的东西我很感谢你。我没有想过你会过来。”

“你这是在责怪我吗？”

“我有好多年没有责怪你了，玛丽－安娜。我们真的难以见到面。”

“他们指控你什么？”

“什么也没有。”

“那他们为什么要拘捕你？”

“不知道。”

“有没有起诉书？”

“没有，这恐怕就是革命的成果，我们不再需要起诉书了。这地牢里有一些人竟然受到孩子的诽谤而被关押起来了。”

“德马雷应该给你找一位律师。”

“我无权请律师，玛丽－安娜。目前被关押在这地牢里艰难度日的甚至还有革命之父们，人权宣言的起草者们。整个形势已经失去控制。每个人走在马路上都会感到压力巨大，以至于为了生存下去，任何中庸人士不得不投奔到极端人士那里。为了不让自己惹上中庸的恶名，国民议会的议员们日复一日地跟在他们后面鹦鹉学舌。每个人都担心遭到逮捕。”

两人相顾无言。稍后，玛丽－安娜说：“假如我们没有什么话要说了，那我就该走了。”

夏尔点点头。“我们曾经有过二十多年时间可以说说话，玛丽－安娜。可我们没有这么做。对了，我还有一些话要跟你说。”

玛丽－安娜疑惑地看着他。

“如果我能重新从这里出去，丹曼莉会住到我家里。而将我们联结在一起的真的只有一个共同的屋檐了。这个可以继续下去。”

“一个女人知道她何时失去她的男人。我祝你在这地牢里腐烂下去，然后我会想方设法让你那个邋罗荡妇离开我们国家。”她转过身，消失在访客之间那阴暗的过道里。

一周后，夏尔重新被带至安托万·富吉埃面前。

“你有名字了吗？”他直截了当地问。

“我正着手做呢。”夏尔说。他想以此赢得时间。

“你是否知道他们在你家工具棚里印刷的那些传单内容？”

“不知道，”夏尔说，“我不是跟您说过吗，他们声称在印刷革命歌曲。老实说，我什么都没有想到过。相反，我本来以为这是为年轻人好，他们可以有份工作，不至于夜里在小巷里四处游荡。”

“你为何不去查看一下呢？”

“我为什么应该去查看？我是出租人而已。一个出租人不能去打探他的租户在干什么。难道我应该每天晚上去看他们的印刷成果吗？人家可以由此指责我犯下了失职行为吗？我如何可以预料到他们是在伪造有价证券，印刷讽刺革命的诗行呢？”

富吉埃笑得前仰后合，没有继续听下去，插话道：“那些人没有买面包的钱，却应该买革命歌曲吗？你在侮辱我的智商。”

夏尔耸耸肩。“我只是跟您说我的租户向我许诺要做什么事。”

“后来你也没有生疑过？”

“如果他们脑子里有荒唐可笑的想法，那么他们脑子里就是有荒唐可笑的想法。我要知道他们真是在印刷什么东西，我当然不会把工具棚出租给他们，而且马上会到您那里告发他们，先生。”

富吉埃会心一笑。他很满意现在夏尔称呼他为先生了。他带着某种愉悦的感觉打量站在他对面并且需要仰仗于他的恩惠的巨人，当人人都在害怕他时，他现在却在这里，在为自己的自由而战。

“那好吧，”富吉埃说，“我们冲进那间工具棚时，那些年轻的家伙几乎全都溜之大吉了。我们发现了大量的有价证券。我们尚不清楚这些伪钞究竟是来自英国还是从你的工具棚里被印刷出来的。年轻人拥有那么多的纸币，我们也认为不大可能。正在进行中的调查结果当然也要稍稍取决于，你是否还想起这个人或者那个人的名字。嗯，千万别掉以轻心，否则你儿子亨利突然有这个讨厌的义务要处死他的父亲。那你记着这事，多打听消息，然后给我报上名字。”

夏尔点点头。

“你可以走了。你自由了——是暂时。赶紧忙你的新机器去。我们这里的判决一天天多起来了。”

夏尔又一次点点头，然后转过身去。当他正要去打开门时，富吉埃问道：“你认识亨淶吗？”

“阿尔萨斯刽子手吗？”

“是的，他在上周被处死了。即便是刽子手的职业也无法保护任何人。”

从巴黎裁判所附属监狱下得楼来，到了下面的大院里，夏尔询问看守马匹的仆役，他的马在哪儿。他不了解亨茨的故事。富吉埃并没有说出全部的事实真相。据说亨茨强奸了斩首女人的尸体。

一名仆役递给他缰绳。夏尔正要骑上马，一辆马车挡住了他的道。一名仆人打开门，路易大夫从车上下来。“哦，巴黎先生，”他说，“我们可以建造机器，但木匠吉东对每台机器几乎索价六千镑。这对检察院来说太贵了。吉东说是谁也不愿意建造这样的机器，所以价格才要得那么高。”

“托比亚斯·施密特建造这台机器只需三百镑，”夏尔说，“为这个亚麻布袋子，他再另加整整二十镑。”

“他今天就应该动手干了。”路易大夫说，然后拾阶而上，来到富吉埃的办公室。他不想被人看到和刽子手在一起待得太久。

夏尔又一头扎进自己的工作中。夜里睡不着觉时，他就把发生的大事写进日记。可他心里感到不安。他在考虑是否应该把日记一烧了之。记载的内容足可以用于刑事诉讼了。但他需要那些日记：正当巴黎的公民吓傻了，纷纷躲避起来的时候，夏尔却更加孜孜不倦地拿起手中的笔，偷偷地写下谁都不敢写下来的东西。他给他的笔记加上了标题《法国大革命回忆》。

有一天，丹曼莉在药房里等他。她有点茫然若失地闲站着，看着那里面装着被捣碎的花和根的碟子。一看到夏尔出现，她急忙张开双臂冲到他跟前，拥他入怀，亲吻他。过了片刻，她说："我身上痛。"夏尔请她躺下来。伤口已经愈合。可他突然看到她腰上的紫色伤痕。他脱下她的裙子。她全身血肿，仿佛被人用打谷棒痛打了似的。

"这是谁干的好事？"夏尔问道，气得浑身颤抖。

"我摔了一跤。"丹曼莉撒谎道。

"我能看明白伤口，别对我撒谎。"

"热比云神甫。可这是我的错。我痛哭流涕，因为他告诉我，不允许我再见到你。现在我必须一直待在他那里，打扫卫生，洗衣做饭，到菜市场去。夜里我必须睡到他的床上去。可这不是我的暹罗国王的意愿。神甫强迫我做那些不纯洁的事情。"

"难道其他神甫谁都不愿意帮你吗？"

她摇摇头。"不，他们整天酗酒作乐，仿佛再也没有明天。他们在等待最后审判的日子。他们害怕热比云神甫，他的影响力太大，他在古尔丹太太府邸和有权有势的人经常来往。"

"热比云神甫。"夏尔像是在喃喃自语。

丹曼莉点点头。"你有什么打算？"

夏尔当天就去了坐落在双门街的那家妓院。

"有什么特别需要吗，先生？"一名西班牙女子用结结巴巴的法语问道。

"热比云神甫？"夏尔轻声说。

"热比云太太吗？"她问，然后带他到了一个陌生的大厅。这里的人都不穿黑色的浴衣，而是穿着参加社交晚会的雅致衣服。那名西班牙女子悄悄地指着一名女子，她正在和一名裸体的金发女郎聊天。

“这是一个女人。”夏尔说。

“他喜欢女服，”高萨说，冷不防站在夏尔旁边，“谁也不知道那位御用数学家在暹罗出了什么事。可以肯定的是，他在那儿不是靠观察星空和勾画新的航海图度过他的时间。他享受着保护，因为他为我们的革命者先生们提供暹罗姑娘。”夏尔想回避，可高萨跟在他后面。“先生，但愿您可不会对我那篇关于保皇派印刷厂的小文见怪。读者喜欢这样的故事。”高萨暗示那个西班牙女子可以离开了。“把您的客人让给我吧。”他对着烟斗吸了一口。“您瞧，那边，罗伯斯庇尔。他不能忍受和圣茹斯特喜欢同一个女人。如果这种竞争不马上停止，革命就要失败了。为了一个婊子。”

夏尔怀疑地打量高萨。他变了。他的脸上表现出讥讽和轻蔑。

“世上有一些东西，巴黎先生，它们对一个男人来说要比一个年轻貌美的野鸡更为重要。比如他的陶制烟斗。”说完他从嘴里拿出烟斗，然后开始咳嗽，“一个婊子可以分享，一只陶制烟斗可不行。”

夏尔不再过于关注这位记者。他在观察罗伯斯庇尔和圣茹斯特笨拙的发情表演。

“您认识圣茹斯特吗？”

夏尔摇摇头。

“我在国民议会听过他一些煽动性演说。他来自偏僻的外省，有远大的抱负，可他的才华却很可怜，和他崇拜的罗伯斯庇尔一样是个饭桶。他不会白白送给别人任何东西。您仔细瞧瞧他。这是一个真正的男人吗？一个孩子，却长着一张老人的脸。您过来。”高萨把夏尔带到圣茹斯特和罗伯斯庇尔那里。

“您那些涂鸦怎么样了？”高萨问道，公然看着圣茹斯特的脸冷笑。“您倒是可以用诗歌的形式通过一个法令，可以迫使巴黎的出版社出版您的诗歌。”

圣茹斯特朝高萨轻蔑地瞥了一眼。“你要小心了，高萨公民。即便不是保皇派，你想享受随便开玩笑的自由还早着呢。”

“哦，我们的革命者现在已经和我们以前的国王一样，变得那么神圣不可侵犯了吗？”高萨伸进口袋，掏出一份文件放到圣茹斯特面前的桌子上。“是奥兰普·德古热写的。她以人权为依据，撰写了一份传单，标题叫《女权和女公民权宣言》，现在已经散发到巴黎的大街小巷了。”

圣茹斯特看了几行，喃喃道：“‘女子生来平等，和男子享有同样的权利。’想必她有点误会了。”

罗伯斯庇尔一把夺走他手里的传单撕成粉碎。

高萨哈哈大笑。“恐怕这还不够。”

“您别想着去印刷，否则我把您送到……”

“那么新闻自由在哪儿，罗伯斯庇尔公民？”

“为了煽动民众，人们也有可能滥用新闻自由，高萨公民。”罗伯斯庇尔目光严厉地盯着他。

“那么法国殖民地的那些黑人拥有哪些权利呢？人权也适用于他们吗？”

“谈话结束了，高萨。总有一天您会吓得张口结舌的。”

“那我恐怕就要人头落地了。”高萨咧嘴笑道。

“高萨，问题是：所有的人突然之间都想掌权，可谁也不想再做公民了。”圣茹斯特叹息道。

一条帷幕被推到一边，一位具有帝皇范儿的人物走进大厅。此人便是丹东。他，个子高，嗓门大，麻子脸很宽，嘴唇很厚。他朝女伴的屁股上拍了一下，向圣茹斯特走去。“一个胜利的革命者的薪水必须能过上一种奢侈的生活，你不觉得吗？”

圣茹斯特表示拒绝。罗伯斯庇尔飞快地抓住一个留着刘海的黑发姑娘，然后站起身。他拉住她的手，带她到了一个有雅座的地方。

“美女决定为权力献身，”高萨对圣茹斯特说，“不是为青春，也不是为金钱。”

圣茹斯特同样站起来，跟在罗伯斯庇尔后面。丹东扭转头，径自上酒吧去了。

“这个圣茹斯特。他是个自恋狂，本能地要向君主政体报仇雪恨，因为虽然自身经过了各种各样的努力，但他依然被拒之于凡尔赛宫门外。这是我的想法，巴黎先生。”

“您了解那位御用数学家吗？”夏尔悄悄地问道。

“他们在暹罗把他变成了人妖。他对那里的人可以参加各种各样的庆典活动显然很喜欢。然后他带着十二名交流生回到了巴黎，而其中一个暹罗小女孩他似乎特别中意，马上将她攫为己有。这跟我们的革命者所做的同出一辙。他们做出的决定只能适用于其他人。您能想象这一点吗？”

“如果您执行刑事判决的话，您可以想象到一切。我当年处决过达米安……”

“我记得非常清楚，我的记性就是我的资本，”高萨说，“什么都逃不过我的记性，必须小心这种人妖，他将是下一个在绞刑架上结束生命的人。”说完就到酒吧去了。

夏尔看到热比云神甫在和一名豆蔻少女调情。他感到满腔的怒火嗖的冒上来，于是别转头去。而更让他感到愤慨的是那种新的专制，它在巴黎四处蔓延。革命者们已经登上了国王的宝座。国外有人认为他们都是罗伯斯庇尔的军队。

“夏尔！”有人叫道。他转过身来。原来是热比云神甫和那名姑娘一起过来了。“太让人意外了，我本来以为您会更喜欢暹罗的公主们。您耐心等等。一船的货已经在路上了。”热比云哈哈大笑。他没有一丁点儿的拘束。他肯定在享受着革命者的保护，而一名刽子手太微不足道，完全不必在他面前束手束脚。

“您是想要说什么？”夏尔不安地问。

“我不是跟您解释过了吗？革命让教会变得穷困潦倒。我们应该靠什么负担修道院生活的费用呢？”

“依靠体面的工作！”夏尔尖刻地回答。

“何为体面的工作？您的工作算有体面吗？”

“您是故意把丹曼莉派到这里来的吗？”

热比云神甫突然大笑一声。“您相信我会做出这等事来吗？”他开心得格格笑起来，“我警告您。爱情不能持久，猎艳的激情将会觉醒，你将会渴望新的爱情的幻想。上帝就是如此创造了我们。顺便说一句：是按照他的原型。您可以想象一下，这家伙是如何到处拈花惹草了吧？”

夏尔不动声色。“我问过您一次，丹曼莉是否可以到我家里干活并且住在我家里。”

神甫摇摇头，斩钉截铁地说道：“丹曼莉为我一个人服务。她是我的人。我喜欢她的厨艺。”

“我可以给您钱。”

神甫装作第一次听说有这么一回事。“终于有了一个明智的建议。教会需要很多钱才能喂肥那里的男人。我会好好考虑的。如果您答应我一件……”

“请讲？”夏尔真想痛打这个不要脸的家伙。

“您别从坏处想我。革命把上帝扫地出门了。我们现在可以尽情享受醉生梦死的生活，因为老天上面已经没有上帝给我们记账了。”他将手臂搭在夏尔的肩上，低声道，“没有了上帝，也就没有了诅咒。夏尔，您是自由的。革命使您获得了自由。”他又一次纵声大笑，然后带着姑娘离开了。

第10章

那台机器端坐在巴黎裁判所附属监狱的院子里。两根柱子向着天空耸立着，细长的阴影泼洒在参加这一轰动事件的一小群人身上。那天是1792年4月15日。在场的有路易和吉约坦两位大夫、检察官罗德雷和富吉埃、夏尔和助手以及他的儿子亨利。监狱工作人员并没有露面。稍后赶来的还有高萨，富吉埃朝他友好地点点头以示欢迎。可这起轰动事件暂时集中在一只脏兮兮的绵羊身上，它疯了似的在断头台周围奔跑。夏尔的助手们想要逮住它，却是枉然。有几名看守过来帮忙,总算得手了。他们将这只绵羊绑定在活动搁板上，再将搁板置于水平位置，然后推到断头铡下，断头铡在同一时刻呼啸着落下。随着完美的切割顺利完成，绵羊的脑袋和它的躯体分开。鲜血溅到了院子里。除了拉紧制动断头铡的金属阀门之外，夏尔没有其他事可做。面对这样的行刑速度，所有的人显然很吃惊。

“您有尸体吗？”路易问。

“有。”夏尔回答，给了助手们一个暗示。他们用一辆手推车将三具尸体推到院子里。那是三个有着坚实的脖颈子的男人。第一个是自杀者，第二个是醉鬼，第三个则是国王的一名步兵，在决斗中丧生。“他们是医院提供给我们使用的。”

前面两具被斩首时干脆利索，轮到第三具时，路易大夫希望助手们换下断头铡，再装上路易十六修改之前考虑采用的半月形刀刃。试验虽然失利，但路易大夫对此很满意，因为他可以很高兴地通知国王他是对的。

“我们现在如何命名这台机器？”高萨出乎意料地问道，“将来会有许多新机器，因此它需要自己的名字。路易塞特？”

“这不行，”路易气愤地说，“我是大夫。用吉约坦纳如何？”

“我同样是大夫。”吉约坦拒绝道。两个人把目光转向夏尔。

“桑松奈特？”高萨笑道。

“我只是机器的胳臂而已。”夏尔回答。

高萨摇摇头。“我喜欢路易塞特这个名字，听起来悦耳动听。”

“为何不呢？”富吉埃说，“毕竟有许多人起路易的名字。”他哈哈一笑，然后转向夏尔，“桑松公民，我有话要跟您说。不过先让佩尔蒂埃成为您的刀下鬼吧。这个幸运儿。他将作为采用路易塞特被处死的第一人而永载史册。”

夏尔在巴黎裁判所附属监狱剪掉了尼古拉·雅克·佩尔蒂埃齐肩的头发，挪开了他的衬衫领子，好让他的脖颈清晰可见。菲尔曼和巴雷帮助死囚穿上血红色衬衫，随后将他的双手反绑在背后。他们陪着他来到马车里，马车将为他提供最后一段旅程。在波旁－维尔纳夫街发生的一次性质严重的抢劫中，佩尔蒂埃因偷了八百镑而被送上断头台。

数千名爱看热闹的人早已等候在巴黎裁判所附属监狱门前。马车几近无法进入。终于，国民军总司令拉法耶特离开了监狱内院，从马车旁边挤了过去，在群众兴高采烈的掌声中担任向导。一路上人山人海，他们花了两个多小时才抵达断头台。大街小巷被密密麻麻的人流挤得水泄不通。有的人探身窗外，贵族们坐在自家的阳台上。一份传单犹如一场戏剧演出一样列出了整个行刑的过程。拱廊之间搭设了出售小香肠的售货棚。周围的饭馆在菜单的第一页印上了被处决者的名单。每一张桌子上摆放着托比亚斯·施密特的断头台微型模型，可以用它切下胡萝卜和芦笋。马车从围观者身边走过时，佩尔蒂埃遭到了冷嘲热讽。大家听到了最不可思议的新词。他马上就要“人头落地”了，“国家的剃刀”就要惩罚他了。有一个小丑名叫雅各，在巴黎城大名鼎鼎，他突然纵身一跃跳到夏尔的一匹马上，扮鬼脸，取笑这个死囚犯。就在观众向他喝彩时，夏尔抽出鞭子，将小丑赶回人群中。难道死亡还不够惩罚吗？佩尔蒂埃被腐烂的蔬菜击中，想在座椅下寻求保护，可被夏尔阻止住了。富吉埃交给他的记录上就是这么要求他的。

拐进格莱夫广场，他们看到行刑台上那两根柱子矗立在天空中。在短暂的一瞬间，断头铡在阳光下闪闪发光。亨利和助手们搭建了一座巨大的行刑台，并已在那里安装上了路易塞特。拉法耶特的骑兵们围着行刑台。佩尔蒂埃被抬至木台阶上。从木台阶上望向格莱夫广场时，他似乎很惊讶。乌压压的人群，都是过来看他死的。夏尔对着广场上空大声叫喊佩尔蒂埃的名字，逐一清点他的私人物品，而亨利和格罗、巴雷以及菲尔曼一起将被行刑者绑至垂直的活动搁板上，然后像秋千一样把它翻转成水平位置,再向前推至那两根竖直的柱子中间。随着断头铡呼啸着落下，只听到扑通一声，那颗已分离的头颅恍如一根被锯断的树枝掉入柳筐内。当鲜血仍像喷泉一样从躯干里喷出来时，观众中传来一阵喝彩声。可绝大多数人感到很失望，尤其是喜欢饶舌的泼妇们，她们闲站在行刑架周围，目的就是想要用粗野的嘲讽去取笑这些濒死者。一切来得如此之快，大家根本没看明白整个过程。没有在沸水中长达几分钟之久的垂死挣扎,没有悬梁自尽时的窒息而亡，也没有四肢被烧后的嘶嘶作响声，什么也没有。亨利从柳条筐里取出那只沾满鲜血的头颅,展示给人群看。广场上传来稀稀拉拉的嘘声。“把我们的绞刑架还给我们！”有几个人嚷道。之后，他们掷地有声的叫嚷声越来越高亢。“把我们的绞刑架还给我们！”

鲜血一直从被斩首者的躯干上飞溅出来。夏尔站在行刑架的最高一级台阶上，仔细观察是否人群中有任何对断头台怀有敌意的骚动。

“这可能很残酷，但这是公平的，这种快速的处决和其中包含的人道主义思想相吻合。”说这话的是高萨,他神色凝重地寻找词句,“您感觉到了什么，桑松公民？请告诉我们的读者。”高萨说完挤到夏尔跟前。

“我执行了一次判决，”夏尔回答，“我的双手没有沾染上鲜血。我开始喜欢这台机器了。”

“这台机器现在有了一个名字，”高萨说，“吉约坦纳。这个决定是国王作出的，旨在保护他的家庭医生。吉约坦博士提出抗议，可他太渺小了。他的后代恐怕要诅咒他，因为他们的名字从此以后将永远和这台杀人机器联系在一起。命运的嘲弄总是一再让我感到快乐。这是我创作故事的原材料。”高萨匆匆举起手以示问候。“再见，巴黎先生。我得赶在编辑部截稿之前交出我的报道。”

夏尔目送高萨离去。高萨以一副煞有介事的神情吸着烟斗，穿过他暗地里瞧不上眼的人群，疲倦不堪地开辟出一条道来。然后夏尔就看到有一个矮个子女人从高萨身旁悄悄走过。原来是丹曼莉。她大概整段时间一直在观察他。丹曼莉站在通往断头台的台阶前。夏尔爬下台阶走到她跟前。她双手托住下巴，虔诚地低下头。

“夏尔，”她说，满脸钦佩地看着他，“我不知道你是行刑的人。我很遗憾，我没有对你表示出必要的尊重。”夏尔疑惑地打量她。“在暹罗，只有圣人才能处死人，”她补充道，“他们和被处决者达成一致，和神灵们联合起来。”

“你没有去过行刑现场吗？达米安受刑时？”

“没有，”丹曼莉说，“你一定是认错人了。”

现在，断头台周围显得很逼仄。越来越多的人挤到柳筐那里，好看一眼被砍下的头颅，尽管感到毛骨悚然，但还是饶有兴趣。有些人把他们的手绢浸入血中。助手们把尸体装进那只和棺材类似的柳筐里，将头颅搁到大腿之间。

“我得去一下墓地。”夏尔对丹曼莉说。

“我可以明天上你家里去吗？”她请求地问道。

“你待在我家里。你可以住在我家里。我们有足够的地方。”他紧抓住她的手不放。这时，雨稀里哗啦地下了起来，人群开始散去。

夏尔让助手们留下来拆掉断头台。他请亨利坐在马车里的尸体旁边。丹曼莉则坐在夏尔身旁，夏尔握住缰绳。有一些拉法耶特的国民军士兵为他们开辟通往郊区墓地的道路。黄昏时分，他们抵达玛德莱娜公墓，找到了富吉埃指定的万人坑。“由于位置紧张，拥有单独墓地是不可能的。”他曾经这样说过，“接下来还有很多尸体过来。”

到了墓地围墙旁，亨利从车上跳下，打开铁门。他们一起来到南侧刚被挖出的一个大坑。他们扛着那具没有头颅的尸体扔进坑里，往尸体上倒上氨、碳酸和水组成的混合物，再往上面覆盖上适量的熟石灰。忽然，一名年轻女子出现在墓碑中间，嚷道:“巴黎先生！”夏尔以为她是来看热闹的，是想让她的手绢沾上血，或是想搞到截下的四肢。“您可以给我头颅吗？”

“不行，”夏尔说，“法律禁止我做生意。”

“我不付任何钱，所以不是做生意。这个头颅我只需半小时。”

“为了什么目的？”夏尔不耐烦地问。

“我和我的叔叔菲利普·科特斯在皇宫里经营一家蜡像陈列室。我想把这个头颅制作成模型，这是从断头台上落下的第一个头颅。”

“您问检察官富吉埃或者罗德雷，从我这里您是拿不到头颅的。”夏尔说，抓住孤零零的头颅的头发扔进坑里。

“我要我的头颅。”她固执地说。

“当然，而且比您想要的还要多。”

“这还要持续多久？”玛丽－安娜怒气冲冲地问道，她连门都没敲，直接走进了药房。

“她现在待在这里。我们不是谈过这事吗？”夏尔说，“她给我做药房的帮手，也给我们做饭。”

“她究竟能做什么饭菜？”玛丽－安娜讽刺地问。“蝗虫、鸡身上的食管以及烫坏你舌头的乱七八糟的东西吗？”

“暹罗人也吃狗肉。”

玛丽－安娜满脸通红。“够了！我要上我妹妹家去。这里恐怕再也不需要我了。”她迈着沉重的脚步走下过道，穿过厨房，看到丹曼莉在生火。她本想说点什么，说点讨厌的话，可还是默默地走到院子里，给她的马上鞍子。

安托万·富吉埃双手背后交叉，向窗外张望。夏尔始终站在他的书桌前等着。富吉埃心情不错，甚至忘记采用那种居高临下的称呼方式了。“对您成功的处决表示祝贺。您的机器确实发挥了作用，可您的朋友，那位德国的钢琴制造商却并没有获得这份订单。罗德雷想把机会优先提供给他的一个亲戚。他的东西虽然贵得多，但他们恰好是亲戚。您瞧，我当年在寄宿学校警告过您的事，在这里又一次得到验证。贵族血统打败知识，亲戚关系打败质量。您永远不会有机会，夏尔。你们生活在岩洞里，而你们也将永远不可能打通你们脑袋上方的岩层。可是，像我这样的人，生来自由，唯有苍天才能限制我们。”

“这就是全部吗？”夏尔毫无反应地问道。

富吉埃没有理会他的问题。他觉得这个问题有点无耻。“你现在想到一个名字了吗？”他挖苦地问。

夏尔深深地吸了一口气，又重新呼出一口气。

“嗯，我在等名字。你至少可以给我举出一个名字来。”富吉埃重新转向窗口，往下面的院子里看去。“顺便说一句：墓地的那个小个子女人到我这里诉苦。你们应该每次借给那个女士半小时人头。他们应该看到革命的牺牲者。这才会起到威慑作用。人头落地还会有很多。因为墓地的那些大坑应该被填满，而不是我们的监狱。桑松公民，我一直在等名字。只要一个人的名字！”

“热比云神甫。”夏尔听到自己在说。

“我没有完全明白过来，”富吉埃说，“热比……”

“热比云神甫，”夏尔重复了一遍，“一个耶稣会会士。他作为御用数学家被派往暹罗。”

“我记得高萨不久前提起过他。我们的数学家应该在那里观察星象，绘制新的航海图，可他却在观察那些小男孩和小女孩的屁股。暹罗国王拉玛一世还要向我们宣战……”他呵呵一笑。“热比云始终享受着宫廷的保护，因为他，”富吉埃此刻吼起来，“是一个该死的保皇派。我讨厌他。我一直讨厌他。”

夏尔匆匆扬起眉毛，似乎是说：那好，这样不错。

“有那么困难吗，桑松公民？”夏尔正想走，富吉埃又说道：“你的朋友，那个管风琴制造商，可以制造断头台：八十三台，每台九百六十镑。如果有一台出现问题，那么撤销其余订单。”

“可您说过……”

“你送给我一个人，那我也应该有所表示才对。因此你只有一次机会来明白这些游戏规则。而且谁知道呢，桑松公民，说不定我们又可以重拾旧情。”

托比亚斯·施密特醉得不省人事。他躺在制作工场里一张被丢弃的沙发上，喃喃着叫人听不懂的胡话。墙上挂着新的设计图。有一张图上是一台巨大的断头台，可以同时对二十四人斩首。夏尔走进车间，施密特一骨碌跳起来，可马上又被一阵恶心击倒，又被拌了一下脚，正在用力深呼吸。“我都快要成功了。”他气喘吁吁地说，跪在地上。“罗德雷不想给我订单，”他诉苦道，“说是我的价格太贵，质量又太次。这本来是我一辈子的订单，超过八十台断头台，每个省都有一台。”施密特急促地喘气，呼吸很困难。

“我能帮您忙吗，施密特先生？”夏尔向他伸出手。

施密特拒绝了，指了指那块沿墙摆放在地上的木板。木板上摆放着好几十个断头台小模型，不会比人的前臂更大。“玩具断头台，”施密特叹息道，“他的天才浪费在儿童玩具上，难道一个发明家还有比这更丢脸的事吗？我发明了液压机、新型壁炉以及著名的钢琴，而这种钢琴可以将中音提琴、大提琴和小提琴的效果完美地结合起来。我目前正在发明一种保存蔬菜和水果的方法，在自身试验时每天都要吃坏我的胃。而现在我制造了这个玩具，您告诉我，还有比这更丢脸的事吗？这就好比您给了一个杰出的将军一匹儿童木马。”

夏尔把他扶起来。“罗德雷的表弟要价五千六百六十镑，可您只要三百四十……”

“还有亚麻布袋子，每只二十四镑。如果使用柳条筐，就更便宜了。”施密特似乎失去了平衡，又重新扶住，跌跌撞撞地穿过工场大厅。“我把这一切统统烧毁掉，”他嚷道，“这一切！”

“等到明天再说，”夏尔说，“您先把断头台造起来，单价九百六十镑。这是富吉埃的命令。罗德雷已经同意了。”

施密特奔向夏尔，热烈地拥抱他。“八十三台断头台，总共加起来，您等等，接近八万镑！桑松先生，我应该感谢您。”

“对我而言重要的始终是要找到时间，可以校正我的钢琴，而且要把加布里埃尔的腿夹板调整好。最近一段时间他老是跌倒。”夏尔说。

“我保证！”施密特说，一脸严肃地点点头。他的眼睛开始闪闪发光，他把夏尔推到一张工作台旁，敞开着的罐头食品在上面堆得到处都是。“我现在尝试用铅密封这些罐头食品。铅应该是有毒的。古罗马人早就因为水管含铅而死于铅中毒。但我只使用少量铅。它几乎接触不到食物。如果这件事我做成了，所有的街道将以我的名字命名。”施密特重新躺倒在沙发上，闭着眼抓起地上打开的那瓶葡萄酒。他把瓶中酒喝尽，任凭酒瓶在高低不平的厚木板上滚动。

“行，不过您马上开始制作断头台吧。”夏尔催促道。

夏尔回到家，丹曼莉已经离开了。

1792 年 8 月 10 日夜间，警钟在整个巴黎上空鸣响。估计午夜已过，夏尔心想哪里发生了大火，赶紧起床。他和亨利一起走到大街上。大家不约而同地从家里冲出来，到处挤满了人。绝大多数人荷枪实弹。

人群向杜伊勒里宫方向进发。数周前，他们曾经做过同样的事，闯入这座关押国王及其家人的王宫，抓住路易十六，强迫他喝下一杯葡萄酒为他们的健康干杯。可这一次他们还要做出更大的举动。有谣言称，普鲁士和奥地利军队已经越过边境进入法国，想要救出国王。邻近的君主国害怕革命的大火蔓延到他们的国土上。巴黎正在上演的是第二次革命。激进的无套裤汉们任命了自己的市政府，并因此成了和具有立法功能和民主体制的国民议会相抗衡的对立政府。这一万名正在行军中的无套裤汉，准备采取一切手段彻底摆脱他们的国王。当杜伊勒里宫出现在他们的视野中时，人群中响起了气壮山河的声音："处死国王！"他们团结得像一个人似的，向大约一千名保卫国王的瑞士卫兵挺进。两千名以国民议会的名义监视国王的国民军，看到巨大的人群后立即逃之夭夭，混入怒气冲冲的无套裤汉的队伍里。很大一部分瑞士卫兵被愤怒的民众所杀害。他们或被枪杀，或者满大街地被人追杀，直至筋疲力尽地瘫倒在地，然后像母鸡一样被大砍刀斩首。整个国家已经没有了维护制度的力量。谁也无法控制这群人。巴黎的黑社会焕发出勃勃生机。他们从秘密的地下涌向外面的世界，结清应收账款，发泄自己的怒火，对垂死的卫兵实施阉割，随后将他们的生殖器扔到大街上。那些人不再拥有真正的政治目标。他们利用混乱的局面，利用大街上没有法制约束的机会，四处抢劫，屠杀可憎的富人。这是血腥的全民节日，任何一个人都可以公开地杀死任何一个人，而不会受到任何惩处。由于发生了那些大事件，路易十六、玛丽·安托瓦内特以及他们的孩子被带到寺庙里，而国民议会还在采取极端的态度，以抚平无套裤汉的怒火。议员们感到震惊，可是无能为力。

8月，新设立了一个刑事法庭，不再有任何上诉的可能，哪怕对“宣誓”稍有一点儿嫌疑，都有可能立即遭致斩首的命运。人人自危，纷纷躲进自家屋子里不出来了。

“现在发生的一切已经不正常了。”夏尔对亨利说，他们干完活给绳子上油。这是他们喜欢做的规定动作，可以有助于他们忘记当天的处决，尽管有了断头台之后，他们根本不再需要绳子。许多鲜血从断头台的木板之间流到石子路上，散发出一种恶心的气味，只能招来狗们。人们不是抗议大屠杀，而是抗议恶臭。夏尔和助手们因此在杜伊勒里宫大门前的卡鲁索广场上安装上断头台。

罗伯斯庇尔号召对革命的敌人实施人民司法。他试图重新控制激起愤怒的群众，可是恰恰相反，武装人员和国民军冲进监狱，屠杀了一千多名犯下小罪行的囚犯。革命的崇高目的已经跌倒在荒诞不经的故事里。

尽管出现了大屠杀事件，夏尔的工作量依然与日俱增。每天早上，他都要到巴黎裁判所附属监狱去造访富吉埃，以便拿到晚上要执行的判决。有时候，在诉讼、判决以及处决之间只有几小时的间隔时间。革命者维持这样一种立场：宁愿错杀十个无辜者，也不能放过一个罪犯。

“普鲁士军队已经越过了边境，”夏尔走进办公室时，首席公诉人富吉埃嚷道，“对现在无法证明自己爱国的人，我们将把他们移送给人民司法。在这一时刻，成千上万的愤怒公民冲进监狱，抢走了你的工作，把关押在里面的囚犯统统杀死。”

“人权的崇高目的究竟在哪儿？”夏尔冷嘲热讽地问道。

“小心！小心，桑松公民！我跟你说过，任何一次革命都是在鲜血中诞生。国民公会废黜了国王，将他送入寺庙。你认为有可能将来某一天你在断头台上斩决国王吗？”

“他还活着，”夏尔说，“没有判决。”

“国民公会已经没有权力了。现在掌权的是街道，是起义的人民公社。”富吉埃交给他一份被处决者的最新名单。夏尔匆匆浏览了一下：伪币制造者，一名新闻记者，一名鞋匠。一个名字倏地跃入他的眼帘：热比云神甫。此外，他还发现一个巴黎城里赫赫有名的工匠，此人拥有着最好的名声，却只是表达了自己的意见而已。“还有什么问题吗，巴黎先生？”

夏尔摇摇头。

富吉埃将椅子挪正，做了一个保持距离的姿势。“听说那个雅各小丑不时地跟在你们的车队后面，用他的疯癫取悦于人群。你应该用鞭子赶走他。”

“这是对的，”夏尔回答，“一次处决不应该变成一个全民节日。我习惯庄重地执行判决。”

“这是谁规定的？”富吉埃问道，轻蔑地看了看夏尔。“你是谁？你能代表革命政府吗？一次处决就是革命的全民节日。把那个家伙列入你的工资发放名单中。这是命令。我们必须始终让人民高高兴兴，谁知道，没准未来几个月里我们还得指望他们干这干那呢。而且要在黄昏来临后开始行刑。在断头台上点上火炬。我们要瞧瞧是否人民更喜欢这样。”

夏尔迟疑地点点头。

“你心里还有什么想法吧，我从你的脸上看出来。”

“我想现在就把我的职位移交给我的儿子亨利。”

“闭嘴！我不想听到这种话！现在提交你的申请，恐怕是最愚蠢的时刻。你将在断头台上处决国王，因为你是革命的刽子手。亨利只是一个伙计，可你是断头台的手臂。有些人拼着小命跑到行刑现场，就是想一睹你的风采。”

和妹妹吵架后，玛丽－安娜又一次不辞而别。她突然站在厨房里做豌豆汤。“好在我又回来了，”她说，“没有我，这个家真的根本不行。你们做事全乱套了。另外，加布里埃尔也应该跟你们一起上行刑现场。他不能整天弹琴。”她把汤端上桌。

“加布里埃尔喜欢艺术。”夏尔说，有气无力地碰了下他的汤。

“玩艺术又赚不到钱，”玛丽－安娜激动起来，“刽子手的职业是我们国家最稳定的职业之一，因为刽子手总是需要的。”

“总有一天，”加布里埃尔说，“死刑将会被废止，我们不再需要刽子手了。”

“这个日子你是看不到了，”玛丽－安娜嚷道，“罗伯斯庇尔想取消死刑。他没有做到。那么谁还能做得到呢？”

“你还是别烦他，”亨利强硬地说，“他现在又不想做刽子手。”

“你别插手，”母亲训斥他，“你只是担心你父亲的接班人……”

“别再吵了，”夏尔说，张开手有力地敲了敲桌子，“亨利是我在巴黎的接班人，这个已经决定好了，而如果加布里埃尔愿意，我可以在另外一个城市给他安排一个职位，可如果他不愿意的话……”

“他至少应该爬上断头台一次，才知道自己是否真的不愿意做刽子手。”

“你为何又回来了呢？没人想你。”夏尔说。

“我始终还是母亲，”玛丽－安娜固执地说，“不管和你们合不合得来。”

“那好吧，”加布里埃尔说，将他的盘子推到一边，“别吵了，明天晚上我爬上断头台感受一下。”

外面，初雪已降。刺骨的寒风透过窗缝吹进屋子。德马雷在壁炉里点起了大火。夏尔则和加布里埃尔一起坐到了琴旁。

暮色来临，天下起了小雪。熊熊火炬照亮了断头台，整个刑场沐浴在幽灵般飘忽不定的灯光里。夏尔不去看热比云神甫。直至到了断头台，他们的目光才相遇。夏尔帮他下车。在观众的掌声中，加布里埃尔第一个拾阶而上，爬上断头台。根据判决记录，首先是伪币制造者被逐一斩首。夏尔站在台阶下面，抬头望着两个儿子和他的助手们。当加布里埃尔指给人群看那个被处决者的人头时，夏尔带着一名新闻记者走上断头台，然后自己重新爬下台阶。此刻，热比云神甫的目光和夏尔再次相遇。那是伤心的目光，忧郁却并不恐惧。夏尔感到身体不舒服，感到自己卑劣。他感到羞愧的是，这个人不得不为他而死。可然后，他努力劝说自己，他没有别的选择，而且因为对待丹曼莉的事，神甫也是罪有应得。新闻记者的头颅掉入柳条筐里。现在，夏尔领着热比云神甫爬上断头台。他刚离开断头台，只听到巨大的断头铡呼啸着落下，耶稣会神甫的头颅瞬间滚入柳条筐里。加布里埃尔抓起它的头发，把头颅举高。人群鼓掌、狂叫、大笑，人命关天不再具有任何意义。在火炬忽明忽暗的灯光里，加布里埃尔慢慢走上断头台，从容不迫地作了一番步测，好像是在丈量断头台的距离似的。可转眼之间，奇怪的事情发生了：加布里埃尔不见了踪影。仿佛一阵风把他吹跑了一样。他根本就不在断头台上。夏尔朝上面望去，寻找他的儿子。围站在断头台那里的人，开始害怕地叫喊。加布里埃尔却已经躺在了地上，他们在他的周围站成一个半圆形。他在黑暗中从断头台上坠落下来。神甫的头发突然被撕断，加布里埃尔条件反射似的想接住那颗脑袋，却不幸滑倒在大雪覆盖的厚木板上。

夏尔从凑热闹的人群中拨开一条道，跪在加布里埃尔旁边。他把手伸进他的头下，立刻发觉他的脖颈子已断。“加布里埃尔，”夏尔低语道，然后双手抱住儿子，对着夜空大吼，“加布里埃尔！”热泪从他的脸颊汩汩而下。“刽子手在哭。”有人说道，于是人们突然从四面八方听到这句话：“刽子手在哭。”稍后，亨利将手搭在夏尔的肩上。“我们走吧，爸爸。加布里埃尔应该回到家里去。”亨利把自己的兄弟抬到车里，独自穿越白雪笼罩却已被死者的鲜血染红的广场。夏尔傻坐在断头台最下面的台阶上，在那里待了很久。

夏尔动身回家时，广场上早已空荡荡的了无人烟。没有人等他。家里也是人去楼空。亨利和助手们显然已经将加布里埃尔的遗体安放到祈祷室里去了。夏尔踏进院子，想走进自己的空间，却看到在白雪皑皑的菜园边上有个人坐在长凳上。他向她走去，那是玛丽－安娜。他在她前面几步远外站住。他想轻轻地碰下她，可还是放弃了。她已经太过频繁地拒绝他。“我不需要你。”她喃喃道，匆匆抬头望了一眼。她的脸色沉重，她的眼睛哭肿了。

“你要冻感冒了，”夏尔说，“上屋子里去。今夜很冷。”

“那我正好感冒得了，”她回答，“你反正想着这一切都是我的错。”

夏尔本想否认，可还是沉默了，因为他真的认为这是她的错。

“我这辈子永远不该嫁给你。”玛丽－安娜说。她的脸上写着厌恶。“我母亲警告过我，可我不想听她的话。她说一重诅咒压在桑松家族好几代人身上。她的话应该是对的。”

“世上本无诅咒，玛丽－安娜，这只是人的一种尝试，赋予那些事物一个意义。我们自由了。我也自由了，玛丽－安娜。我将放弃我的职务，然后离开你。”

“你可以离开我，夏尔，但诅咒将会追随你。你想想吧。我明天到我妹妹家去了。”

“她会很高兴的，”他说，“而如果明天下班回家，我没看到你在家里那就太好不过了。”

他走进药房，坐在床边喝酒。他突然就累得不行了，感觉自己好像是一艘无法驾驶的船漂泊在看不到岸的大海上。他充满深情地想起了加布里埃尔，觉得他没有了痛苦乃是种安慰。不久，他对妻子产生了一种可怕的怒火，可他马上想到上帝已经惩罚过她了。是上帝夺走了他的儿子，以此交换热比云神甫的生命。他突然相信上帝在观察他。不是高萨，而是上帝注意上他了。他受到了惩罚。那重诅咒回来了。玛丽－安娜也许说得对。然后他感觉窗外有个人影。难道上帝想要拜访他吗？不，他不相信有这样的故事。那是玛丽－安娜。她重新从窗口离开了，走进屋子。夏尔不停地喝酒，后来终于睡着了。

第二天约莫中午时分，他还在睡觉。谁也没叫醒他。亨利已经承担起整个行刑的工作。夏尔听见马车离开院子的声音。他把身子侧向另一边，继续呼呼大睡。他只是想睡下去，不愿再醒来。后来他想到了丹曼莉，他的呼吸变得更均匀，他的睡眠变得更安详了。

重新醒来时，他感觉有一只温柔的小手在抚摸他的脸颊。这不可能是玛丽－安娜。她的双手因为整日在院子里劳作而变得粗糙干涩，闻起来始终有一股潮湿的狗皮味。而这只小手却有一股杏仁油的芳香。他把这只手紧紧地拉到身边，又重新睡着了。再次醒来时，他独自一个人，不知道梦见了什么，经历了什么。不知什么时候，德马雷给他端来了一盘汤。"夫人说您应该吃点东西。她刚才骑马走了。"夏尔把盘子放到桌上。

后来，亨利叫醒了他。"外面有一个骑兵。他要向你打听事情。"

"他想干什么？"

"我不知道。也许是他病了或者受伤了。"

"让他进来。"夏尔说着起床了。这种消遣对他很有好处。尽管发生了那么多讨厌的大事，可只要有人找上门来，他还是感到很高兴——作为大夫。骑兵穿着一件黑色风帽大衣，脚蹬一双高及膝盖的皮靴。他在门口对敲靴子，抖落上面的雪花之后，才踏进药房。

"您把大衣放到炉边长凳上，它就可以烘干了。"

“谢谢，先生。”骑兵说，脱下他的风帽大衣。他身上还穿着二件套的蓝色料子衣服，做工考究。他坐在夏尔对面的椅子上，从衣服的里袋掏出一只皮夹子。他松开钱包，好让夏尔看到里面藏有金币。“我有一些很有影响的朋友，”骑兵谨慎地说，“他们忠于我们的国王。他们并不是请求您做不可能的事。一小时前我们的国王被判处死刑。我们会在前往断头台的路上释放他。”

“您走吧，”夏尔说，拒绝地举起手来，“我不会为了世上的金钱支持阴谋活动。”

“我知道，”骑兵说，“正因为如此，我才敢来找您。我知道您是一个正派人。我们只是请您不用做任何可能阻碍我们成功释放国王的事情。您只需平静地坐在您的马车夫高座上，一动不动地待在自己的位置上就成。您不会有事的。”

“我不想要这个钱，”夏尔说，“我愿意批判今天适用的那些专制的法律，但我必须遵守它们。我是一名司法官。”

骑兵站起来。“这钱我留下来。如果您不需要，您可以送给穷人。上帝保佑我们的国王。”

“上帝保佑我们的国王。”夏尔轻声道。想到国王即将被斩首在他的断头台下，他的心都快要碎了。另一方面，夏尔想道，国王的命运沦落至此，是他罪有应得。他从来没有回报过臣民的爱。他什么都没干过，甚至对他饥寒交迫的人民完全不闻不问。“他不可能有别的结局，”夏尔喃喃道，“他咎由自取。”

第11章

1793年1月23日，夏尔在日记上写道："国王之死。"用语言领会这一大事件很困难，因为迄今为止国王被视为神圣不可侵犯，完全被视为是由上帝派来的。那天上午，教堂的钟声还没敲到八下，夏尔就已经和他的助手巴雷、菲尔曼、德马雷以及格罗一起坐在马车里出发了。他们愈是接近目的地，马路上的人流就愈多。到最后，密如蚂蚁的人群挤在一起，仿佛巨大的海怪将他们的马车团团围住。夏尔和助手们通过一道又一道封锁线。数千名配备了枪支和长矛的卫兵，在新任国民军总司令桑泰尔的指挥下，在马路上坚守安全。人群中弥漫着一种阴森恐怖的静寂。没有喧哗，没有叫喊，只是一片静寂，就像所有的人在联合进行一次神圣的行动。约莫十点，他们终于抵达革命广场，行刑架和威严的断头台早已在广场上准备就绪。夏尔又一次被这个幽灵震撼住了。断头台兀立在自由的天空下，自有一种崇高庄严的气氛，似乎这里正在举行一场宗教仪式的祭礼。

亨利已经站在行刑架的平台上。他用手势示意一名骑兵给他的父亲开出一条路来。夏尔感到自己的胸膛起伏得越来越剧烈。他伸手去摸夹克衫下面，确认匕首、手枪、火药盒和子弹袋都还牢牢地绑在身上。他感到害怕。最近的恐吓信铺天盖地，他对有人将会释放国王不再抱有怀疑。他对着革命街的出口不停地张望，在人群中寸步难行，那辆将不幸的国王送到断头台去的马车还没有出现。可突然之间，他听到了马蹄声和叫喊声。一支骑兵队飞奔而来。骑兵的上身突出在人群中，紧接着，夏尔看到国王的马车驶过来了。他匆匆坐在断头台的木板上，做了一次深呼吸。他的眼前一黑。汗水从他全身的毛孔里渗出来。他要站起来都很勉强。他觉得脚下没有支撑，厚木板在活动，似乎要漂移。他想起了加布里埃尔，他想起了丹曼莉，可马上又不知道自己刚才在想些什么。唯有一种可怕的压抑感猛然攫住了他。

“到下面去，”亨利说，“在台阶脚下等着，然后给我一个信号。”夏尔点点头。广场上依然死一般的静寂。大家只能听到马蹄声。

国王的马车在断头台前停下。卫兵们各自散开，在马车周围形成一个四边形。之后，国王从车上下来。心平气和，若有所思，但没有任何慌里慌张的表现。他看起来要比夏尔记忆中更庄严、更崇高。那位爱尔兰神甫站在他边上，嘴里不停地祷告。德马雷知道采取主动出击，而夏尔和其他三位助手却呆若木鸡地盯着国王看。德马雷满怀敬畏和尊重地向这个濒死之人解释道，按照规定他有义务脱下他的衣服。他本想伸手拿住国王的上衣，可国王怒气冲冲地朝后退。“拿走我的上衣，但别碰我的身体！”那名男子说，而在不久前，作为路易十六国王，他还在整个欧洲受到尊重。“我们必须绑住你的双手，剪掉你的头发和领子。这是规定，卡佩公民。”他真的称呼他为卡佩公民。

国王忽然直愣愣地盯着夏尔看，夏尔浑身的干劲和力量逐渐消失。有一瞬间，他想跪下来，请求法兰西国王原谅。可他马上想起了自己职业的尊严。因为你，成千上万人死于非命，夏尔想道，数十万人死于非命，又因为革命，我们的人找回了自己的尊严。真见鬼，你为何提早并且自愿地放弃你的王位呢？因为你想维持一切，所以你现在失去了一切。国王之死是自由、平等和博爱的代价。

夏尔迈出几步走到国王跟前。“绑住双手是有必要的。否则我们无法执行我们的工作。”他低声道。国王不看一眼刽子手，只是点点头。可他神色不动。夏尔请神甫给他帮个忙。神甫立马明白怎么回事，在国王耳边轻轻说了两句。国王显然感到很屈辱，忙将双手放到背后。夏尔这下可以绑住法兰西国王曾经用来发号施令的双手了。在爬上断头台的台阶之前，路易·卡佩亲吻着爱尔兰神甫举到他嘴前的圣母像。一踏上断头台的平台，卡佩公民面对着已不再是他的臣民的民众，用坚定而清晰的声音高吼：“法国人啊，你们看到你们的国王愿意为你们而死。但愿我的鲜血能换来你们的幸福。我是无辜而死。”

桑泰尔骑着马开出一条道，好不容易到了断头台，暗示鼓手立即敲击双面锤。国王的临别赠言淹没在震耳欲聋的击鼓声中。夏尔转向爱尔兰神甫，可就在这一刹那，沉重的断头铡呼啸着落下，国王的人头顷刻间滚入柳条篮中。夏尔完全没有注意到，国王早已被捆绑在厚木板上。亨利从篮子里拿出人头，而就在这时，鲜血就像喷泉一样从国王矮胖的残缺躯体上喷出来。对这样一个有着粗大颈脖子的人，他们真的使用了一把带倾斜的刀刃。正当亨利将国王的人头展示给人群看的时候，有一些人拿着手绢冲到断头台上，好让自己的手绢沾满鲜血。有个别人在高呼“共和国万岁！”可广场上占据上风的却是狼狈的沉默。人们感到尴尬。现在，他们果真把自己的国王送上了断头台。

夏尔又一次被眩晕击倒。尽管非常理智，可他还是感到这种行为犹如背叛，犹如一种深重的罪孽，犹如弑父，而他相信，国王的躯体将会在他的梦里追随他，从此以后他将在他的酒杯杯底看到国王的人头和他可疑的神情，那种神情是在表达他的困惑和讶异。可是他要成功地反击这颗人头，因为他活该尸首分离。他蔑视他的人民。“共和国万岁！”此刻越来越多的人在铿锵有力地高呼着。

助手们开始拆卸断头台，而夏尔和亨利在用他们的马车将国王的尸体运至玛德莱娜公墓。他们一路由宪兵护送。决不能让任何一个收集纪念物的人强占国王的衣物。

玛丽·格劳舒兹早已等候在公墓。她毫无阻力地得到了国王的头颅，立即着手工作，夏尔和亨利则脱下国王身上的衣服。这具死尸上没有任何王者风范。苍白，肥胖，没有尊严，就连他的下体也并没有任何惊人之处。他珍藏的所有东西中没有一件可以带到另一个世界去。既没有他的金子，也没有他的猎狗，抑或凡尔赛宫里的镜子大厅。

疯狂的玛丽咬着牙、硬着头皮，飞快而又熟练地开始浇铸。你无法否认她的天才和激情。她三下五除二地完成工作，满面春风地告辞了。她的马车在等着她。这个惨遭屠杀的鲜血淋漓的尸首似乎一丁点儿都没有折磨到她。她只为她的蜡像而活。

夏尔正要离开公墓，却见有一名矮个男子站在门口。他穿着一条深黄色裤子，吸着烟斗。是高萨。“我本想看看那个小女子如何获取死者面型。可显然我来得太晚了。有些可惜吧，不过人头落地还会更多。”高萨挡住了马的去路，“您过来，巴黎先生。我请您喝杯酒。我们必须谈谈。”

夏尔原本想去耶稣会修道院去，可他感觉到必须陪着高萨才行。或许他有什么重要的事要告诉他。或许他正陷入危险之中。

他们一起去了双门街上的那家妓院。基本上和每次行刑之后差不多，这里宾客盈门，大家谈论着今天的主角，每次都能得出结论，被处决者罪该万死，以此表明自己对革命的忠诚。找小姐的生意反而不多。虽然享受着这样的氛围，领教了许多裸露的肌肤，但大家到这里来首先是为了表白自己公开的信仰。

主大厅中央端坐着当今法国最有权势的人物：罗伯斯庇尔和圣茹斯特。他俩自信地伸展四肢躺在沙发椅宽大的软垫上。两人在谈论断头台和指挥权的事。夏尔觉得自己很卑鄙，被人利用了。

“听说您在记日记，”高萨轻声道，“能让我看下吗？”

夏尔恼怒地摇摇头。“我哪有时间记日记？为谁记？我不需要。”

“竟有这等事，印刷厂里的日记都卖光了，可谁也不记日记。那些人为何要买日记本呢？”高萨意味深长地冷笑道。

“可能会有许多原因吧。”夏尔说。

“我在印刷厂做过一些调查研究，获悉您是忠实的用户。”

“我用来做记录。我的职业需要我这么做。我要记下被处决者的名字、他们的职业、他们被处死的原因，然后编制一份他们临终前随身衣物的清单目录。”

高萨点点头，耐人寻味地会心一笑。他不相信夏尔的话。“我们新闻记者的压力也很大，”他说，“对革命政府而言最好不过的是，我们要每天诽谤公民，然后人们就可以把他们送到断头台去。但是每一个公民都是潜在的读者！”他俯身向前，对夏尔低语道，“您瞧那儿，我们的新国王们。”他的整个脸上洋溢着嘲讽。

罗伯斯庇尔认出是高萨，对他喊道:“高萨，你就写下这样的话吧:共和国要解决的就是彻底消灭反对它的人。”

“那巴黎的居住条件马上就会改善了。”高萨说道，点了一杯香槟酒。

“我们不仅要惩罚我们国家的叛徒，而且也要惩罚那些漠不关心的人，惩罚每一个消极被动、不为革命出工出力的人。”圣茹斯特拿腔拿调地补充道。

罗伯斯庇尔乘势附和道:“北部有德国人在进军，南部有英国人在进军。凡尔赛已经请求英国军队支援了。我们必须把这个城市夷为平地，从此以后将它命名为‘无名之城’以示警告。唯有采用史无前例的恐怖统治才能从内部彻底消灭反革命分子，我们才能腾出手来对付聚集在我们国境线上的外来敌人。”

“爱国主义者，”高萨带着有点玩世不恭的神情说，“我刚好听说里昂也已在英国的保护之下。现在，在总共八十三个省中已经有三分之二的省反对自由。真没想到。”

“他们所有的人马上就会支持我们了，”罗伯斯庇尔说，“不管是出于信念，还是出于恐惧，我都无所谓。谁现在还想扮演温和派的角色，他可以剪掉自己的头发准备上断头台吧。我们有可能错杀一千名无辜者，但为了革命总比漏杀一个温和派要好。”

“坟墓里人满为患总归要比监狱里人满为患好。”圣茹斯特干巴巴地说。

“我们认识吗？”罗伯斯庇尔对着夏尔问道。

“还没有。”夏尔答道，离开了房间。

夏尔和高萨离开妓院时，两人谁也没说话。他们默默地沿着马路走，在一个路口停下脚步。“今天不是喝香槟的日子。我得小心了，”高萨说，“我树敌太多。总有一天我的名字会被列在名单上，然后我就人头落地了。您可曾在断头台上斩首过一个朋友？”

夏尔摇摇头。

“您将会经历这样的事。”高萨说。

“您今天究竟为何要请我喝酒？”

高萨注视夏尔良久。“现在不知道该相信谁了。今晚已经向我证明，相信一个人很危险。法国共济会跟您联系过了吗？”

“没有，”夏尔回答，“他们应该和我联系吗？”

高萨耸耸肩。“大家感到恐惧，先生。恐惧比任何法律更强大。”他吸了吸烟斗。

“您今晚想告诉我什么，高萨公民？”

“我？”高萨虚情假意地问。

“对！”夏尔嘟囔道，恳求地看着他。

高萨躲开他的目光，有点迷惘地摇摇头。“我得回家了，桑松公民，已经很晚了。”他稍显匆忙地拐入灯火阑珊的拉维瑞雷路。

夏尔跟在他后面走着。“您害怕什么？”

高萨没停下步伐。“我该害怕吗？”他加快了脚步。

“不知道。但我看出您害怕。我可以读懂人的心理，先生。一个刽子手可以感觉到他人的恐惧。”他将手搭在高萨的肩上。“您害怕什么？”他几乎以慈父般的声音在和他说话。

高萨烦躁地摇摇头，好像不想听到这个问题似的。

“我已经有一段时间没见到您了，”夏尔说，“您是被关起来了吗？”

“没有，没有，”高萨脱口而出，他惊恐地看了看四周，“我在伦敦，这段匆匆忙忙的时间里并不是完全没有危险，不过我是在伦敦，先生。”

“为何您又回来了呢？这并不明智。”

“不，不，并非如您现在想象的那样。我的工作是在伦敦，作为新闻记者。您知道博伊德科尔银行吗？那是青年瓦尔特·博伊德引以为豪的银行。他和一个貌若天仙的克里奥耳女人结了婚。他们一起拜访了巴黎所有用金钱买来贵族头衔的人士，从他们那里获得了新的存款。这引起了我们革命者的反感。他们没收了他的银行。”说到这里，高萨突然吓了一跳，试图在黑暗中弄清楚究竟是什么引发了这种奇怪的声响。一扇窗户被关上了。有人把垃圾扔到了小巷里。“这个年轻人可是有第六感的，”他继续道，“他趁着这个本该遭到逮捕的黑夜逃到了伦敦。您可知道他带走什么了吗？”

“您会告诉我的。”夏尔喃喃道。他根本不想听到任何秘密，这只会使他陷入危险。有几条狗从他们身边奔跑过去，奔向散乱在巷子四处的垃圾堆中。

“黄金，”高萨轻声道，“巴黎贵族的黄金。他已经把保皇派的财富转移到了安全地带。我到伦敦去，是为了和他进行一次谈话。他给我看了一些东西，不，他给了我一些东西……”

“那这就让您感到恐惧了吗？”夏尔怀疑地问。

“是的，甚至是极大的恐惧。因为假若有人知道我知道什么的话，我就要站在您的断头台上了。”

“那我还是不要知道的好。”夏尔说，然后站住。

高萨重新加快了脚步，拐入下一条小巷。巷子里几乎没有任何灯光。夏尔向完全不同的方向走去。

夏尔还不想回家。他前往耶稣会修道院。一名神甫为他开门。听到夏尔打听丹曼莉的情况，神甫遗憾地表示，大家全都聚集在祈祷室里，为热比云神甫做祷告。接着他又说道：“最好您别再过来了。到这里拜访很危险。”

“我必须见到丹曼莉。”夏尔直截了当地说。

“现在已为时太晚，”神甫说，“我们要把暹罗人送回他们的家乡。我们将无法继续热比云神甫的行动了。”

“可是她究竟是否还在巴黎？”

“您现在走吧。”神甫想关上门，可夏尔把他的脚挡在中间。

“务必转告她我找过她，只有您答应我，我才会走。”

“那好吧，”神甫最后说，“我会转告她。”

丹曼莉没有出现，接下来的几天很快就过去了。需要夏尔处决的人越来越多，他发现助手们也已变得麻木不仁。可是就连被判处死刑的人也变得麻木不仁起来。几乎没有一个人会在前往断头台的路上抗拒处决。他们已经在被告密的恐惧中生活了太久，现在一切终于结束了。死亡成为解脱。

悲哀就好比肌肉一样，夏尔想道。你可以悲哀，随你喜欢或者你不得不这么做，但随着时间的流逝，你的肌肉将会松弛无力。加布里埃尔尽管不是从早到晚地占据他的脑海，可每天晚上他都会梦见他。他听见他在弹琴。夏尔在睡梦中哭泣，醒来时，眼里噙满梦里留下的泪水。

“加布里埃尔是一个好孩子，我不该带他过去。他擅长的是音乐。”夏尔和亨利坐在厨房里。他们在喝酒。

“你不用对某个人做的每一步负责，如果他给绊倒或是摔倒了，你是无能为力的。”亨利说。

“可你的兄弟是从断头台上摔下去的。是我派他上去的。他想帮我的忙，结果遭此不幸。是否我给他的爱太少，他不愿意帮我的忙？”

“富吉埃是有责任的，爸爸，他为何要在晚上在有火炬的灯光下行刑呢？但愿将来有一天我会亲自送他上断头台。”

数日后，夏尔决定重新探访耶稣会修道院，却看到丹曼莉在向他家方向去的马路上行走。他难以控制自己，开始奔跑。她扑到他的怀里。“永远别再让我孤单一个人。”她低声说。

他紧紧地抱住她。“我刚好在去你们修道院的路上。”他说。

“我必须回暹罗去，”她忧心忡忡地说，“可我想留在你身边。”

“你当然可以待在我身边。”

他们相拥着离开了市中心，最后在一个低矮的围墙边坐了下来，那道围墙围绕着一座偌大的房产。马在附近的草地上吃草。

“我可以帮你。我们当时不只是学习法语，”丹曼莉过了一会儿说道，“我们也学了好多关于人体、植物、其他国家以及数学方面的知识。热比云还教会了我许多东西。他是一个坏人，可他也教了我不少东西。”

他们一起回了家，在药房里聊了很久。

“我不会再让你孤零零一个人待着了，”夏尔说，“过来，我们吃点儿东西。现在很多东西要变。我可能在本月底把我的职位移交给儿子亨利，之后我就不会再有活儿要干了。我自由了。”

丹曼莉站起来，腼腆地亲吻夏尔的额头。“今天晚上我必须回去，明天我再过来。如果我不在教会规定的时间内回去，神甫会不高兴的。”

“答应我，你不会回暹罗去，我等你。”

“我们不用再等很久了。”丹曼莉说，抚摸着夏尔瘦削的脸。然后她解开他的衬衫纽扣，亲吻他。“当你回首时，痛苦才会出现；但当你向前看时，痛苦也会出现。”她轻声道，然后脱下她的衣裙。“可是现在，桑松师傅，我们感受不到痛苦。此刻，我们摆脱了痛苦。

正因为如此，此时此刻是人生中最好的。”

他们一直缠缠绵绵至下午很晚，直至饱尝了爱欲为止。然后他们长时间地躺在床上，享受着两人相聚的时刻。夜渐渐来临，他们开始喝茶。丹曼莉谈起了佛教创始人乔达摩·悉达多的学说，谈起了佛陀。

“佛是你的上帝吗？”夏尔问。

“不，”丹曼莉回答，“佛不是上帝，他也不是传递上帝福音的人。佛是道。佛是一种哲学。你们不是也有哲学家吗？佛教众生战胜痛苦。它以一种认识为前提条件，一种觉醒，明白它说的四种真理。痛苦对人的一生产生影响。这种痛苦皆由贪婪引发。”

就在丹曼莉给这位刽子手讲解亚洲哲学的同时，罗伯斯庇尔已经发出招募令，号召所有十八岁至二十五岁的未婚男子从军，这在欧洲是一件前所未有的创举，之前他们都是征用雇佣军。“现在我们要发动全面战争了，”他听到自己发出尖锐的声音，“既对外，又对内。”他梦见一个大法兰西，它的疆土一直延伸至其自然的边界：阿尔卑斯山、比利牛斯山、莱茵河和大海。它的宪法可以被任意践踏，可以采取任何手段更多地剥夺人民的自由、平等和博爱。取代国王的是一个嗜杀成性的独裁者。罗伯斯庇尔梦想有一个干净纯洁的民族，一切卑劣的东西都将被彻底消灭。

1793 年 10 月，新建立的革命法庭将二十一名吉伦特派成员送上了断头台。那是最早一批为革命理想英勇奋斗的仁人志士。可现在，他们却统统在断头台上被斩首。紧接着轮到的是埃贝尔派成员，再后来是丹东派成员走上刑场，直至最后，只有罗伯斯庇尔的政党还在掌权。仅仅是运送吉伦特派成员上刑场，夏尔和亨利就用了四辆马车。现在折磨他们的是，他们偏偏不得不处死人权之父们了。所有的人都曾誓死捍卫自由，誓死捍卫革命第一阶段的胜利成果。令人震撼的是，他们爬上断头台时是那么镇定自若。谁也没有乞求苟且偷生。他们只是太了解他们的罗伯斯庇尔们和圣茹斯特们了。皮埃尔·韦尼奥，虽然是一个几近默默无闻的吉伦特派成员，却足以重要到承受惨遭杀戮的命运，他对着夏尔嚷道:“现在革命要吞噬它的孩子了。”

夏尔只是希望一点:所有这一切将很快有个了结。可是，桑松一家需要越来越多的马车。他们每天必须把最多五十名死刑犯送至断头台。亨利操作断头铡的机械装置越来越麻利，巴雷和菲尔曼松开被斩首者的绳索也越来越迅疾，然后把他们视同染上瘟疫的动物尸体那样倒入马车里。前面的人头尚没落地，格罗和德马雷已将接下来要斩首的人送至断头台。菲尔曼和巴雷马上对被斩首者采取行动，他的手臂被抓住，人被绑至木板上，那块木板立刻回复至水平位置，然后推到前面，而亨利几乎在同一时间让巨大的断头铡滚落下来。夏尔、亨利和他们的助手们仿佛轮子在一个驱动装置上转动，这个驱动装置由栎木横梁、断头铡以及人类手臂组成，这些海怪一再给机器带来新的动力。有一个人称这台机器为理性女神。如果这个人说得对，那么他们就是理性女神的仆人，并且向她奉献人祭。可夏尔并非是唯一讨厌人祭的人。他觉察到菲尔曼总是脸色苍白，巴雷真的每次都是跌跌撞撞地走到断头台，好像他的大腿不听使唤，而亨利细长的大腿则颤抖不已，仿佛死亡的微风在他的身体四周吹拂。

巴黎的民众开始抗议这淋漓的鲜血，它流入排水口，引来野狗出没。人们在考虑强制拴住狗，考虑轮换行刑设施。在玛德莱娜、埃拉溪以及皮克普公墓附近的居民因为渐渐腐烂的尸体发出的臭味而提出抗议。他们也担心地下水受到污染，生怕因此染上疾病。巴黎需要更多的墓地。在古老的玛德莱娜教区，由本笃会修女们种下的菜园被挖出，挖出的大坑有十英尺深，然后用手推车运来生石灰填上。在这里，有一段时间，被斩首的尸体，就像是从屠宰场里运来的垃圾一样，被草草掩埋在万人坑内。

大量的鲜血在流。每天最多有五十人在断头台上被斩首，那就是三百升鲜血。等到轰轰烈烈的场面过去，爱凑热闹的人就会徘徊在广场上，鲜血粘在他们的鞋子上。他们就这样将血迹从整个城市一直带到自己家的客厅里。而太阳一出来，一旦闻到热烘烘的血腥味，人就会感到恶心。柳条筐不再像从前那样经久耐用了。他们行刑所在的地面，因为血太多而被泡软了，干燥后就会裂开。七颗人头放在一只柳条筐里实在太多了。夏尔对额外增加的柳条筐要求提供更多的资金，同时要求增加一名助手，好让他在七次行刑之后清洗断头台。恐怕不能让即将处决的人看到那么多的鲜血，他们一定很虚弱和恐惧，而把他们绑到木板上则要艰难得多。可富吉埃认为把死囚绑到血污的木板上，让他们在接下来的几分钟里盯着柳条筐里血迹斑斑的头颅看，这也是惩罚的一部分。

富吉埃不让夏尔走。他希望看到伟大的刽子手站在断头台上。夏尔的退职或许会给民众传递一个信号，恐怖统治业已失去支持。

像是在恍恍惚惚中，夏尔完成了很多处决。因为太全神贯注于例行程序，他都不去仔细想想前面都做了些什么。每当夜深，当他真的想要安定下来时，巨大的痛苦便会悄然找上门来。之后他喝酒，并试图用写作的方式整理思绪。可他的手为屠杀所累，它就像一块肉躺在他的书桌上。而他的日记本上那崭新的一页依然像他的床单一样白。他真想大吼一声。唯有丹曼莉才能使他摆脱精神错觉，可他们没有再相遇。耶稣会修道院的神甫们再也不给他开门。他们躲在修道院里不出来了，他们感到恐惧。

夏尔几乎没注意到，高萨不再给报纸写文章了。他以为他逃到国外去了。可夏尔再次与他相逢，却是在断头台的台阶上。这个矮个子男人上身穿着一件浅褐色大礼服，里面是一件价值连城的凹纹马甲，下身穿着一条深黄色鹿皮裤子。虽然他的双手已被绑住，可他依然吸着烟斗。“这是我第一次没法写下来的处决。”高萨沉思地说道。夏尔困惑地抓住他的右上臂，带他到断头台的折叠木板上。“稍等一下。”高萨说。夏尔给他行了方便。“您知道我的罪行吗？”他轻轻地说。夏尔没吭声。他一直抓住高萨的胳膊，努力使他平静。“我们的吉约坦博士写了一本小册子，”高萨继续道，“对新闻自由的一曲颂歌。然而，印刷机被迫叫停，书也遭禁了。我就写了这么一件事。假如我们不再允许倡导新闻自由，那这场革命给我们带来了什么？”

夏尔点点头。他不想阻止被判处死刑的人诉说在他们看来至关重要的事。因为夏尔知道，人在死亡的瞬间总会后悔。他会后悔自己做过的事，也会后悔自己没做的事。这是通往地狱的最初滋味。

在这一时刻，濒死之人的思绪如一团乱麻，犹如开天辟地前万事万物正处在混沌时期，那时候，人尚未成为人。他们毫无防备地听任万事万物的摆布。他们无法控制自己。

高萨突然拥抱他的刽子手，情不自禁地尿了出来。“再见，巴黎先生。我们本来可以成为朋友。”夏尔也默默地拥抱这个矮个子男人。高萨伸展手臂，他在寻找夏尔的耳朵。“如果到了墓地您给我脱衣服，”他低声道，“您看下我右边马甲口袋里的东西。那是我留给您的。”当他的头向前被搁到木板上，看到下面被斩下的头颅时，高萨失声痛哭。“痛苦只是很短暂，是吗？”他还问道。话音一落，他的头颅已经掉入柳条筐内。

接下来依次被送上断头台的有洗衣妇、雇工，甚至还有一名马夫，全都是贫民。他们从来不会对政治产生兴趣，唯一的罪行就是因为曾经在一名保皇派家里做过小工。或许这些显然很无辜的人惨遭处决，成了威慑的组成部分，成了恐怖统治的组成部分。最后被拉上断头台的是两名贵族，他们试图将自己的财产转移到国外。一切进行得非常之快。他的助手们动作娴熟。当最后一颗人头噼啪一声落入血淋淋的柳条筐内，巴雷和菲尔曼迅即将无首尸体抬入车里。亨利再将单独的头颅一一提上来。被斩首的脑袋被安置在各自尸体的大腿中间。

夏尔和他的全体人马默不作声地前往墓地。今天不得不处决高萨，多少触动了夏尔的心弦。他想起他们初次见面是在处决达米安的行刑现场。当时，这个小记者让他心情烦躁，可到最后他还是喜欢上他了。而现在，他因为失去他而开始惦记他了。

到了墓地，他们脱下尸体身上的衣服，随后把尸体扔进万人坑。德马雷再给他们盖上石灰。和以往一样，他们将衣服堆成一堆扔进马车里。只有裤子早就在墓地里被挑拣出来，因为它们大多被粪便弄脏了。尸首分离之后，任何肌肉都会失去控制。唯有单个的神经还在疯狂地抽搐，伪装成还有一点生命的迹象。之后就连这一点也很快结束。

他们把衣服带到家里的库房里。“你们去厨房吧，给自己做点吃的东西，”夏尔说，“这里等到明天再收拾好了。”听他这么说，亨利和助手们无不感到高兴。从某个方面看，他们已渐渐对手上沾满鲜血感到厌倦。

夏尔独自一人留在库房，拿起那件凹纹马甲。他果真在右边马甲口袋里找到了东西。那是一份文件，有好几页。他将文件塞进上衣口袋，回到了自己的药房。他又把那份文件掏出来仔细研究。最后他决定不再去看。如果就是这份文件夺走了高萨的生命，那么他不想去看它。他不想知道里面写着什么。他又能为此做些什么呢？他只是一名执行判决的刽子手而已。他想拥有自己的平静，找到自己的安宁。可这一切并非那么简单。死者在晚上找上门来了。他听见他们在说话，听到他们的遗言，他看到他们无助的眼睛，他们的眼睛在恳求他。可然后，他就听到断头铡呼啸着落下，他从噩梦中惊醒。

11 月 3 日，勇敢的女权主义者奥兰普·德古热死于断头台，时年四十五岁。“我们不能公开地说话，”她走上断头台时，用镇定自若的语调对夏尔说，“我们只能公开地死去。可我们只希望拥有和男性同胞同样的权利。”

杜巴丽伯爵夫人也想和夏尔说点什么。12 月 8 日，她不想那么悄无声息地离开人世。因受冰雪天气影响，巷子里和大桥上平滑如镜，处决时间不得不被推迟了多次。又逢冬季。这样的严寒季节唤醒了夏尔对加布里埃尔的思念。伯爵夫人在巴黎裁判所附属监狱等待死亡。她和其他人迥异。她不沉默。她扯开喉咙咆哮，冲向每一个助手，当巴雷想要剪掉她的头发时，她提起膝盖对着这个可怜的家伙的下腹踢去，并企图抠掉他的眼睛。唯有夏尔走进监狱，她才安静下来。“夏尔，”她上气不接下气地说道，“救救我，我在凡尔赛附近有一座小宫殿，还有路易十五的珠宝，我是他的情妇。”

“太太，我到这里来，是为了送您走上最后的旅程。”夏尔说，指了指他的双手。他的左手有一根绳子。

“太太？”她吼道，“夏尔，是我呀，玛丽－让娜·贝库。”

夏尔愣住了。

“夏尔！”她在恳求他。

“我现在想起来了，太太，那已经是很久以前的事了。您当时跟我说，您马上会拥有杜巴丽的大名。”

伯爵夫人整个脸上闪耀着光芒，马上跪在他面前。“救救我，夏尔，我是无辜的。”她的青春已经不在。她款款而动的样子依然和从前一样，仿佛她还是一位美女，可青春早已从她的脸上消失。凡尔赛宫里油水充足的饭菜使她的脸变成了一个没有轮廓的生面团，唯有鼻子和嘴巴在那张生面团里显得更加幼稚可笑。当年丰腴的乳房越发庞大而粗壮，依然主导着她的整个形象。好像这个身体只是为了烘托出她的巨乳才创造出来的。

菲尔曼带着一件红衬衫走进监狱。巴雷硬把伯爵夫人拉到椅子上，使她的胳膊交叉至椅背上。夏尔火速把她的手腕绑在一起。他们是一支出色的团队。此刻，菲尔曼站在他们面前，茫然无助地拿着他那件红衬衫。夏尔重新松开伯爵夫人，三个人试图给这个歇斯底里的女人套上那件红衬衫。最后，巴雷给了她一记响亮的耳光。她顷刻间安静下来，乖乖地穿上了那件红衬衫。

去断头台的路途漫无尽头。很可能只是夏尔和他的助手们才有这样的感觉。杜巴丽伯爵夫人一个劲儿地叫喊着、怒吼着，痛哭流涕。她从座位上一跃而起，抓住马车的栏杆，叫嚷道:“巴黎的民众们，救救我，救救我，我是无辜的！”她发疯般地摇动隔离栏，使劲叫喊着，连旁边的小马路上都能听得到。她的声音比马的笃笃声和轮子的嚓嚓声都要大。“救救我，可怜啊，慈悲啊，救救我！”夏尔任由她胡闹。现在阻止她已经毫无意义。他或许也想防止她冲到他跟前，在大庭广众之中咬他，抓破他的脸，就像她对巴雷所做的那样。这时，她扯开喉咙怒吼着，说话的声音变得很尖。她的喉咙嘶哑了。他们拐进革命广场时，她差点儿摔倒，可还是抓住了马车的横板条，双臂抱住整块木板，撕心裂肺地哭个不停，鼎沸的人声渐渐平息下来。有人如此为自己的生命号喊，却是少见。可人们不想听到这种声音。人们不想看到这种情形。很多人气咻咻地离开了行刑现场。

伯爵夫人不想离开马车。菲尔曼和巴雷把她的双手从栏杆上挣脱开，硬把她从车里拉下来。她使出浑身的解数，拼命挥舞双手，总能摆脱这一只或另一只胳臂，这使她的心中萌生出希望。就在她快要成功脱身的时候，菲尔曼将她推到地上。巴雷想揪住她的大腿，可她像马一样乱踢乱蹬，还多次打中了他的脸，害得他两颗牙齿被打掉了。这时，亨利和格罗急忙冲过去给那两个人帮忙，将伯爵夫人拖至断头台的台阶上。夏尔平心静气地站在那里。“大人，巴黎先生，请再稍等片刻。”她恳求道。助手们马上朝夏尔看去。他坚定而平静地摇摇头，没有瞧她一眼。

有人此刻听到了来自群众中的抗议声。人们讨厌这种热闹场面。“可别打搅他们了。”有一些人在嚷道。这是新鲜事。这一点难以理解，但民众终于对所有这些处决感到非常厌烦了。巴黎人感受到了某种怜悯之类的东西。极少数人大概看过伏尔泰、孟德斯鸠和卢梭的著作，可时代已经成熟。个体赢得了意义。民众对他人的命运不再漠然置之。夏尔心想，要是民众一开始做出这样的反应，恐怕就不会有那么多人被处决了。假如一个人曾经容忍过和法律相符的恐怖行为，那么这个人是无辜的吗？

1794 年 4 月 5 日，是丹东走上断头台的日子。“给民众看我的头颅吧。它是值得的。”他在爬上台阶前对夏尔说。可后来，他眼里饱含泪水，因为他想起了妻儿。夏尔并没有跟在他后面。他在下面站住，示意亨利解开横木。沉重的断头铡嗖的一声落下，而那颗头颅将要属于那个疯女人玛丽半小时。她不久就要和弗朗索瓦·杜莎结婚，从此以后她将永远只被称作杜莎夫人。

安托万·富吉埃交给夏尔处决的名单越来越长。尽管判决还没有宣布，但部分名字早已列入死亡名单之中。“里昂刽子手、五十八岁的让·里佩被处决，”富吉埃一边说，一边给夏尔最新的名单，“我希望你有足够的车辆和马匹。”夏尔立即明白了这一信息。里佩是保皇派成员。

“国王早就死了，”夏尔丝毫不为所动地说道，“我可以马上将我的职位移交给我的儿子了吗？”

“还不行，夏尔，”安托万悄声说，“还没有完。不过快了。”

好几个月没有听到丹曼莉的消息了，夏尔感到很绝望。他的忍耐已经到了极限。他急匆匆地奔向耶稣会修道院。他只想把丹曼莉带走。永远地带走。他也想过是否应该和她一起离开巴黎。亨利年纪够大了。当他终于到达修道院时，他惊恐地发现那里已经所剩无几。无套裤汉们一把火点着了修道院。夏尔发出一声可怕的叫喊，奔到已被烧得黑不溜秋的门口。他爬到坠落的梁上，那里还一直暗自发出熏人的烟味。“丹曼莉！”他喊道，急忙冲进院子里。那里连个影子都见不到。他此刻站在药草园里，往四周探看。“丹曼莉！”他不停地喊道。

“您还想干什么？”有人叫道。一名神甫从一根柱子后面走出来，“他们把丹曼莉抓走了。”

“为什么？”夏尔怒气冲冲地吼道。

“我不是跟您说过吗，您不应该再到这里来。您只是给我们带来不幸。我们永远不想再落入司法的视野，谁知道接下来他们又会想出什么事来。”

这个消息，犹如暗箭击中了夏尔的心脏。丹曼莉居然因为所谓的保皇派颠覆活动而锒铛入狱。

神甫走近夏尔，尖叫道：“您瞧瞧您都在这儿闯下什么祸了。”说完他揪住夏尔，可夏尔一把挣脱他的双手，急匆匆地向大街跑去。他要马上质问富吉埃。

富吉埃让他等着。这里人来人往，好不热闹。夏尔多次吩咐过穿着蓝色制服站在门口的那名仆人，他要马上拜访富吉埃。两小时后，那扇门终于为他打开。

“究竟哪儿出事了，桑松公民？”富吉埃问道，眼睛却没有离开他的案卷，“我们不是才见过面吗？”

“耶稣会修道院里住着一位来自暹罗的女人。她被您的人抓走了。为什么？”

“你怎么会对此感兴趣，桑松公民？”富吉埃直起身子，疲惫地向后靠在沙发椅上。

“她是我的病人，”夏尔说，“我相信这里一定发生了误会。她从来不对政治感兴趣。”

“可现在政治对她感兴趣了。她到这里来是为了学习我们的语言，可她干了些什么？前不久她还在给热比云神甫熨烫衬衫。一个保皇派分子的衬衫。”富吉埃微笑着，用舌头反复地舔着门牙，仿佛要想方设法将饭菜残渣剔除干净。“热比云神甫，”他继续道，“是一个很好的切入口。我们满意地获悉了桑松公民的合作。可是你不也知道，这还不足以清除体内一个有疾患的部位，你必须在这个病灶周围花大力气，并且要将附近的一切切除。你不是学过几个学期的医学吗，是不是？”富吉埃装腔作势地向后甩头。“我还有事情要做，桑松公民。”

“我想和她说话。”

“桑松公民，我们可以放弃任何一个人，也可以放弃你。你别吹大牛。而且要和那些参与保皇派颠覆活动的人保持距离。我们要把他们斩尽杀绝，所有的人。也包括那些支持他们的人，不管他们是熨烫衣服的，还是制作鞋子的。”

“我想找她谈话。”夏尔坚持道。

富吉埃拖延时间回答他的问题。他显然在享受看到夏尔受折磨这一幕。“那好，”他稍后说道，“你至少把热比云神甫交给了我们。就这样吧。”他按了下书桌上的闹钟。仆人走进房间。“请给桑松公民签发一份探监许可。是一名来自暹罗的女士。”

“哪个监狱？”仆人问。

“我得查看一下，可我没有时间。”富吉埃冷笑道。

夏尔很清楚他在撒谎。

夏尔首先探访修道院监狱，然后去了修女监狱，歌剧院院长和十三名演员正在那里等待死亡的来临。自由港监狱里只关押女性。她们嘲弄着注定的命运，抑扬顿挫地呼喊“国王万岁”，“给我一个男人吧”。这里也没有找到丹曼莉。人权路上有大力监和小力监两座监狱，直接受富吉埃领导。夏尔碰巧在监狱的院子里遇见富吉埃。富吉埃从他身边走过时顺便喃喃了一句：“你到钥匙路上的圣佩拉热监狱试试吧。”

圣佩拉热监狱可以容纳大约五十名囚犯，可被关押在此的囚犯多达三百五十人。他们在草褥上过着暗无天日的生活，寻找和被拘捕的共和军将军比隆公爵亲近的机会。比隆公爵身上总是带着足够的钱，给监狱长提供好处费以获得庇护。每一项服务都有清清楚楚的明码标价：饮料、精美食品、书籍、探监，所有的一切都需付费才有可能。许多囚犯是妓女，他们给这位贵族保皇派成员提供了美妙的时光，还有一些女人，她们唯一的罪行就是因为她们曾经是某个被处决者的女友或情妇。比如有一个克里奥耳女人，她和英国银行家瓦尔特·博伊德保持过一段恋爱关系，她不明白自己被逮捕的原因。她来到断头台上时，他正在伦敦庆祝成功逃离巴黎。有些人唯一的罪行只是因为自己是个有钱人。

夏尔被带至地下大厅，那里已被改造成关押众多犯人的集体牢房。大厅里潮湿，霉味十足，还有粪便的臭味。围墙由沉重的大方石构成。拱形的天花板上爬满了无数的蝙蝠，它们犹如黑色的小雨衣。几个女人立即走到栅栏那里，抓住铁栏杆。“操我呀，”一个女人对着他的脸喊道，“只要一怀孕，我就自由了。”

夏尔在一个栅栏前探看，女人们纷纷涌至栅栏后面。“我在找一个黑皮肤的女人。来自暹罗。”

“国王万岁！”一些人叫喊道。

“有一个女人曾经在那里，”看守说，“可我无法告诉您是否她已经上断头台了。不过您，先生，您一定知道答案，那是您的断头台。”看守冷笑道，露出嘴里的最后几颗烂牙。他的脸形都走样了，仿佛铁夯压扁了他的鼻子。

“丹曼莉！”夏尔绝望地叫道，仔细倾听。

“我是丹曼莉。”一个妓女嚷道，摇动栏杆。

“别听这个荡妇的话，”另外一个妓女说，“我是丹曼莉。”

看守做了个结束的手势，然后指了指门口。“很遗憾，巴黎先生。”

“在您眼里她肯定与众不同，公民，她是黑皮肤。”夏尔在他面前站住。可看守重新摇摇头，又指了指门口。夏尔犹豫不决地走了几步。

“昆底。”他忽地听到有人叫道。

他急切地盯着栅栏看去，可在所有的女人中他哪儿都认不出丹曼莉。

紧接着，他又一次听到那个声音，这才看到那只瘦小的胳膊正透过栅栏向空中招手。那是丹曼莉。她跪在栅栏后面。“我会等你的。”她叫道。

夏尔也跪在栅栏前，握住她的双手。他把她的双手紧贴在他的脸上然后亲吻。“我要救你出去。”他说。

“不，”丹曼莉说，“这不可能。我们都会死的。但是在那儿，在另一个世界，我会等你。别害怕。”

她把头紧贴在栅栏上，嘴巴在栅栏之间，然后闭上眼睛。夏尔亲吻她，没有松开她的双手。

“我能在这里过夜吗？”夏尔问看守。看守摇摇头。

“您得问问价格是多少，而不是问可不可以。”一个洪亮的声音说。一名身穿制服的男子为自己辟出一条路，径直走到栅栏口。“比隆公爵，共和军将军。”囚犯自豪地自我介绍道。他头发灰白，连鬓胡子很长，脸形有点凹陷，而且因为常年在野外，饱受日晒雨淋影响而又不注意保养皮肤，整张脸呈青皮色。他递给夏尔好几枚钱币。“这点钱该够了，巴黎先生。不，不必，不用谢，钱这东西，生不带来死不带去，我也没有继承人，我该如何花掉我的钱呢？”

夏尔把钱交给看守，看守悄悄地塞进衣袋里，装出没有任何反应的模样。

“再给我来两瓶波尔多红葡萄酒，”将军大声对着看守嚷道，“给这位先生来一捆秸秆。不过是要干秸秆。”

清晨时分，丹曼莉和夏尔都睡着了。他们睡在栅栏的两侧。手挽着手。

夏尔真的希望能够挽回丹曼莉的性命。可是当他上午站在富吉埃的办公室，看到被处决名单时，他的呼吸中止了。他连问都不问一下，就坐在富吉埃对面的椅子上。

“我让你坐下来了吗？”

“您把这个女人放了。”

“我知道，桑松公民，这个来自暹罗的女人。你现在还是找到她了。”富吉埃在浏览卷宗，“还有什么事吗？”

“我说过您应该把她释放掉。请您帮我一个忙，下次有机会我会报答您。”

“桑松公民，”富吉埃开始道，“首先我们有了一个有效的法庭判决，谁也无法撤销这个判决。其次你恐怕无法给首席公诉人帮上忙，让他值得为此疏忽自己的责任。难道你想贿赂革命的首席公诉人吗？

这个暹罗女人今天会人头落地，明天还会轮到其他人。而如果你要坚持的话，巴黎先生，那么我就叫人给你戴上镣铐，因为支持反革命。我们现在可以达成一致了吗？”

夏尔默不作声。他明白丹曼莉已经没有机会活过今天了。他俯身对着富吉埃的书桌。“我警告你，安托万，要是丹曼莉死了，你也会死的。”

“哦，”富吉埃讥讽地回答，“我还从未见过你这种样子，夏尔。你看起来真的怒气冲天了。当年在鲁昂时我就问过自己，究竟该如何惹你，你才会愤然反抗。想必你从前从不敢这么做。你瞧，革命让你解放了。你真该感谢革命！”

丹曼莉和三个妓女一起前往断头台。夏尔坐在她旁边。这并没有什么异乎寻常，因为为了让被处决者平静，他一向就是这么做的。可这一次，在整个行驶过程中，他的手触摸着这个黑皮肤矮个子女人的小手。他的助手们低着头。夏尔也同样低着头。他爱这个女人胜过一切。她已经在他的心里扎下了根，一旦失去她，他一定会心碎的。

当马车拐入格莱夫广场时，人群中出现了鼓掌声和欢呼声。可倏忽之间，所有的人全都沉默起来。丹曼莉站起来，夏尔也站起来。他站在她旁边，高出她两个头。她在他旁边就像个孩子。

“不要孩子！”后排有人突然叫道，“不要孩子！”其他人重复道，而就在蓦然之间，所有的叫喊汇合成同一种声音：“不要孩子，够了！停下！”附近人家都把玻璃窗关上了，仿佛想要回避瘟疫似的。

夏尔真想永远走不完这个行程。他从内心深处希望他们漫无目的地乘坐这辆车行驶下去，手拉着手，直至世界的尽头。可他马上看到两根柱子呈垂直状耸立在空中。他在搜寻人群。有一瞬间，他相信会有转机，相信命运的安排，相信奇迹的诞生。女人们从车上下来，走到断头台前，夏尔一看到司法代表，知道谁也阻止不了这次处决了。

“要坚强。”丹曼莉迈开脚步走到最下面的台阶时说道。她站住不动，注视着他。“我们会再见的，昆底，佛祖保佑我们。”

上了台阶，夏尔想跟着丹曼莉，可她无比温柔地把他推到后面，难以察觉地摇摇头。“这只是一次短暂的告别。我不害怕，夏尔。我们来世会有好报的。”亨利拦住父亲。他攥住他的胳臂，带他走下断头台。“回家吧，爸爸，今天不是你的日子。”

夏尔站住，双手支撑在一根柱子上。他听到那扇弧形窗砰地关上，断头铡呼啸着落下，脑袋滚落至柳条筐中。鲜血。到处都是鲜血。他呆若木鸡地站在断头台上，而他爱人的鲜血从没有固定好的厚木板之间飞溅到他的额头上，她的鲜血然后和之前被斩首的其他人的鲜血混为一体。一只狗冲了过来，开始舔舐鲜血。夏尔猛地踢了它一脚。狗狂吠了一会儿，蜷缩着身子走了，过了一会儿又回来了。夏尔还从未感觉到自己离人类竟然如此遥远：被放逐，受蔑视，遭屈辱，身上沾满了罪犯的鲜血，而且毫无希望。他无法逃离地狱。他的鞋上沾满了丹曼莉的鲜血，而现在这血迹肯定会到处跟踪他。鲜血重新滴落到他的额头上。他觉得好像魔鬼亲自为他洗礼。夏尔本想用手擦掉血迹，可他只是把血迹抹到了脸上。他感到呼吸艰难，不小心撞在柱子上，踉踉跄跄地爬下断头台，径自走进人群之中。

可一看到满身鲜血的刽子手，他们又马上分散开了。当夏尔终于从广场上的人群中脱身，走近最前面的几栋房子时，他支撑着身子离开了第一栋房子的围墙。接着，他蹒跚着从一栋房子走到另一栋房子，稍微歇了会儿，有时就坐在大门口的台阶上，然后重新吃力地站起来。他觉得好像自己缓缓地走在一条褐色的鲸鱼背上，鲸鱼并不想平静地保持某种姿势，而是晃晃悠悠地让波涛溅出浪花，直至浪花击中了夏尔的脸。天下起雨来。他的眼睛无法盯住任何一个点，只是漫无目的地变换着，向他显示重影，而重影又增强了他的眩晕度，可以持续不断地刺激他。那些房屋似乎对他充满敌意。它们开始隆起，仿佛全都怀上了孩子一样。为了避免摔倒，他加快步伐，可脚还是被绊了一下。

黎明时分，夏尔坐在塞纳河畔。血已变干。一只小舟将商品运往城里。塞纳河的对岸，巴黎已经苏醒。商贩们拉着手推车，或者驱赶取下笼头的耕马将满载的新鲜货物运到集市上去。夏尔拿起一块石头紧抓在手里。他有一种感觉，好像这块石头在他手里将会变得和海绵一样柔软。可石头并没有改变它的形状。夏尔的颌骨在抽搐，牙齿在格格作响。他感觉到那只铁夹犹如断头台的弧形窗砰地一声掐住了他的脖子。我吓住了，夏尔想道，作为断头台的胳臂，我将在这里受罚几百年，而唯有我的大脑还在工作，好让它折磨我。

“巴黎先生！”

“爸爸！”

夏尔吓了一跳，直挺挺地倒在地上。现在他看到他们过来了。他们奔跑着穿过草地。他们向他奔来。他的助手格罗、巴雷、菲尔曼、德马雷以及两个儿子亨利和加布里埃尔。有点儿不对劲。加布里埃尔为何能奔跑呢？夏尔一骨碌跳起，急匆匆地沿着塞纳河畔朝正在熊熊燃烧的第四十四号海关大门方向跑去。他的脸上掠过一丝微笑。他看到了加布里埃尔，那么说他并没有出过致命的意外。那么说他只是梦见他死了。可是，真见鬼，他们怎么会向他奔来？而且为何他们是六个人？一个人过来说话就够了。可他们是六个人。因为他们想要抓住他。可是为什么呢？然后夏尔才明白过来。他们是要把他送到断头台去。可是那份书面判决在哪儿？“哪儿？”夏尔嚷道。

“这只是一场噩梦而已，爸爸。”亨利说。

夏尔掀开被子，昏昏沉沉地坐到床沿。“加布里埃尔死了。”他说，确切地说像是在探询，然后恳求地看着亨利。

“是的，”亨利说，“加布里埃尔从断头台上坠落，脖颈子断了。”

夏尔点点头。

“富吉埃在找你，”亨利说，“你得起床了。”

“又有任务了吗？”夏尔叹息道，“难道就没完没了了吗？每执行一次判决，他们就从我的大脑里切下一块。他们偷走了美好的回忆，留下的只是滚落的头颅，它们扑通一声蹦跳着穿过厚木板，默默地谴责我。我的手碰到了什么，就会变红，变成血红。我的双手怎么了？”

“你的双手没问题。你还是躺下吧，爸爸，我已经和我们的助手一起干完活了。”

夏尔倒在床上。亨利把他的被子拉高至下巴。

“你知道一个空荡荡的谷仓看起来是怎样的吗？”夏尔喃喃自语。

亨利点点头。

“如果他们掏空了你的一切，你就像谷仓一样空荡荡的了。挽具、马车、马，所有的一切都没了。他们只给你留下火钳，好让你继续受尽折磨。”

亨利窘迫地沉默着。

“我要骑马出去，”夏尔说，“去塞纳河畔，不，不，我去过那里了。”

“那是在你的梦里，爸爸。”

“你这就走吧，去断头台。她在等着我们。”

“爸爸，这只是一个有着锋利刀刃的行刑架而已。”

“不，不，”夏尔反驳道，“他们创造了我，他们只是为了断头台才创造了我。而断头台留下的淋漓鲜血使她复活了。你们等着吧，她马上就会站在我们的家门口。”

“丹曼莉，”夜深了，两人还在喝酒，夏尔对亨利说道，“我爱过她，之前还从未像爱她那样爱过任何一个人。我完全没有想到，一个人竟然会有这样一种情感，这种情感要比风、水和步枪子弹更强大。”

亨利尴尬地挠着耳朵。

“她是无与伦比的，”夏尔低声道，“我把我的心献给了她。一个人只能奉献自己的心一次，一个人只能爱一次，然后爱就许了人。你后来再给出的，那是某一种东西，但不能再称之为爱。”

“那不必是爱，”亨利说，“一个人没有爱，照样可以活下去。”

“但如果你看到过天堂，那就不能了。”夏尔从口袋里掏出一只护身符放到桌上。“这是桑松家族一只开裂的钟，一只没有铃声的钟。这是我们的一位先祖留下来的一件礼物。它是在新大陆用银子铸造的。现在它归你了。我已经惶惶不可终日，亨利。死亡不会比我活在世上经历的痛苦更糟糕。我会毫无恐惧地死去。”

“可是爸爸，”亨利害怕地说，“现在还不是死的时候。”

“结束刽子手王朝吧，”夏尔说，“拯救我们的家族吧。你的后代可以从事任何一种职业，面包师、细木工、印刷工，任何一种都可以，但别做刽子手。”

“你感觉不舒服吗，爸爸？”

“生命渐渐离开我的身体，”夏尔轻声道，“它不想再继续了。总有结束的时候，亨利。”

夏尔累得睡着了。可没过几小时，妖魔鬼怪纷至沓来，纠缠他不放。他总是梦见到丹曼莉没有死，她还在某个地方活着。可她只活在他的梦里。“她死了。”梦里的那些人对他嚷道，可他并不理会他人的闲言碎语，硬将她的尸体藏匿起来，然后寻找某个人向他证明，她并没有死。可在他的梦里，谁也不愿意证明这一点。而当他醒来时，他知道丹曼莉已经死了。他走到外面的院子里，凝望着夜空。他发觉自己无比寂寞。

他在等待疲倦再次来临。有时他喝酒，之后再回到药房，重新躺在床上。他无法沉睡。他只是独自打打瞌睡。突然，他大吃一惊，又听到了那个声音，正是那声音把他从梦中叫醒。“昆底。”

夏尔躺着没起来。“是你吗，丹曼莉？”

“昆底。”

“是你在那里吗？”夏尔问。他一动不动。他感觉到有一丝细微的穿堂风，呼吸到了她皮肤的芳香。“你在我身边吗？”

“昆底。”她重复道，语气比之前更温柔。

夏尔发觉眼泪顺着脸颊淌下来。“真的是你吗？丹曼莉，我以为死人不会回来。但有些人会，是吗？”

丹曼莉不回答。

“这只是一个梦，是吗？”

丹曼莉沉默着。

夏尔看到透过门缝下面射入药房的光线。虽然天已黑，他还是看到了鲜血。血流得很快，犹如堤坝决口一样。此刻，门窗被挤坏了，成河的血流肆意涌入屋内。有时地下还有一颗人头。消瘦的头颅和头皮就像仿羊皮纸，眼睛就像烧焦的杏核。巨大的血流把他裹挟着拖走，拖到屋外。在大街的尽头，他看到断头台向自己飘浮而来。高耸的断头台在摇晃，可是它没有翻倒。它正向他漂来。断头台在路上。向他漂来。

“不，”夏尔嚷道，“我没有红衬衫，你们不能把我带走。这是规定。没有红衬衫谁也上不了断头台。”

一名戴着黑色三角帽的侏儒拉住夏尔的袖子。“巴黎先生！国民公会宣布决定，鞋匠只能为保护国家的人工作，谁若违反，谁将被收缴所有的鞋子。正因为如此，越来越多的人赤足跋涉在血海中。我们控制不住奔涌而出的鲜血。大地不喜欢吮吸那么多的鲜血。鲜血就像是山中湖泊里的水溢了出来。赤足者沾满了鲜血，穿鞋者沾满了鲜血，车轮上沾满了鲜血，马蹄上也沾满了鲜血。雨不下了。太阳照耀大地。空气里有股臭味。腐烂味。上帝不喜欢我们把那么多鞋匠送上断头台。明天我们不再有鞋匠了。我告诉您，鞋匠将离我们而去。我们大家全都在血海中赤足乱跑。”

“别说了！”夏尔嚷道，开始踢那个侏儒。可他踢了个空。那里没有侏儒。

1794年6月17日，一幅漫画在巴黎流传开来。漫画的主角是刽子手夏尔－亨利·桑松，他本人躺在断头台上，亲自拔掉锁定断头铡的铁销。“为何刽子手要在断头台上斩决自己呢？”图片说明上写道，“因为他是巴黎最后一个公民。现在巴黎终于被清除干净了。”

6月，夏尔、亨利和他们的助手一共执行了六百八十八名死刑判决。颁布的一项新法律规定禁止被告在法庭前辩护。以罗伯斯庇尔、圣茹斯特以及富吉埃为首的极端分子离人民越走越远，他们早已看不到自己的疯狂。所有的人都成了断头台的牺牲品：伪币犯、士兵、军官、将军、神甫、纺织品贸易商、伤疾军人；对残疾人，要先打断他们的骨头，否则没法被送入断头铡下，而对那些虚弱的老人，因为他们无法独自行走，必须由人搀扶着爬上断头台。革命家们带来的不是平等和博爱，而是死亡和毁灭，墓地里早已尸横遍野。

现在，为了给公民自由，废除了君主制度的罗伯斯庇尔果真开始实施统治了。罗伯斯庇尔国王。在国外，人们谈到罗伯斯庇尔运动、罗伯斯庇尔军队、罗伯斯庇尔法律，也谈到他正在为谋求王位而奋斗。谣言四起，让他那些潜伏着的敌人乐不可支，因为让罗伯斯庇尔以暴君的形象出现在世人面前，正是他们求之不得的事，他们也才可以冠冕堂皇地把他推翻掉。当有人鼓起勇气将此消息公之于众时，罗伯斯庇尔逃之夭夭了。他熟悉这种恐怖结构。他被逼上了绝路，结果自杀未遂，颌骨被打落。这个只知幕后指使的案犯在实际操作领域笨拙得很，而且解剖学永远不是他的强项。因此，7 月 28 日，当夏尔眼睁睁地看着亨利和助手们将屠杀者罗伯斯庇尔送上断头台时，他心想，这并没有让人感到惊讶。从 6 月 10 日罗伯斯庇尔开始执政到推翻他的统治这段时间，一共有一千三百七十六人成为断头台的牺牲品。

“现在只是还缺一份判决。”亨利走下断头台台阶时夏尔说。

“算了，爸爸，我不想看到你穿着红衬衫站在那上面。恐怖统治已经土崩瓦解，马上就会一去不复返了。”

“我渴望最终结束的日子到来。”

“你已经结束了，爸爸。你已经将职位移交给了我。”

“还缺一份判决，”夏尔坚持道，“等到那个名字列入名单，我就不会再去巴黎裁判所附属监狱了。”

“你在浪费时间，爸爸。”亨利温顺地碰了碰他的胳膊。

“我知道，亨利，可也许这是我要做的最后一件事了。”

次日，夏尔到巴黎裁判所附属监狱去了。安托万·富吉埃办公室。

“你不敲门就进来了，桑松公民？”富吉埃重新俯身向前看他的卷宗，“你儿子已经拿走了那份名单。”

“我看过了，安托万，看过了你的名单。还缺一个名字。”

富吉埃匆匆抬起头来。“哦，你给我一个名字吗？”

“是的，”夏尔说，走到书桌后面，一把抓住安托万的肩膀，“安托万·昆廷·富吉埃·德·坦维尔！”

“放开我，疼死我了。”

“我恰恰是为了让你疼才过来的，安托万。我被培养成一个让他人受苦受难的人。可我原本想治病救人。”

安托万挣脱开，想要站起来，可夏尔用力把他按回到椅子上，死死掐住他的脖子。“我也做过调查研究，”他低声道，“就像你当初在鲁昂，安托万·昆廷·富吉埃·德·坦维尔，你还记得吗？”

“我要叫卫兵了。”安托万嚷道，试图摆脱刽子手的手掌，可还是徒然。

“他们已经出去了，”夏尔说，“你不用叫他们了。”

“这是怎么回事，夏尔？放开我！”

“高萨从伦敦回到巴黎后，你把他送上了断头台。他从伦敦给我们带来了一些东西。”

“哦是吗？”安托万一筹莫展地摆动他的两只胳臂。

“是的，安托万，是的。”

“夏尔，这还有完没完？你是怎么设想这件事的？你在这里永远不会活着出去。你放开我！”安托万忽然陷入恐慌之中，企图重新脱身。

夏尔把椅子翻过来，使劲朝他砸去。就像是一台不停运转的机器，夏尔对他连续出击，仿佛想要替每一个惨遭处决的人报仇雪恨。宛如一匹马，在马厩里待了太久，而现在马蹄终于出击，夏尔连连击中安托万。即便安托万血流如注地躺在地上，疼得像一只蠕虫那样缩作一团，夏尔依然不依不饶地对他猛踢一通。直至安托万不再动弹，夏尔才在这位最高公诉人的椅子上坐下来。他的脚搁在安托万的脖子上。

“你们公布了一项禁止拥有黄金的法律，好让你们毫无价值的纸币继续消灭整个国家。如果有谁不上缴他的黄金，再换取毫无价值的有价证券，那么他将被关进铁窗六年。可是在高萨从伦敦瓦尔特·博伊德那里获得的文件里，你和你的整个家族拥有的黄金高居榜首。你们违反自己制定的法律，将价值数百万之巨的黄金藏匿国外。那么你应该按照你自己制定的法律被判刑然后被处死。”

“你这么做是不会成功的。”安托万轻声道。他想站起来，可夏尔把他往下压。安托万目瞪口呆地盯着他头上的巨人看，“你疯了吗？你这样会死在断头台上！”

夏尔抓住安托万，把他提起来，又将他推到桌子边上，拳头往他的脸上砸去，然后拉住他的一条腿毫不留情地猛击。安托万流着血爬到桌子底下。夏尔重新把他拉出来。说时迟那时快，安托万风驰电掣般地抓住桌上的闹钟，对着房门扔过去。几乎与此同时，门被撞开了，四名卫兵进入办公室。

“把他抓起来！”安托万命令道。

卫兵把两人团团围住。

“你们应该把他抓起来，我说过。他应该今天上断头台。”

一个卫兵抓住安托万的手臂，另一个给他戴上手铐。

“这究竟是怎么回事？”安托万叫嚷道，试图挣脱开。

“我们只是执行命令，富吉埃公民。您被逮捕了，因为您非法拥有黄金，还把黄金带到了敌国。您破坏了革命，和敌人狼狈为奸。”

“那我们断头台上见了，安托万·昆廷·富吉埃·德·坦维尔。我很好奇，你的血会是怎样的颜色。”夏尔说。

“上帝讨厌你们所有的人！”安托万嚷道，卫兵们随即将他带离办公室。

亨利和助手们乘坐马车抵达行刑现场时，夏尔已经站在断头台的台阶旁。他们只有一名囚犯。他应该是恐怖统治行将结束时被送上断头台的最后一批人中的一个。整个广场上人山人海，每一个角落都挤满了看客。

“富吉埃！”有人声嘶力竭地吼道。富吉埃转过身来。托比亚斯·施密特为自己在人群中开辟出一条路来。他跌跌撞撞地走到台阶，直挺挺地摔倒在富吉埃面前。他已经酩酊大醉。“你说说看是否喜欢断头台。或许你还可以提出合理化建议。销子、尖轨和导槽应该用铁制品，而不是用木头，是不是？”

富吉埃避开施密特，独自爬上断头台。菲尔曼和巴雷不让施密特跟在他后面。夏尔站在断头台后面，位居两根垂直的柱子之间。当人们将富吉埃固定在滑板上然后将滑板恢复成水平位置时，富吉埃看到的最后一个画面将永远定格在夏尔身上。

鲜血在厚木板上溢出来了。幸好没溅到夏尔身上。他知道自己该站在哪儿。

富吉埃之死促使夏尔重新拿出日记。这是他的最后一次记录。

之后他就永远沉默了。他太虚弱了，无法再拿起笔来。经他之手死的人太多了，被他送上断头台的人足有三千人。他在日记里的最后几句话如此写道:“没有诅咒。永远没有诅咒。唯有一种诅咒你可以相信。可我已经不再相信了:一个人可以自由地做出自己的决定。”

夏尔－亨利·桑松再也不去断头台了。他常常坐在河畔，目不转睛地盯着河水发呆。他在想某一个牺牲者是否有可能回来。一种心灵的相遇或者某种可以对比的东西。既然有那么多的人被斩首，那么有唯一的一个人回来想必也是可能的。假如有个人向他靠近，他会陷入万般恐惧之中。那是真的吗?或者真有人可怕地回来了吗?只要看到悲伤的目光，他总是会想起许多死囚犯总是那么悲伤地注视他。我必须走了，而其他人可以留在这里，他们似乎如是说。这些人将随后跟上，夏尔心想。他一再被吓住。他将每一种声响都和那台奴役他的机器联系在一起。厚木板嘎嘎作响，折叠木板向前碰撞发出狠毒的尖锐刺耳声，弧形窗砰地关上，销子解开，断头铡呼啸着落下，而随着沉闷的撞击声响起，那颗头颅掉入柳条筐内。

厨房里也有许多听起来类似的声响。他们坐在桌旁吃饭时，他会突然吓得一跃而起，他的心在砰砰地乱跳，脸上毫无血色。他盯着玛丽－安娜看，仿佛从她的脸上能看出是否他看到的一切都是幻觉。她嫣然一笑，走到他跟前。他不明白为何她现在在这里，而且在对他微笑。她温柔地从背后将她的双手搭在他的肩上。有时她甚至还和他说话。她说一切都挺好的。或者她问他是否还要喝汤。问到是否他还饿着时，他点点头。这是一只与众不同的脑袋，秃顶，瘦长，而只要不被声响吓住，他就会显得无比宁静和威严。他的变化没能逃过助手们的眼睛。可他们向巴黎先生表现出了过分的尊敬。亨利始终坐在他右首的桌旁，一直将手搭在父亲的手上，尽管他颤抖的手难以被察觉到。他几近体贴入微地握着父亲的手，用拇指在上面抚摸着。

夏尔骑着马路过已过世的岳父母的园丁之家，沿着无边无际的菜园，直至抵达森林。他选择了一条历经多年后形成的狭窄小径，飞身上马，穿越森林往上山路上爬去，直至看到山丘上草地青葱，这片草地和山崖形成了天然分界线。背阴的地方，草坪上总是湿漉漉的，他的马和马蹄不慎陷入其中。他下了马，踏着沉重的脚步走过泥泞地。然后他看到了蘑菇。一个个蘑菇大约有一只手的高度。夏尔采摘蘑菇时，那断口部分马上变成了蓝色。他骑马回到林中，一直朝面向太阳的那一边走。他接着骑马沿河而下。这儿的地是干燥的。他解下马鞍扔到一根树墩子上。他躺在地上，开始吃蘑菇。

起先他只是听到小鸟零星的啁啾声，之后声音越来越大。仿佛整个世界都在为他歌唱。苍天开始呼吸，可他不怕被闷死，因为他感觉自己那么轻盈，好像在小鸟的绒毛上飘过一样。夏尔从父亲留给他的文学书籍中知道，这种蘑菇在许多许多年以前被用来占卜。因此人们将它称作神灵的肉体。他发觉上帝在他心里扎下了根。他感觉到蚂蚁在他肩膀上蠕动，感觉到它们沿着脊柱渐渐地向下移动，直至爬遍全身。接着，寒冷开始了。他试图起身，可晃晃悠悠的像个醉鬼。就连他的马也在他面前退缩了。他周围的色彩和光线开始闪耀，而且他突然看到某些东西过来了，就像是在一只万花筒里。他重新躺下，感觉到一丝永恒。

“爸爸，”亨利说，“你怎么了？”

“我把上帝吃了，”夏尔低语道，“可上帝只是一只蘑菇，”他带着一丝遗憾补充道，“只是一只蘑菇。”

亨利离开了那只万花筒。他跪在父亲面前。

“河流是真正的人生导师，”夏尔忧伤地说，“一切都在流动。没有任何东西停止不动。你无法留住河流，亨利。水在你的手中化为乌有。人生就是如此。你在水里漂流，一滴水是没有意义的，可所有的水滴汇合在一起——所有的水滴汇合在一起就具有了意义，可一滴水不起任何作用。你试着注意到河里的一滴水了吗？到最后，任何一切都不再起到任何作用。不管你活得短暂还是长久，永恒只是相对于你在这尘世度过的岁月而言。而到头来，河流也没有了任何意义。”

“爸爸，”亨利说，“你为何要这么说？”

“死亡是一种解脱，是一切不幸的结束。我们的痛苦不会超越它。它使我们重新回到我们诞生之前所处的宁静之中。”

夏尔坐在自家院子里的药草中间。他下身穿了一条棕色灯笼裤，脚上穿了一双灰色袜子，脚蹬一双黑皮鞋，而在脚背那里用一根很大的带扣扣上了，他上身穿了一件棕色衬衫，头戴一顶黑色三角帽。他在想是否应该再一次骑马到山上去找寻蘑菇。可后来他忘记了自己的所思所想，无论如何再也回想不起刚才究竟在想些什么。或许想到了墓地里的那些头颅。他必须重新把他们挖出来吗？大概他至少还能为他们做这件事吧。或许他们都在等着他。

“死神会光临每个人，”夏尔轻声道，“有些人活得很长，还有些人年纪轻轻就死去。因此人类各种年龄的死亡都会存在，这就像发生在动物和万木身上一样，谁也不会活得真的很长久。”

一只手从后面搭在他的肩上。空气里有股湿漉漉的狗皮味道。在最初的犹豫之后，他碰了碰那只手，然后抓住它。是吃晚饭的时候了。

结束语

1847 年 3 月 18 日，一个披着黑纱的老妪走进巴黎的圣洛朗教堂，站在教堂中殿的中央位置。黯淡的光线透过哥特式窗户射进来，女人看到某个人跪在最前面的长凳上。想必就是他了。有人告诉过她，她一定可以在这里找到他。她的脚步在石板地面上发出回响。她走到最前面的长凳，在那名男子旁边跪下，双手合十，开始祷告。

“您是亨利－克莱芒·桑松，伟大的夏尔－亨利·桑松的孙子吗？”她低语道。

那名男子一动不动。他一副不修边幅的模样，整张脸因为嗜酒而浮肿着。他约莫五十岁光景。“您别靠我太近，”他喃喃道，“我不会给人带来好运。一重诅咒压在我的家族身上。您走吧，今天上帝没有时间关照您。”

“上帝永远有时间，”那个女人满怀信念地说，“或者，我们说，在大多数情况下。”

“有可能吧，”亨利－克莱芒说，“可是今天我独自一个人需要他。”他凝视着圣坛上的马赛克图画。图画上显示的是耶稣复活。

“您相信复活吗？”她问。

“不，太太，我害怕复活。所有我的先人都害怕复活。因为他们害怕死者，害怕死者回来。起先你只是感觉到一丝细微的穿堂风，可突然之间，他们全都到齐了，目不转睛地盯着我们。濒死之人最后的目光犹如烙印，很容易让人记住。我们给许多人的肩上打上了烙印。即便到了今天，我的鼻子里还能闻到炖过的人肉味。我每次都给伤口擦上猪油和火药。我不只是杀人，我也减轻他人的疼痛，我治病救人，和我的所有先人一样。”他低下头，试图祷告。稍后，他呵斥那名老妪道，“您就找不到其他地方祷告了吗？”

她沉默不语。

他试图看清她的脸，可是没成。他若有所思地抚摸自己的黑短髭，低声道：“我祖父从来不想做刽子手。我也不想。我一直讨厌这个职业。”

“从来没有一个刽子手是违反自己意愿的，因为他们的薪酬太好了。”她轻蔑地回答道，“从来就没有什么诅咒。我到巴黎来，先生，是为了购买您祖父的日记。他不是在大革命时期写过日记吗？”

“是的，”他说，“我祖父是夏尔－亨利·桑松，法国大革命时期伟大的刽子手。他把一切都跟我说过。我父亲几乎对此不感兴趣。历史将他遗忘。可我的祖父，人们是不会忘记他的。”

“日记在哪儿，先生？我想瞧一瞧。我想看看伟大的桑松究竟是怎么写我的。”

“写您？该怎样就怎样：我怀疑他的日记能否给您带来快乐。可是，如果您坚持要的话，太太，那么出点儿费用吧。我需要钱。您知道欧勒布乐兹吗？一名记者。他为他的印刷厂寻找回忆录。他寻找充满丑闻的日记。巴尔扎克想必帮他做过编辑加工。对一个人来说这是太多了。杀了三千，一个人独自无法经受得起这个……”

“可难道不是他一个人干的吗？”她打断他。

“是他干的，可是安宁，那种安宁他是再也找不到了。”亨利－克莱芒轻轻地一笑，审慎地瞥了女人一眼。“您了解桑松家族什么？”

“好多呢，”她含义模糊地喃喃道，“可现在这个已经不重要了。欧勒布乐兹看过那些日记了吗？”

他以怀疑的目光朝她看过去。他打了一个寒战。他突然有了一种预感。他祖父不是提到过有个疯女人玛丽吗？她曾经夜里在玛德莱娜公墓悄悄地等候他。要是这个女人在大革命中幸免于难，那么她现在……他在心算。五十多年悄然逝去。半个多世纪了。她该有八十多岁高龄了。

“我想要那台机器和那些日记。”女人不可动摇地说，然后摘下面纱。此刻他可以清清楚楚看到她的脸了。瘦骨嶙峋的鼻子犹如岩石一样突出在那张衰败的脸上。皮肤白得像石灰，当年在玛德莱娜公墓就是这种石灰被倾倒在被斩首者血流如注的躯干上。她的眼神像木乃伊般呆滞，仿佛她刚刚从墓穴里爬出来。她的眼睛显得迟钝，好像她在喃喃自语着什么。而现在，她脸露愠色，看起来几乎是粉红色的，仿佛是一只蜡制的旧玩具娃娃，仿佛是来自恐怖陈列馆的一具蜡像。

"哦我的上帝，"亨利－克莱芒害怕地说道，双手抚摸着自己的头发，"难道您就是出现在玛德莱娜公墓的那个疯女人玛丽吗？您就是杜莎夫人！"他是个蹩脚的演员。多年的纵酒损害了他的健康。"我把一切都变卖掉了，夫人，"还没等到她回答，他继续道，"路易十六的鬈发，玛丽·安托瓦内特的鞋子，丹东油腻的衣服领子。只有罗伯斯庇尔的东西，我们什么都没有保留下来。除了一条浸透了鲜血的手绢。我不知道这是谁的手绢。在执行处决之后，总是有那么多的人奔到断头台，将他们的手绢浸入血泊中，说是可以给人带来好运。我现在只剩下那台机器和那些日记。"

杜莎夫人将没有牙齿的下颌骨推到前面，将薄嘴唇抿成一条细线。"我想要那台机器和那些日记，"她重复道，"我要全部。"

"哦我的上帝。"他叹息道，绞尽脑汁地搜寻合适的词语。他甩动双手，想要站起来，可他只能跪着。他没有力气了。顺便提一下，他想祷告。他必须祷告。和他所有的先人一样，他们都作了很多祷告，为所有的心灵，正是那台机器将他们的心灵从身体中分离出来。"我到这里来是为了祷告。"他绝望地嚷道。他的话在空荡荡的教堂里回响。他重新凝视着圣坛上的马赛克图画，仿佛想要证实，上帝已经听到他说的话了，他到这里来是为了祷告，而且他还一直在诵念第一遍玫瑰经文，这可不是他的责任。这又不是他的责任。

"先生，"杜莎夫人无动于衷地说，"您尽可以呼喊，尽可以怒吼。您的行为举止有失体面。您到这里来是为了祷告，而我特意从伦敦赶过来，就是为了购买那台机器。我用现金支付。一万法郎。"

"那台机器值两万法郎。"亨利－克莱芒毫不犹豫地回答道。

她没做出反应，只是目不转睛地凝望那座圣坛。

“那好吧，夫人，”他做出让步，“一万六千，这台该死的机器就归您了。”

“您拿到一半就该心满意足了。”她喃喃道。

他满怀轻蔑地打量她。老太太已经习惯做生意了，能否做好的生意，人们一眼就可以看出，像他这样的人需要钱。她可以给他难堪，可以压低价钱，他不会有任何反抗。他知道如何干干净净地把人头从躯干上分离出来，可对生意却是一窍不通。“好吧，同意，”他固执地回应道，“不过您只能拿到那台机器。没有日记。”

“您先给我说说桑松家族的历史，然后我再决定是否购买日记。我不会为愚蠢的废话付出一个子儿。”

“我是桑松家族的最后一个人，桑松王朝结束在我身上。我是最后一个可以向您介绍桑松家族历史的人。可我需要钱，我欠了一屁股的债。再说我老婆今天离我远去。这本不该发生在桑松家族的人身上。我不是真正的桑松，我是一个窝囊废。桑松家族的人都很强大，身材魁梧，独具魅力，气宇轩昂，虎虎生威，信心百倍。他们独自对抗支离破碎的世界，任何风暴都无法强迫他们屈膝跪下，任何东西都无法压倒他们，可我是个软蛋，我是个胆小鬼，我没有任何雄心壮志，我整天狂喝滥饮，逛遍了巴黎最堕落的风月场所。凡是穿着裙子的任何东西，我都会亲吻。而且……不只是穿着裙子的任何东西。不，夫人，我无法拥有桑松家族的人拥有的东西，无法拥有使一个桑松成为一个桑松的东西。我仅仅是桑松家族的最后一个人，是给桑松王朝丢脸的人。我在断头台的阴影里沉沦，而我祖父，伟大的桑松已经载入史册。”

“让我走吧，先生，”杜莎夫人冷淡地说，“我到这里来不是为了给您一洒慰藉的热泪。”

“您难道就没有怜悯之心吗，夫人？”

“怜悯之心？如果您有怜悯之心，您就领养一条狗吧。巴黎到处都有流浪狗。您的机器在哪儿？”

“这不是我的机器，”他拒绝道，“它从来就不是桑松家族的机器。我们仅仅是判决的执行者。这种该死的断头台，我们既没有发明，也没有制造。那是路易和吉约坦两位医生的杰作。也就是说，它是一种医用仪器。可是真见鬼，您要派它做什么用场？”他一跃而起。

“我要把它带到伦敦去。”她平静地说，同样站起来，小心翼翼地。可以听到她的关节发出喀嚓声。

“我要扶着您吗？”亨利－克莱芒忧心忡忡地问。

“您别碰我，我只想要您的机器。”

“那么您要拿它到伦敦去干什么？”

“我要把机器陈列在罗伯斯庇尔们、丹东们、马拉们以及他们所有人中间，因为我从您祖父那些血淋淋的柳条筐里找出了他们所有人的头颅，把他们每个人制作成了蜡像。”她坐在祷告用的长凳上。“正如你们桑松家族将刽子手的刀一代一代地传下去一样，我也想完成自己毕生的事业，然后把它传给我的两个儿子。但首先我想要这台机器，这是我唯一还缺少的东西。还有这段历史。您祖父早就去世，先生，但唯有我的蜡像还能在一百年之后让人活生生地回想起法国大革命。我孤身一人塑造了这种回忆，我孤身一人确定了当人们谈起它的创造者杜莎夫人时他们会谈起什么。正因为如此，我想要听到这段历史，也许也要买下那些日记。杜莎夫人成了一家企业。我无法容忍我一生的事业遭到毁灭。您可以说下去，先生，您也要回答我的任何一个问题，而我向您发誓，年轻人，如果您胆敢对我撒上哪怕一次谎，我就会在您家的工具棚里找到火钳，在您的肩上打上烙印。而且我不会给您涂抹上任何猪油。”

“那好，那好，”亨利－克莱芒回答，在她身旁坐下，“我要跟您说说这重诅咒，说说那些决定命运的大事件。”

“您别再说了，我早就说过，从来就没有什么诅咒，从来就没有违背意愿的刽子手。您就开始吧，我的轮船今晚回英国。”

“这台机器值一万六千法郎吗？我可以相信您吗？”

她点点头。

“可是我也要警告您，夫人，那重诅咒将会追随您，让您的博物馆化为灰烬。您的那些像可都是蜡制的，是不是？”

“您就开始说吧！这世上已经没有任何东西——根本就没有任何东西还能让我感到害怕的了。我安然度过了法国大革命。而且有了两任丈夫。”

“夫人，我会让您痛哭流涕。”

“还没有人因为痛哭流涕而死去，开始吧！”

“我需要酒，夫人。否则无法进行下去。”

“我知道，有人警告过我。”她从大衣里掏出一瓶红酒，摆放在自己身边的长凳上。

亨利－克莱芒立马拿起酒，拔出瓶塞，一口气喝下去半瓶。然后他开始说道：“我祖父夏尔－亨利·桑松于1806年去世，享年六十七岁。我奶奶在他去世后又活了十一年……”他又喝了一口。

“先生，”杜莎夫人不耐烦地说，“您真是一个可怜的酒鬼。您给我日记，我买下了。这种感伤的扯淡我无法再听下去了。”

“没有日记，”他回答，“但有记录，谁、何时以及为什么被处死。此外还有被斩首者的衣物清单。我对文字进行了补充，添加了当时的报纸报道、目击者的报道以及流亡法国人的札记……”

“我知道有原稿。您祖父记下了恐怖的一本账。”

“但为了使它变得更为清楚明了，我必须对它进行加工润色。我为此拿到了三万法郎。那名记者欧勒布乐兹给我帮了点忙，拿到了一万七千。印刷厂还请来了巴尔扎克，日记马上增加了五大册。应该用斧子杀死这个人，他才会停止写作。”他在衣服口袋里翻来找去，掏出一个护身符，“父亲送给我一个吉祥物：一只开裂的钟。可是它也没有给我带来好运。如果您再给我一瓶酒，我就把它送给您。”

“我对您的护身符和您的回忆录不感兴趣，先生。反正这一切完全是鬼话。您现在可以给我看断头台机器了。”

“它不在我这里。”他喃喃道，低下头。

“它在哪儿？”杜莎夫人不知所措了。

“我把它借人了。”

“借人了？”

“在当铺老板手里，就在拐角那边，我需要钱。这有那么难理解吗？您可以拥有断头台，但首先必须把它从当铺赎回。这个非常简单，我经常干这事。有时候出于不得已，巴黎看守所所长康莱也会从当铺赎回机器。他威胁过我，一旦再发生这种事，他要立刻解雇我。现在这事又一次发生了。我们要在他获悉此事之前赶紧了断才是。您去伦敦的船是几点的？”

后 记

1847年3月18日，亨利－克莱芒·桑松被解职。他果然把断头台抵押出去了。他的妻子离他而去，他沉迷于酒精和年轻的舞女之中，最后在1889年去世，终年八十九岁。

1925年，位于伦敦的杜莎夫人博物馆毁于一场大火，三年后重新开张，1940年遭遇德国轰炸后被夷为平地，可偏偏阿道夫·希特勒的半身塑像意外地安然无恙。

夏尔－亨利·桑松在法国大革命时期写下了日记。他的创作风格客观冷静、不动声色，即便今天读到他的文字也仍然令我们不寒而栗。有证据表明，他的孙子亨利－克莱芒·桑松将那些笔记卖给了记者欧勒布乐兹，后者受年轻的印刷厂老板迪普雷委托寻找畅销书素材。迪普雷是一位先知式天才：他革新了印刷工艺和出版业，想用一本全法国的畅销书为他的印刷厂做广告。也有证据表明，青年巴尔扎克认识亨利－克莱芒·桑松本人，并和他有过交流，他曾经作为枪手创作过《桑松回忆录》的一部分，为此不惜从自己的《人间喜剧》原稿中，其中包括从《1793年的一次弥撒》和《政治和军队生活场景》中剽窃了部分内容。也许巴尔扎克用这个王朝的“诅咒”杜撰了漂亮的神话。他是小说家，因而相应地对那些史实进行了添油加醋式的修饰润笔，而且还要满足剧情的需要。

本书中，丹曼莉的人物是个例外，她的名字并没有流传下来，而所有其他有名有姓的人物均在历史上有过记载，部分引用了刊登在报纸上或者由时代目击者以书信和日记记录下来的原始资料。

法国大革命是欧洲近代史上最具影响力的大事件。它受到美国独立战争（1775—1783）的鼓舞，成为西方民主的开路先锋。启蒙和人权是其最伟大的成果。然而，从同时代的角度看，它不只是给法国人带来了公民的自由权，而且也带来了暂时性（1793—1794）的恐怖统治和大屠杀。直至大革命的第三阶段和最后阶段（1795—1799），当国内外敌人不再倒转时代的车轮，平静才得以出现。

几乎从来没有另外一起大事件能够像法国大革命那样，如此深刻地影响着现代化进程，并且在其影响下给西方世界的人们送去了最大限度的个人自由。

致　谢

自2009年起，巴塞尔大学医院隔离病房和细胞代谢门诊部的所有员工竭尽全力医治我的白血病，我谨向他们表达我由衷的感谢。我也要感谢那位匿名的骨髓捐赠者。

我要感谢我的代理商塞巴斯蒂安·里切尔，他在艰难的条件下耐心而友好地陪伴我的小说问世。我也要感谢埃马努埃尔·哥契尔和亚历克斯·黑格里，自从我的第一任太太于2008年去世后，他们为我的家人付出了很多。我也要感谢我的儿子克洛维斯，他是我每日的编辑和最好的朋友，感谢他为完善本书所提出的戏剧性建议。我还想特别感谢蒂娜，她曾作为我的菲律宾女友从香港来到瑞士，如今成了我的妻子。凭借她对生活的乐趣和自始至终积极而幽默的人生态度，她陪伴我度过了异常艰难的时光。

我还要感谢雷诺斯出版社。海迪·佐默尔、克里斯托夫·布卢姆以及托姆·福勒，提出了条分缕析的审查意见，使拙著的品质得到了提升，也使小说充满了生命力。

克洛德·库埃尼

2012年12月于瑞士巴塞尔郊外阿尔施维尔

图书在版编目(CIP)数据

巴黎刽子手 / （瑞士）克洛德·库埃尼著；沈锡良译．—北京：北京师范大学出版社，2017.9

ISBN 978-7-303-21926-1

Ⅰ.①巴… Ⅱ.①克… ②沈… Ⅲ.①长篇小说—瑞士—现代 Ⅳ.① I522.45

中国版本图书馆 CIP 数据核字(2017)第 015881号

营 销 中 心 电 话　010-58805072　58807651
北师大出版社高等教育与学术著作分社　http://xueda.bnup.com

BALI GUIZISHOU

出版发行：北京师范大学出版社 www.bnup.com
北京市海淀区新街口外大街 19 号
邮政编码：100875

印　　刷：北京京师印务有限公司
经　　销：全国新华书店
开　　本：890 mm×1240 mm　1/32
印　　张：10.125
字　　数：210 千字
版　　次：2017 年 9 月第 1 版
印　　次：2017 年 9 月第 1 次印刷
定　　价：48.00 元

策划编辑：谭徐锋　　责任编辑：谭徐锋
美术编辑：王齐云　　装帧设计：周伟伟
责任校对：陈　民　　责任印制：马　洁